www.tredition.de

AF204309

# ICH GEHE MIT MEINEN KINDERN ZUR SONNE

\*\*\*

www.tredition.de

Verlag und Druck: tredition GmbH, Halenreie 40-44, 22359 Hamburg

ISBN
Paperback:    978-3-347-14638-9
e-Book:       978-3-347-14639-6

# ICH GEHE MIT MEINEN KINDERN ZUR SONNE

Eine Reise, die alles veränderte

Meine Idee, Elke zu unserer Pilgerreise zu befragen, scheiterte beim ersten Versuch.

„Wie willst du das denn schreiben?", fragte sie mich kritisch betrachtend. Und fuhr fort:

„Du kannst doch nicht einfach A, B, C oder erstens, zweitens, drittens schreiben, es ging doch um so viel mehr!"

Es folgte ein einstündiger Vortrag, den ich absolut nicht hätte mitschreiben können. Also gab ich zunächst auf und entgegnete ihr schon fast trotzig:

„Ich werde versuchen unsere Reise in Worte zu fassen." Im selben Moment überfielen mich aber auch schon Zweifel, ob ich all diese Eindrücke wirklich je würde beschreiben können.

## *Jedem Anfang wohnt ein Zauber inne ...*

Davon war für uns Kinder zunächst einmal nicht allzu viel zu spüren.

In dem ersten Winter erschienen uns die Tage an unserem neuen Wohnort Sörup länger und einsamer als vormals in Hannover. Wenn die Tage zu eintönig waren, fuhren wir gerne ans Meer, denn dort fanden wir alles, was wir brauchten, um unsere gute Laune wieder herzustellen. Besucher aus Hannover hatten wir in der kalten Jahreszeit recht selten und neue Kontakte hatten sich in den neun Monaten, in denen wir nun 21 Kilometer entfernt von der Ostsee lebten, nur oberflächig und spärlich ergeben.

In dieser Zeit, ich war 11 Jahre alt, strickte ich mir einen Pullover, spielte stundenlang auf der Heimorgel und las Bücher, wie zum Beispiel die „Die Nebel von Avalon", die mich in ein fernes Land und in ein vergangenes Jahrhundert trugen. Außerdem interessierte ich mich für die „Esotera", eine Zeitschrift, die über außergewöhnliche Phänomene, Psychologie, neue Erfahrungen in alternativen Lebensgemeinschaften sowie über außerirdische Lebensformen berichtete und bei meiner Mutter oft in Reichweite herumlag. Ein Bericht über eine Entführung von Menschen durch Außerirdische, die angeblich einige Erdbewohner zum Kennenlernen in ihren Raumschiffen gefangen hielten, machte mich sehr neugierig und zugleich ängstlich. Da wurden zum Beispiel angeblich zwei Leute  mitgenommen und unter entsetzlichen Bedingungen mit nicht genau beschriebenen Untersuchungs- Instrumenten erforscht und über die Erde und deren Bewohner ausgefragt. Sie erlitten danach unglaubliche Kopfschmerzen und erwachten mit einem Gefühl verprügelt worden zu sein auf einem Kornfeld.

Ich erinnere mich noch heute sehr gut daran, dass ich Angst bekam und meine Mutter deswegen befragte. Über meine Forschungsarbeit in ihren Zeitschriften wirkte sie zwar nicht sonderlich erfreut, doch gab sie mir eine Antwort. „Ich halte es für sehr wahrscheinlich, dass außerterrestrische Lebewesen existieren", erklärte sie mir, „dieser Bericht lässt aber nicht unbedingt Rückschlüsse auf das wirkliche Verhalten von Außerirdischen zu und wir Menschen werden ja Gott sei Dank auch von Engeln beschützt." Die zwei Menschen, die in der Esotera beschrieben wurden, hätten sich aber mit Sicherheit auch sehr dumm verhalten, schlussfolgerte sie und forderte die Zeitschrift von mir umgehend zurück.

Dass wir Engel um uns herum haben, wir sie aber nicht sehen können, wusste ich schon länger, denn meine Mutter hatte sie bereits öfter erwähnt. Dass nun auch Außerirdische mit ihnen herumflogen, war mir neu und im Gegensatz zu den hilfreichen Engeln konnten die einem nun auch noch, wie im Artikel geschildert, brandgefährlich werden. Ich überlegte kurz was die Engel wohl machen würden, wenn sie auf Außerirdische träfen und beschloss dann, mich da raus zu halten, oder zu gegebener Stunde meine Mutter darüber zu befragen.

Sie wusste viel über Himmel und Erde und schien außerdem für alle Befindlichkeitsstörungen eine Lösung parat zu haben. Ob sie uns nun im Winter heiße Kartoffelschalen bei einer Entzündung des Rachenbereiches um den Hals wickelte, oder die Engel um Schutz bat, wenn Yvonne, meine Schwester, Alpträume hatte oder wir nicht einschlafen konnten. Sie fand immer eine wirksame Methode dem Übel etwas entgegen zu stellen.

Diese Fähigkeiten kamen nicht von irgendwo her. Nach einem Erlebnis übernatürlicher Art zum Pfingstfest 1977 hatte sie sich zu einem komplett neuen Lebensweg entschlossen. Unsere Mutter verließ ihre Ehe und nahm an der damals aktuellen New Age Bewegung teil. Sie war aber nicht nur an ihr interessiert, sondern an allem, was die Menschheit an Kulturen, Religionen und dem Wissen darüber jemals hervorgebracht hatte.


Der Begriff New Age bedarf sicher einiger Erläuterungen, da sie in unserer heutigen Zeit ziemlich in Vergessenheit geraten ist und wir sie in die verrückte Zeit der „68er" einordnen, die ja von einigen gerne und in vielerlei Hinsicht als Ausrutscher der Zivilisationsentwicklung betrachtet wird. Das neue Zeitalter, wie das New Age auch genannt wurde, inspirierte damals sehr viele, meist jüngere Menschen. Es beinhaltete vielerlei ideelle Entwürfe, zu denen sich suchende Menschen hingezogen fühlten. Sie fanden sich zu Gruppen der unterschiedlichsten Art mit weltlichen oder religiösen Anschauungen und Motiven zusammen, um Lebensalternativen zu der damals (genauso wie heute auch) atomar bedrohten, lieblosen und von Egoismus geprägten Welt zu finden.

In den 1960er Jahren waren es vermehrt intellektuelle, links gerichtete Jugendliche, die über Karl Marx und Che Guevara diskutierten und gegen den Vietnam Krieg protestierten. Drogen wurden ausprobiert und ein neues Denken bzw. Bewusstsein wurde als wichtiges Kriterium für die Weiterentwicklung der Menschen angesehen. Es verbreitete sich die Erkenntnis, dass die Menschheit unbedingt eine Befreiung von alten Denk- und Handlungsmustern brauchte, um mit neuen Ideen gegen den kalten Krieg, die Tendenz der Selbstzerstörung sowie der Zerstörung der Welt angehen zu können.

Das New Age stellte sich ebenso als kritische Kraft gegen den Kapitalismus und dem Raubbau von Erdressourcen dar. In den 1980er Jahren wurden dann neue Methoden wie Rebirthing, Channaling, alternatives Heilen zum Beispiel durch Schamane, ebenso wie Yoga und Lichtmeditation wichtige Bausteine des hereinbrechenden neuen Wassermannzeitalters, wie man das New Age auch nannte. Neben unzähligen Methoden das Bewusstsein zu erweitern, entstanden viele Darstellungen und Theorien. Intensiv befasste man sich auch mit der Apokalypse, dem Weltuntergang, welcher durch die ständige Bedrohung durch schussbereite, auf den „Feind" gerichtete Atombomben sowie dem Wettrüsten der Großmächte ja auch recht nahe lag.

Im Gegensatz dazu wurde aber auch vom Anbrechen eines goldenen Zeitalters gesprochen, dem Wassermannzeitalter wie man sagte, dessen Name sich auf die astrologischen Einflüsse des Jahrhunderts bezog. In dieser Zeit sollte die Weltenseele heilen, wurde orakelt und der Mensch als ein neues Geschöpf, mit den himmlischen, göttlichen Mächten vereint, nicht mehr nur der Schwerkraft, Krankheit, Alter und dem Tod ausgeliefert, sondern durch das Eintauchen in ein neues Bewusstsein befähigt werden, die Lebensumstände zu einer sinnvolleren und der Schöpfung im höheren Sinne entsprechenden Form zu verändern, um der Last des Lebens neu und ganz anders begegnen zu können. Elke hatte viel darüber gelesen und etliche Werke studiert, unter anderem von Alice Baylies, C. G. Jung und Eileen Caddy. Auch war sie der festen Meinung, dass nur ein Bewusstseinssprung in eine neue Wahrnehmungs- Empfindungs- und Gedankenwelt den Menschen vor seiner Selbstzerstörung bewahren könnte.


Aus diesem Grunde und ihrer persönlichen Erfahrung wegen, beschäftigte sie sich intensiv mit Heilkräutern, Schamanismus, Astrologie und vielen anderen Methoden und entsprechender Literatur. Nur zweimal musste ärztliche Hilfe eingeholt werden. Das eine war unvermeidlich, weil meine Kniescheibe gebrochen war und das andere Mal, als meine Schwester und ich die Windpocken hatten. Andere Unpässlichkeiten und Erkrankungen konnte meine Mutter dank ihres Wissens selber heilen. Mit ihren Fähigkeiten und der eigenständigen Weiterentwicklung dessen, half sie uns oft über alle möglichen Schwierigkeiten hinweg.

Der Anfang in Schleswig-Holstein war trotz all dieser Fähigkeiten nicht leicht gewesen. Unsere Mutter hatte die Hoffnung gehabt, hier Gleichgesinnte oder sogar eine alternative

Lebensgemeinschaft zu finden. Ein neues Zuhause hatten wir zunächst noch nicht und wohnten vorübergehend bei einer Freundin, die eine Community mit uns gründen wollte.

Nach kurzer Einsicht in die total chaotischen Lebensumstände Mamas alternativ orientierter Bekannten - die Frau wohnte in einem ziemlich großen Haus in einem beispiellosen Chaos inmitten von Müll, Spielsachen und Klamotten mit ihrem Mann und vier Kindern - erkannte sie recht schnell, dass dort keine Basis für eine im Vorfeld mit der Freundin oft besprochene, neue Lebensgemeinschaft war. Unter anderem hatte ich während unseres Aufenthalts bei der Freundin beobachtet, dass drei von ihren vier Kindern, im Alter von neugeboren bis zu fast fünf Jahren noch von ihrer Brust tranken. Sie stillte sogar rauchenderweise, ihren Säugling im Arm haltend, ein anderes Kind stehend an der anderen Brust saugend, an dem mit schmutzigen Geschirr und Essensresten überfüllten Küchentisch sitzend.

Dieser Zustand und vieles andere mehr trug dazu bei, dass die Pläne geändert wurden und unsere Mutter ein riesiges Haus mit einem Laden anmietete.

Nicht weiter verwunderlich schien die erste Begegnung mit dem Vermieter, der sie sofort herzlich umarmte und erzählte, dass er eine Nacht vorher von ihr geträumt hätte. Elke sah solche Ereignisse als Schicksals weisend an, als einen Wink des Himmels, der ihr zeigte das sie genau zum richtigen Zeitpunkt am richtigen Ort angekommen war.

Zu ihren richtungsweisenden Lebenshilfen gehörten ihre Tarot Karten, ein Pendel und das I Ging, welches sie nach alter chinesischer Tradition legen konnte. Nach der Überlieferung hieß es, mit getrockneten Schafgarbenstengeln solle man Zeichen legen. Dabei musste man sehr komplexe Regeln einhalten, um dann zum Beispiel das Zeichen ,Der Himmel' oder ,Der Berg' zu erhalten. Es wurden jeweils zwei Zeichen übereinandergeschrieben, zusammen ergaben diese dann einen Titel in dem Begleit- und Erklärbuch. „Der Stillstand" konnte dann zum Beispiel der Titel heißen, in dem man auf Ruhe und Beharrlichkeit hingewiesen wurde. Je nach Lebensphase konnte einem das Orakel wichtige Hinweise und Denkanstöße vermitteln. Diese beschriebenen Werkzeuge wurden zur Entscheidungsfindung, bei Bedarf zur Konfliktlösung, in seltenen Fällen auch schon mal bei Resignation oder Langeweile benutzt.

Nebenher hatte unsere Mutter sich aber auch ein großes Wissen über Astrologie angeeignet und konnte sogar Horoskope berechnen. Die Planeten beeinflussten ja nicht nur jeden einzelnen Menschen von der Stunde seiner Geburt an, sondern hatten auch einen kausalen Einfluss sogar auf die politische, ja überhaupt auf die gesamte Situation auf der Erde. Diese wirkungsvollen Einflüsse und Zusammenhänge, die die Menschen prägen und deren Schicksal mitbestimmten, wurden von Elke oft über astrologische Berechnungen interpretiert. Zudem las sie eine Menge Bücher über kosmische Zusammenhänge.

Ob sie dieses alles tat um sich selber Halt zu geben oder neuen Mut zu finden, wenn im Alltag nicht alles so einfach, geschweige denn geistig so ausgerichtet verlief, wie von ihr erhofft, das bleibt für mich bis heute im Dunkeln verborgen. Sicher waren es für sie wertvolle Hilfen, denn immer noch fern von einer erträumten Gemeinschaft, musste sie ja nun als alleinerziehende Mutter mit zwei kleinen Mädchen, in einer völlig neuen Umgebung, dem schönen Schleswig-Holstein sich zurechtfinden.

Die Größe ihres eigenen Lebens - so hatte sie es tief empfunden - sei ihr in dem Moment bewusst geworden, als sie damals zu Pfingsten mitten im damaligen Ehedesaster einen Herz-Kreislauf-Zusammenbruch hatte und nach Luft schnappend im Wohnzimmer lag und sie überraschend die große Kehrtwendung ihres Lebens erfuhr. Sie erzählte uns oft begeistert davon, wie sie damals in ihrer bis dahin schlimmsten Stunde unerwartet die Stimme eines Engels hörte, welcher zu ihr sprach: „Elke komm ins Leben". Danach kam tatsächlich ihre Lebenskraft zurück. Dieses Erlebnis war für sie wie eine Aufforderung zu einem erfüllteren, wirklicheren Leben, wie sie uns zu erklären versuchte. Und dieses schien förmlich nach ihr zu rufen! Es rief nach einem Herauswachsen aus verkrusteten Lebensmodellen. Ein sich aus verstaubten Regeln einer überholten Welt mit öden Anpassungen und Eitelkeiten zu befreien. Authentisches Leben, ja ein wahrhaft lebendiges Leben wurde von da an zu ihrer täglichen Herausforderung, und einer wahrscheinlich eher für sich selbst auferlegten Daueraufgabe. Und es entsprach ganz der großen Aufbruchsstimmung jener Zeit, die nicht nur sie, sondern viele meist junge

Menschen antrieb umzudenken, ihr altes Leben auf den Kopf zu stellen und Neues zu wagen.

Der Winter konnte Elke aber trotz eigener starken Inspiration und vielfältiger Auseinandersetzung mit dem Weltgeschehen und den Menschen als solches schwer zu schaffen machen. Wenn das Leben so wenig zu bieten hatte wie in dem einsamen verschneiten Dorf Sörup - wir konnten uns ja nur wenige Extravaganzen leisten - fing sie an alles golden anzumalen. Sie versetzte sich dann in einen intuitiven künstlerischen Goldrausch! Dieser dauerte an, so lange wie Farbe im Topf war. Dank ihrer wunderschönen Vergoldung wirkten viele Dinge plötzlich wie Luxusartikel! Das waren zum Beispiel ein von ihr bemalter Bauernschrank, der mit Motiven der vier Jahreszeiten golden umrandet wurde und einige Stufen der Treppe, die so veredelt wurden, dass man meinen konnte man bräuchte ein Ballkleid, um sie betreten zu dürfen. Die größte Überraschung war an einem Morgen meine golden gewordene Zahnbürste. So wurde man über Nacht bei ihr zu einer Prinzessin!

Dass zu unserer Unterhaltung und für Neuanschaffungen jeder Art, nicht so viele Mittel zur Verfügung standen, hatte mich als Kind nicht großartig gestört. Es gab nur eine Situation bei der mir das Tragen von diversen Second Hand Klamotten zur Last wurde. Wie jedes Kind versuchte ich mich damals in der Grundschule zu integrieren. Ein für Damen gedachter Pelzmantel in Weiß mit grauen zick zack Mustern, wurde mir aus Mangel an anderer passender Winterbekleidung, trotz meines lebhaften Protestes mit einem breiten Gürtel um meine Taille fixiert und die zu langen Ärmel kurzerhand umgekrempelt. Dieses Bekleidungsstück ließ meinen ohnehin zarten Beziehungsstatus in der Klasse für einige Zeit einfrieren.

Außer dieser für mich unangenehmen Situation war diese Art der Reduktion für mich kein Problem, eher im Gegenteil, es beflügelte die Kreativität von mir und meiner Schwester. Bei Kindern in der Nachbarschaft vom Ort Sörup hatten wir mit deren Barbie Sachen spielen dürfen. Wir hatten selber zwar zwei echte Barbies aber dazu keinen Ken, also das männliche Gegenstück. Die benachbarte Freundin besaß zudem Pferde für die Barbies und für Ken, außerdem ein Barbie Kind und Hund. Damit fing es eigentlich erst an! Dazu kamen Barbie Freundinnen, ein Haus mit Badewanne und Balkon, ein Jeep und ein Swimmingpool. Die Barbies hatten 100 verschiedene Ballkleider, Golfklamotten, Schlafanzüge, Handtaschen, Hüte und dazu natürlich die Kleiderschränke. Im Grunde war unsere Barbie Ausstattung dagegen so mitleidserweckend, dass man die freundschaftliche Verbindung von ihr zu uns zwei Minderbemittelten als großmütig bezeichnen konnte.

Diese Überlegenheit äußerte sich dann beim Benutzen ihrer Spielgeräte so, dass sie uns ständig sagte, wie wir was zu spielen hatten. „Du nimmst jetzt Ken und den Jeep", hieß dann das Diktat, „Ken kommt zum Haus gefahren, steigt aus und geht auf das Barbie Haus zu. Barbie kommt ihm in einem wunderschönen Ballkleid entgegen. Ken muss jetzt sagen, wie wunderschön sie aussieht in ihrem Kleid." So wurden uns in etwa die Spielregeln aufgedrängt. Bei mir produzierte diese Art zu Spielen stets eine Art innere Unruhe, Langeweile und hinterließ in mir sogar eine gewisse Leere. Spätestens dann zog ich mich zurück.

An einem schönen Morgen beschlossen Yvonne und ich uns nun selber einen Jeep zu bauen. Schnell wurde aus einem Schuhkarton, Zewa-Rollen und diversen anderen Dingen ein Barbie Auto gebaut. Ken wurde aus einem umgedrehten Kochlöffel hergestellt. Er bekam eine Unmenge Stoff als Brustkorb umgewickelt und wurde auf der Fahrerseite des Jeeps platziert. Leider ragte er ziemlich stocksteif über die Windschutzscheibe hinaus. Dieser Umstand störte uns jedoch wenig. Beflügelt von unserer Kreativität bauten wir dann mit beträchtlicher Ausdauer aus zwei ziemlich großen hölzernen Gemüsekisten ein doppelstöckiges Barbie Haus. Innen tapezierten wir die Wände mit verschiedenen Stoffen und bastelten Möbel. Für drei Tage hatte uns der Bauprozess total in Anspruch genommen, dann jedoch gab es am vierten Tag einige Enttäuschungen bezüglich der Haltbarkeit des Jeeps und der Möbel. Während einer rasanten Verfolgungsjagt verlor der Jeep seine Vorderreifen und die Frontscheibe wurde beschädigt. Das Auto wurde also in die Werkstatt gefahren, um die Reparatur vornehmen zu lassen. Dass wir selbst die Mechanikerinnen waren, die die Reparaturen zu bewerkstelligen hatten, schmeckte uns in dem Moment wenig, denn wir wussten, dass diese eine sehr geduldige, aufwendige Arbeit von uns forderte. Umso lieber wurde ab jetzt tüchtig im Barbie Haus gewohnt, anstatt Auto zu fahren und die Barbie an einen Tisch gesetzt, natürlich auf einen selbstgebastelten Stuhl, der wegen der doch etwas unhandlichen Barbie Puppe nach kurzer Zeit zusammenbrach. Nach einigen Tagen ließ dann das eifrige Interesse an unseren Barbiepuppen und deren neuen Wohn- und Freizeitobjekten nach.

Das aus wenig viel gemacht werden kann, ist sicher eine Tugend des Notstandes und entfachte bei uns immer neue kreative Ideen und Entwicklungen. Meine Mutter war in dieser Hinsicht nicht zu überbieten. Unsere Oma, die Großmutter mütterlicherseits, brachte bei ihren Besuchen in Sörup stets Tischläufer aus Brokat mit floralen Mustern und Goldrand mit. Sie hatte wohl nie bemerkt, dass ihre Tochter für so etwas gar keinen Sinn hatte und schleppte diese Teile immer wieder gerne als besondere Aufmerksamkeit heran. Meine Mutter schluckte tapfer ihren Ärger hinunter, fand aber dann tatsächlich neue Verwendung für die Tischläufer. Für uns nähte sie aus Nicki Stoff mittelalterlich anmutende Kleider, die lange Ärmel hatten und ab der Linie unter der Brust glockenartig zu den Knöcheln fielen. Ein schöner Ausschnitt wurde mit einem Brokateinsatz der Tischläufer versehen, was dem Kleid tatsächlich eine sehr edle Note verlieh, und wir hätten sofort in einem historischen Film eine gut bekleidete Rolle spielen können. Dass sie mir außerdem eine Röhrenhose aus Brokatstoffen nähte, würde ich wegen meiner Antipathie diesem Kleidungsstück gegenüber am liebsten unerwähnt lassen. Jedenfalls trug ich diese ungeliebte Hose nur kurze Zeit, zumal sie auch noch mit weinroten Hosenträgern ausgestattet war.

Ihre Phantasie, wohldosiert mit handwerklichem Geschick gepaart, war grenzenlos. So schneiderte Elke zum Beispiel Mäntel aus Wolldecken und schnitt uns eigenhändig die Haare. Eine Künstlerin zur Mutter zu haben ist sicher etwas ganz besonderes, bringt aber wegen der allgegenwärtigen kreativen Impulse, manche Gefahren mit sich. Mein Pony wurde zum Beispiel dank ihrer Frisierkunst in zwei zur Nase hin verlaufende Torbögen geschnitten und erinnerte an einen Monchichi beziehungsweise an die Frisur der damals bekannten Moskauer Fernsehkorrespondentin Gabriele Krone-Schmalz. Dass ich mich deswegen schämte und der Eigenart meiner Frisur wegen, mich nicht so recht unter die Kinder traute, verstand sie zwar nicht, schnitt mir dann aber nach einigem hin und her wieder einen Otto Normal Pony.

Ja wahrscheinlich entwickelte sich schon zu dieser Zeit bei mir das Bedürfnis ganz normal und angepasst zu sein, um möglichst unauffällig in die allgemeinen, gesellschaftlich anerkannten Normen einzutauchen. Es entwickelte sich bei mir die Tendenz, dass ich lieber eine Grau-Maus, statt ein seltsamer, von allen Seiten bestaunter, aber zugleich grausam ausgegrenzter Paradiesvogel sein wollte. Was für Elke eine Herausforderung und das damit verbundene Streben nach „Entfaltung des seelischen Potentials" war, wurde später für mich eher eine „Reduktion zu Gunsten meiner gesellschaftlichen Integration".

Im darauffolgenden Sommer wurden meine Schwester und ich auf die Waldorfschule in Flensburg eingeschult. Diese war neu erbaut worden und versprach eine bessere Aufschlüsselung des Lernstiels und für den heranwachsenden Menschen eine umfassendere, auch auf Kunst, Theater, Gartenbau, Musik und diverse auf rhythmische Körperarbeit bezogene, Ausrichtung. So hatte Elke es uns erklärt. Da sie fest entschlossen war, uns neues Denken im Sinne der großen New Age Inspiration zu vermitteln, war sie dankbar für die Neugründung der anthroposophischen Schule. Dafür wurde einiges in Kauf genommen, zum Beispiel das Schulgeld und die von den Eltern zu leistenden beziehungsweise zu organisierenden Fahrten zu der 21 Kilometer entfernten Hafenstadt. Meine Schwester kam in die erste Klasse und lernte beispielsweise eine 2 zu schreiben, indem sie immer wieder einen Schwan malte oder zeichnete.


Auch meine ersten Erinnerungen waren künstlerischer Natur, wir malten ständig Kreise, warum weiß ich nicht mehr, ich fand es jedenfalls sinnentleert. Es störte mich auch, dass die merkwürdigen Wachsmalblöcke durch die Ecken der Blöcke dumme Kratzer hinterließen und ich brauchte lange, bis ich diese so zart aufzusetzen lernte, dass sie reine gleichmäßige Flächen hinterließen. Ein ganzes Schulheft war am Ende Zeuge dieser widerwärtigen Arbeit. Teilweise konnte ich die Tintenschrift aufgrund der Wachskratzer überhaupt nicht erkennen. Was von vielen Eltern und Lehrern mit hohen Idealen für ein besseres Schulwesen wunderbar erkämpft worden war, wurde durch die zusammengewürfelten Klassen recht unterschiedlicher Kinder meiner Meinung nach in der Luft zerrissen. Einige Schülerinnen und Schüler kamen aus sehr begüterten Elternhäusern mit viel Geld und ebensolchen Ansprüchen, der größere Teil bestand aber leider aus Lerngestörten. Viele Kinder die wegen Verhaltensauffälligkeiten von anderen Schulen geflogen waren bekamen hier ebenfalls eine neue Chance.

So war die Mischung in unserer Klasse sehr explosiv und dementsprechend erschien unsere stille Hauptlehrerin total überfordert. Sie war eine sozusagen ganz feine und sensible Person, die gerne lange Röcke trug und dazu Blusen und darüber selbst gestrickte Westen, wenn ihr kalt war. Ihre Stimme war leise, die Schritte in ihren flachen Schuhe geräuschlos und ihr Blick wirkte stets nach innen gekehrt. Aus heutiger Sicht tut es mir leid, denn es war fürchterlich von uns, dass wir Kinder ihr so wenig Aufmerksamkeit schenkten und im Gegenteil während ihrer Anwesenheit auch noch so wahnsinnig laut wurden. Grausam zeigten wir ihr durch offene Ignoranz und Lärm, dass wir weder an ihrer Person, noch an ihrem Unterricht interessiert waren. Ein Junge der sie besonders verrückt machen wollte, legte die Beine im Unterricht auf den Tisch und las die in der Waldorfschule verbotenen Comics. Nach mehreren Aufforderungen der Lehrerin das zu unterlassen, rannte er plötzlich auf sie zu, krallte sich mit seinen Händen an ihrem Hals fest und würgte sie wirklich nach Leibes Kräften! Die bedauernswerte Lehrerin resignierte bereits nach zwei Monaten und war reif für eine Erholungskur. In keinem anderen Schuljahr hatte ich so wenig gelernt und gleichzeitig so viel Blödsinn gemacht wie in diesem Jahr, an der vor allen Dingen baulich so schönen Schule in Flensburg.

Das knappe Jahr auf der Waldorfschule hatte eine körperliche Erinnerung mit sich gebracht, die mich selbst heute noch latent begleitet. Wegen der organisierten Fahrten zur

Schule stand ich so manches Mal wartend an der Straße und schaute, ob das Auto der Familie Acker sich blicken lassen würde. Ich erkannte es selbst im Winter bei Dunkelheit an den Scheinwerfern und den Umrissen des Fahrzeuges. In der damals lausigen Kälte wurden meine trotz mit mehrfach übereinander gezogenen Strümpfen und in Gummistiefeln eingepackten Füße extrem kalt. An einem eisigen Morgen passierte es dann. Beim Warten in meinem unzulänglichen Schuhwerk waren mir tatsächlich zwei Zehen fast erfroren. Später entzündeten sie sich gerne und ich hatte noch manches Mal leidvoll damit zu tun. Noch heute erkennt man die unterschiedlichen Formen meiner Zehen und Zehennägel im Vergleich zum anderen Fuß. Aber auch in diesem Fall bekam ich, wie auch zu anderen Gelegenheiten, ungewöhnliche Behandlung von Elke mit Hilfe ihrer intuitiven Zauberkünste, doch darüber berichte ich später.

Unsere Mutter hatte nun alles getan, um uns schulisch die beste Alternative zu bieten. Dass der ganze Schülertross aus wild zusammengewürfelten und mit extrem unterschiedlichen Naturen ausgestatteten Kindern, eine explosive Mischung ergeben würde, und ich ohne ihr Wissen und Wollen fast zu einem Monster mutiert wäre, war von ihr natürlich nicht vorauszusehen.

Jedenfalls hatten alle Bemühungen in dem idyllischen Schleswig-Holstein das New Age, ein neues Bewusstsein oder wenigstens eine Gemeinschaft Gleichgesinnter zu gründen, keine Früchte getragen, sondern eher sogar eine gewisse

Distanz zu den hier herrschenden gesellschaftlichen Interessen erzeugt bzw. verdeutlicht. Selbst die Malschule, die sie in dem Haus gegründet hatte, ließ sich nur unvollständig auf die Beine stellen, denn diese Einrichtung wurde von der Söruper Bevölkerung nur schwer angenommen und - wahrscheinlich wie alles fremde und ungewonte - meist skeptisch beäugt. Aber zugegeben, das geschah nicht ohne Grund, denn bereits das Haus stellte optisch eine Besonderheit dar. Es war ein recht großes zweistöckiges Gebäude mit Giebeldach und einem verglasten Schaufenster zur Straße hin. Die Kunststoffverkleidung der Fassade war hellblau und über dem Schaufenster gab es eine Holzverschalung auf der alsbald in großen Lettern *New Age Malstube* prangte.


Im Schaufenster waren Elkes Bilder ausgestellt, die natürlich alles andere als malerische Holsteiner Küsten und Rapsfelder darstellten. Sie war ja Surrealistin durch und durch. Ihre Bilder steckten daher voller kontroverser Symbolik, Farben, Formen und Figuren. Dazwischen stand ein Halter mit einem Chinesenhut darauf, den sie von einem Freund, der ihn in China einem Reisarbeiter abgekauft hatte, geschenkt bekam. Auf dem Boden des Schaukastens tummelten sich meistens mehrere Katzen, die sich dort gerne im Sonnenschein aalten. Wenn Mama bei guter Laune war, dekorierte sie das Schaufenster gerne einmal um, legte Edelsteine oder Blumen hinzu, auch schon mal Kerzen, die sie in der Nacht anzündete. Aus Sicht der überforderten Dörfler waren wir deshalb einfach nur die Bewohner des Chinesenhauses.

Am irrsinnigsten wurde die ganze Szenerie immer dann, wenn Mama draußen mit ihrem selbstgenähten Mantel und Sarah der schwarzen Katze auf der Schulter herumlief. Der Mantel war ursprünglich einmal eine aussortierte und geschenkte Decke von Oma gewesen. Sie brachte zu unserem Leidwesen fast jedes Mal neben den bereits erwähnten ausgedienten Brokat-Tischläufern, eine von diesen ‚Super Decken' mit Lammschurwollanteilen mit. Wie bereits bekannt, hatte Elke jedoch ihre eigene Art damit umzugehen. Auf den (Decken)- Mantel hatte sie ohne zu zögern die Haut einer echten Kobra Schlange genäht. Diese fing mit der gut erkennbaren Kopfform in Höhe des Halskragens an und setzte sich mit ihrer hellen gemusterten, sehr eindrucksvoll anzusehenden Haut, über die Mitte des Rückens hinab bis zum Saum des Mantels auf Kniehöhe fort. Sarah, die verrückte Katze, sprang gerne mal von der Treppe des Hauses auf ihre Schulter und ließ sich dann - beharrlich festgekrallt - genau auf ihren Nacken nieder, um sich durch die Gegend tragen zu lassen. In der Zeit ließen sich zudem Mam´s Haare nicht richtig bändigen und ergänzten den Flower-Power- Hexen Look perfekt. Wenn sie nun so vor ihrem Schaukasten gesichtet wurde, stärkte das wiederum nicht gerade das Verlangen der Söruper, ein paar Blümchen-Bilder in der *New Age Malstube* zu malen. Eines Tages kam für uns völlig überraschend eine junge Frau mit blonden Haaren und wollte am Zeichenunterricht teilnehmen. Wir starrten sie wahrscheinlich an, als käme sie von einem fernen Planeten!

Noch ein weiteres Wunder dieser Art geschah in dieser Zeit, Elke bekam einen Auftrag! Für einen Schnellimbiss sollte sie Bilder von Hamburgern, Hotdogs und diversen Gerichten mit Spiegeleiern, Pommes Frites und Fleisch auf Tafeln malen. Den Kunden sollten die hübsch gemalten Speisen schon mal eine gewisse Vorfreude auf den Gaumen locken. Nun, im Bewusstsein des Wassermann Zeitalters waren nicht nur Frauen und Männer gleichwertig, sondern auch Tiere hatten eine Seele und waren Eigenwesen, die ebenfalls Unglück und Schmerz erleiden konnten. Die Künstlerin aß deshalb auch kein Fleisch. Aus dieser Überzeugung heraus wurde der Hotdog so gemalt, dass zwischen den Brötchenhälften ein Dackel hervorschaute. Der Hamburger bekam Augen, eine Schnauze und einen Ringelschwanz. Die Spiegeleier wurden mit menschlichen Augen und langen Wimpern dekoriert und bekamen einen grellrot geschminkten Mund gemalt. Im Hintergrund flatterten aufgeregte Mama- Hühner, die verzweifelt ihr Gelege suchten. Dem unglücklichen Imbissbetreiber und jetzt Neubesitzer dieser beeindruckenden Werke seien aber nach einiger Zeit die Kunden ferngeblieben und er entschloss sich, die Bilder wieder abzuhängen. Immerhin war er ein anständiger, gutmütiger Mensch, der den vereinbarten Preis trotzdem bezahlte. Die Künstlerin blieb sich treu, lauschte nach innen und schaute zu den schicksalsweisenden Sternen empor. Denn das war die eigentliche Wirklichkeit für Elke, in der sie sich wohlfühlte und die sie verstand.

Ich weiß nicht, was sie im darauffolgenden Herbst und nahenden Winter so erlebte, ob die Sehnsucht nach einer spirituellen Gemeinschaft sie trieb oder ob eher die Panik vor dem nächsten Winter sie zu neuem Denken bewegte.

Das allgemeine Geläster im Ort bezüglich Essgewohnheiten, der Gartenpflege und das Scheitern einiger Ehen in der Nachbarschaft sowie die fatalen Fehler die anscheinend zu allem geführt hatten, ließen meine Mutter recht unberührt. Einen tieferen Sinn des Lebens und des menschlichen Daseins zu ergründen war ihr Bemühen. Dieses wiederum sahen die Dörfler eher als Energieverschwendung, bei dem nichts Vernünftiges herauskommen drohte, so jedenfalls war die Meinung der uns umgebenden bürgerlichen Allgemeinheit. Jeder neue Tag erschien Elke als ein Feld, auf dem das wirkliche Leben im Gleichklang zwischen der Seele und der neuen Welt, die ja im Wassermannzeitalter angebrochen war, herausgearbeitet werden wollte. Sensibel nahm sie gleichwohl die Stimmungen im Ort wahr und interpretierte Träume und Erkenntnisse aus ihren Tarot Karten. Bestimmt aber war der innere Abstand zu einer Gesellschaft, die eher an oberflächlichen Befriedigungen interessiert schien, dabei das Wesentliche des Menschen jedoch nicht neu zu erkennen suchte, schon zu groß. Jedenfalls begann hier unser unglaubliches Abenteuer, aufgrund dessen ich beschlossen hatte, dieses Buch zu schreiben.

## *Die Botschaft des Engels.*

Eines Morgens, so fangen ja gerne Märchen und Abenteuer an, überraschte unsere Mutter Yvonne und mich, indem sie uns von einem sehr bedeutsamen Traum berichtete, der sie ganz und gar einnehmen würde und sie darüber zu gegebener Stunde mit uns zu sprechen wünsche. In der Art wie sie uns das verkündete sowie durch die besondere Tonlage ihrer Worte wussten wir sofort, dass etwas sehr Gewichtiges geschehen sein musste und unsere Spannung stieg. Nun muss ich vielleicht zum besseren Verständnis erklären, dass bei uns zuhause sicher nicht ein verstopfter Abfluss, oder etwa der nicht funktionierende Fernseher und schon gar nicht ein verschmutztes Kleidungsstück für Aufregung hätte sorgen können. Nicht die Bohne. Ein besonderer Traum hingegen konnte für uns die Welt aus den Angeln heben! Diesen aus den Angeln hebenden Traum hatte meine Mutter in dieser entscheidenden Nacht gehabt, und was noch gravierender und bezeichnender für ihr Leben und ihre Person war, sie nahm diesen Traum als Botschaft für ihr Leben absolut ernst.

Stunde um Stunde hatte Elke mit dem Reflektieren dieser Botschaft zugebracht. Erst dann, nach allen reiflichen Überlegungen, bat sie uns am Eichentisch im Wohnzimmer Platz zu nehmen. Richtig feierlich eröffnete sie uns, dass ihr im Traum ein Engel erschienen wäre und zu ihr gesprochen hatte: „Löse deinen Haushalt auf, verkaufe die Möbel, Bilder und Antiquitäten, besorge dir einen Bus, nimm deine Kinder und fahre los! Es ist für alles gesorgt!"

Dass sie eine Einladung von einer zeitweise auf Mallorca lebenden befreundeten Professorin zur gleichen Zeit erhalten hatte, hielt sie für einen weiteren Wink des Schicksals. Auf dem weitläufigen Anwesen der Gelehrten sollte – wie toll - bald auch eine Montessori Schule entstehen, dieser Plan entschärfte sogar ihre Sorgen wegen unserer Schulpflicht von mindestens 9 Jahren. Wir Kinder waren natürlich schwer begeistert nicht mehr in die Schule gehen zu müssen und waren zudem gerne bereit, dem tristen Schleswig-Holsteiner Winter eine Finte zu schlagen. Nichts lieber als das! Es wurde uns direkt schwindelig vor Aufregung, aber so richtig vorstellen konnten wir uns das ganze natürlich nicht. Keine Schule mehr, keine Schneeberge, keine eingefrorenen Zehen in kalten Gummistiefeln, keine langen und einsamen Abende mehr bei Kerzenilluminationen in dem winterlichen Isolationskühlschrank Sörup! Das ließ den Puls höherschlagen!

Erst ein paar Tage später kamen einige Ernüchterungen hinzu, so zum Beispiel die Erkenntnis, dass man nun auch unsere Freunde in großem Abstand hinter sich lassen würde. Dieser Umstand stimmte mich so traurig, dass ich ins Schwanken geriet und dieses in einer Art Aufbäumen hervorbrachte und kurzfristig sogar gegen den Plan meuterte. Ich weiß nicht mehr welchen Zauber Elke wieder parat hatte um dieses Unglück aus der Welt zu schaffen, aber es geschah und nach ein paar Wochen hatte ich mich an den Gedanken gewöhnt nicht mehr mit Christiane zusammen sein zu können. Wir könnten uns doch gegenseitig Briefe schreiben und Christiane könne jederzeit gern nach Mallorca kommen, sagte meine Mutter. Weiterhin besprachen wir natürlich auch die zukünftige erhebliche räumliche Trennung vom Vater, der uns jedoch sowieso nur einmal im Jahr, zusammen mit seiner neuen Frau, in Sörup besucht hatte. Und somit hatte Elke Recht, dass es wahrscheinlich in Zukunft trotz unseres Umzugs gar keinen so großen Unterschied zu dem bisherigen Verhältnis zu unserem Vater geben würde. Außerdem hatte dieser Umstand damals für mich auch nicht den gleichen Schmerz inne, wie die bevorstehende Trennung von Christiane.

Längere Zeit stand nun das Besprochene wie ein fiktives, in ferner Zukunft liegendes Abenteuer vor uns und wirkte aber irgendwie so, als könnte es doch nicht wirklich etwas mit uns zu tun haben. Als jedoch die antiken Möbel nach und nach verkauft und abgeholt wurden, fühlten wir uns von der großen Entscheidung ganz anders berührt. Die meisten Kleidungsstücke und Spielsachen wurden weggegeben, nur wenige Stofftiere, eine Puppe und die Barbies kamen in die engere Auswahl, mitgenommen zu werden. Für uns Kinder waren das wirklich harte Stunden des Abschiednehmens. Jedes Stofftier, das nicht mitdurfte, tat einem irgendwie unendlich leid. Es war so, als wenn man ein Todesurteil für das selbige ausgesprochen hätte.

Unsere Mutter hatte inzwischen - wie ihr der Engel aufgetragen hatte - einen VW Bulli besorgt der nun mit vielen kreativen Ideen ausgestattet wurde. Im Prinzip war die Einrichtung simpel. Die VW Bullis zu dieser Zeit hatten den Motor hinten. Der war durch einen in den Boden übergehenden Absatz aus Blech abgedeckt. Direkt davor platzierte Elke in gleicher Höhe zwei Kisten aus Sperrholz. Dazwischen von der seitlichen Schiebetür aus betrachtet, entstand eine schmale Lücke. Zwei weitere zum Fahrerabteil gestellte Sperrholzkisten bildeten den Abschluss. Ein Brett überbrückte die Lücke zwischen den Kisten und darauf lagen Matratzen, so entstand eine durchgehende Liegefläche mit einem darunterliegenden Stauraum für Kleidung. Zwischen den Fächern an der Schiebetür, gut hervorziehbar, standen der Gaskocher und auch das Geschirr. Fertig war die fahrbare Laube!

Zwischen dem Fahrerhäuschen und dem Matratzenlager hing von links nach rechts eine tibetische, mit Glöckchen bestückte Schnur und dazwischen, an einigen am Dachhimmel befestigten Haken, hingen Tassen aus Aluminium. Außerdem durfte ich am Himmel des Bullis ein von mir im Flensburger Kino erbetteltes Plakat ankleben. Darauf abgebildet war „Das letzte Einhorn". Es entstammte einem Zeichentrick-Film, den wir uns dort angesehen und der mich zutiefst beeindruckt hatte. Nun durfte das Einhorn mitfahren und ich war darüber sehr erfreut. Unendlich viele blaue Mülltüten wurden auch noch mit allerlei Brauchbarem gefüllt und am Ende war das Haus tatsächlich leer und der Bus gemäß seines Fassungsvermögens funktionsgerecht bestückt, voll.

Lange bevor der nächste Winter über das Land hereinbrach waren wir abfahrbereit. Die Abschiede von Christiane und den Nachbarn habe ich leider nicht mehr so recht in Erinnerung behalten. Es ist schon eigentümlich, dass manche Erinnerungen einem so klar und deutlich wie ein gespeicherter Film vor Augen stehen und wiederum andere, in einem dichten grauen Nebel verschwunden sind und man nur noch aus Erzählungen von ihnen weiß. Zwei Szenen aus der Zeit sind mir jedoch auch noch heute sehr präsent. Nicht nur das Verlassen von unserem Zuhause spielte hierbei emotional eine wichtige Rolle, nein, wir hatten ja gar keinen Wohnsitz mehr, keine Wohnung, kein Haus, kein Heim nur diesen vollgestopften VW Bus! Plötzlich fühlte ich mich irgendwie dünnhäutig und noch verletzbarer als jemals zuvor! Die erste Szene der Abfahrt, die mir im Gedächtnis eingebrannt geblieben ist, ist die Frontansicht unseres Hauses das beim Wegfahren immer kleiner wurde.

Das Schaufenster zeigte keinen Chinesenhut mehr, keine Bilder und keine sich wohlig räkelnde Katzen, es wirkte anonym und steril. Neben dem großen Gartentor standen am Mülleimer noch ein paar blaue Säcke, die zusammen mit dem Haus bei der Abfahrt immer kleiner und kleiner wurden. Ja und dann verschwand alles aus unserem Sichtfeld und war weg. Ich könnte nicht sagen, dass ich dieses Haus besonders geliebt oder sogar als Heimat empfunden hätte, dafür waren wir anscheinend schon zu oft umgezogen. Und doch war es der letzte Pfeiler, oder Bollwerk unserer mehr oder weniger gelungenen gesellschaftlichen Integration in Deutschland. Trotz meines Alters von gerade mal 12 Jahren spürte ich das sehr genau. Die zweite Szene meiner Abfahrtserinnerung bildet eine Bildsequenz in der Dunkelheit ab. Eher unfreiwillig, wahrscheinlich einer mangelnden Ortskenntnis geschuldet, hatten wir einen Umweg über eine kleine Landstraße genommen und fuhren durch ein Wohngebiet mit offensichtlich gut betuchten Familien, die dort in wunderschönen mit Reetdach versehenen Häusern lebten. Auf den sauberen, mit Kies aufgeschütteten Einfahrten unter neuen hölzernen Carports, parkten entsprechend teure Autos. Wir schauten zu dritt, während unsere Mutter langsam den Bulli über die Straße lancierte, in die großen bis zum Boden ragenden Fenster der gemütlich erleuchteten Wohnzimmer. Hier sah man einen Schaukelstuhl, dort einen hölzernen Schreibtisch und durch ein anderes Fenster eine lederne Wohnzimmercouch.

Fast wären uns die Augen vor lauter Glotzen aus dem Bulli gefallen. Meine Mutter schaute auch recht irritiert und wir konnten uns einfach nicht so recht von diesem heimeligen Anblick befreien. „Schon komisch", sagte sie, „wir haben jetzt kein Zuhause mehr". Dann überlegte sie eine Weile, während sich unsere Kinderaugen weiterhin nicht von dem wohligen Ambiente dieser Häuser lösen wollten. „Aber meint ihr etwa, die sind glücklich mit all dem? Die müssen sich um alles kümmern und haben jeden Tag irre viel Arbeit und am Ende des Tages brechen sie auf ihrer schicken Couch erschöpft zusammen. Menschen hängen oft so sehr an all diesen Äußerlichkeiten, die sie besitzen, dass ihnen nichts anderes mehr einfällt, außer sich für das was sie haben und für das was sie noch mehr besitzen wollen, ihre Lebenszeit von Arbeit und Karriere stehlen zu lassen. Werden sie etwa am Ende sagen ‚ja ich habe wirklich gelebt', oder werden sie sagen ‚Gott sei Dank hatte ich dieses schöne Haus, sonst hätte ich mein Leben mit so viel Stress gar nicht ertragen. Es war der Lohn für all die Anstrengungen'. Ein anderes Leben zu leben außer das ihnen von der Gesellschaft vorgegebene, wäre ihnen gar nicht in den Sinn gekommen. Kinder, was ist denn das für ein Bewusstseinszustand?". Daraufhin wendeten wir unsere Blicke wieder auf die Fahrbahn und der Reiz der herrlichen, reetgedeckten Häuser war wie ein Spuk verschwunden. Diese beiden Erinnerungen die ich jederzeit wie ein Film in mir aufrufen kann, waren unsere Loslösung von der deutschen Heimatscholle.

Wie genau es dazu kam, dass wir wegen der in Deutschland bestehenden Schulpflicht in all den folgenden Jahren nicht belangt worden waren, wird uns wohl ewig ein Rätsel bleiben. Zumal unsere Scheinadresse bei einem unserer Mutter bekannten Schauspieler in München, die uns als postalische Koordinierungsstelle dienen sollte, sicher auch amtliche Post mit Aufforderungen, Mahnungen oder gar Ordnungsstrafen empfangen hätte. Diese blieben allerdings aus, daher vermuteten wir, dass die Direktorin der Waldorfschule in Flensburg unsere Schulabmeldung schlicht und einfach vergessen hatte. Vielleicht konnte unsere Mutter sie auch überzeugen, dass sie uns nach dem Konzept der Europaschule, welche die Geschichte und Sprache vor Ort zu lehren pflegte, zu unterrichten beabsichtigte. Oder jemand bei den Ordnungs- oder Meldebehörden hatte eine Amtshandlung verschlafen. Vielleicht waren auch die Bescheide durch irgendwelche Umstände untergegangen - wir wissen es bis heute nicht.

Trotz der Tatsache, dass die Post von unserem herzlichen Münchner Schauspielerfreund geöffnet und uns bei Bedarf nachgesendet wurde, gab es jedenfalls nie eine Aufforderung unserer Schulpflicht nachzukommen. Fast alle späteren Freunde fragten, nachdem sie unseren Erzählungen gelauscht hatten, wie das wohl ohne Fahndung nach zwei Kindern im schulpflichtigen Alter passiert sein konnte. Nun, es sollte wohl so sein während wir - auf diese Art heimlich - jedoch mit einem deutlich vernehmbaren knatternden Motorengeräusch über die süddeutsche Grenze entschwanden.

## *Das neue Leben auf Mallorca!*

Von unserer Fahrt über Frankreich nach Spanien ist mir nichts Wesentliches in Erinnerung geblieben, sie verlief wahrscheinlich ohne nennenswerte Probleme bis nach Barcelona. Von dort aus schipperte eine Fähre uns und den Bulli über das Mittelmeer. Mitten in der Nacht überquerten wir die Strecke bis nach La Palma auf Mallorca. Nach einer inzwischen insgesamt tagelangen Fahrt knatterten wir in der Nähe von Santanyi auf das Grundstück unserer hannoverschen Bekannten ein. Um das Gelände der Professorin zu erreichen, bahnte sich unser Bulli tapfer den Weg zwischen vielen Steinmauern und Mandelbäumen hindurch. Wie genau unsere Mutter den Bus, natürlich ohne ein heute selbstverständliches Navi, zielgerecht zu lenken verstand, ist mir bis heute ein Rätsel. Denn der Weg zum Grundstück war nur schwer zu finden und zu guter Letzt mussten wir auch noch eine enge Passage zwischen aufgeschichteten Steinen hindurchfahren, wobei zwischen unseren Bus und dem seitlich aufragenden Mauerwerk kaum noch eine Zeitung passte.

Die Landschaft war recht flach. Abwechslung zu den kargen Gräsern und Gestrüpp boten die einzelnen Häuser aus Natursteinen, die Mandelbäume, Kakteen und die vielen Steinmauern, die wohl als Grundstücksbegrenzungen dienten. Tatsächlich war ich zuerst etwas enttäuscht und überlegte im Stillen, warum wir um diesen Ort zu erreichen, so viele Tage gefahren waren. Aber als wir hinter einer letzten Kurve die kleine Hütte aus Naturstein auf dem Feld stehen sahen, auf dem Grundstück dahinter die schöne Villa unserer Professorin, und ringsherum kein weiteres Haus mehr ausmachen konnten, erkannte ich die Idylle. Auf diesem Flecken Erde sollte Elke also mit uns Kindern zusammen beginnen, sich weiter von alten Lebensvorstellungen zu lösen und ihre Hingabe an das ‚Neue Zeitalter' in ganz neuen Dimensionen zu leben. Da sie dieses Ziel konsequent beibehielt und zwar bis zum Ende ihres Lebens, bekam sie von mir den Namen „Die Welterneuerin".

Von der Besitzerin dieses idyllischen Anwesens wurden wir zunächst herzlich willkommen geheißen. Später durften wir dann „unsere" Hütte aus Naturstein beziehen. Diese war ehemals von Ziegenhirten bewohnt worden und diente jetzt als Gasthütte. Nur etwas Wohnliches konnte man kaum darin entdecken. Das Gemäuer besaß eine Eingangstür sowie ein kleines Fenster, welches allerdings bei geschlossener Tür kaum das nötige Licht hereinließ, um in der Hütte ein Buch zu lesen. Diese karge Behausung bestand aus einem einzigen Raum, der hinten links in der Ecke mit einem einfachen offenen Natursteinkamin ausgestattet war. Im Umfeld des Kamins waren die Wände schwärzlich angerußt. Sie verrieten auf diese Weise entweder den erheblichen Abstand zu der letzten Renovierungsphase oder einfach den unzulänglichen Abzug von Rauch über den Schornstein. Daneben stand ein einfacher Holztisch mit vier Stühlen und in der Mitte befand sich ein Matratzenlager auf Brettern. Rechts neben der Tür befand sich ein Küchenschrank. Vor der Hütte, rechts neben dem Eingang, befand sich eine Zisterne als Wasservorrat, ebenfalls aus Steinen gemauert. Zisternen sehen aus wie Brunnen, besitzen einen tiefen Schacht und in der Öffnung des Selbigen hing an einer Kurbel mit einem umgewundenen Seil ein Eimer. Hier konnten wir uns das Wasser bei Bedarf mit Hilfe der Kurbel hochziehen. Im Gegensatz zu einem Brunnen gab es hier jedoch kein Grundwasser, also mussten wir uns das Wasser anliefern lassen, denn mit reichlich Regen, der die Zisterne füllen könnte, war diese Landschaft ja nicht gerade gesegnet.

Etwas war für uns Mädchen natürlich sehr gewöhnungsbedürftig: Eine Toilette geschweige denn ein Badezimmer gab es nicht, davon aber später mehr. Unter der Anleitung von Elke bauten wir uns aus Holzstangen und Palmenwedeln ein Dach vor die Hütte und stellten darunter eine Holzbank aus dem Garten sowie einen Tisch. Mit dieser Aktion war das perfekte Outdoor Leben eingeläutet worden. Im Grunde waren wir nur zum Schlafen in der Hütte, alles andere fand draußen statt. Durch das gute Wetter bedingt fand in uns ein Perspektivwandel statt. Das Leben auf Mallorca bedurfte keiner durchkonstruierten Wohnatmosphäre, um sich vor Kälte, Regen, Sturm, Schnee und Eis zu schützen und darin - wie in Deutschland - für die meiste Zeit des Jahres zu verschwinden. Hier wollten wir uns nur ab und zu vor den Sonnenstrahlen schützen. Das war schon alles. Wir lebten im Garten und verschmolzen nach und nach mit den Feldern den Mandelbäumen und den Steinmauern zu einer Einheit. Die Natur, die uns umgab, wurde unser Wohnzimmer, Spielraum, Arbeitszimmer und tatsächlich auch unser Klassenraum.

Leider stellte sich heraus, dass an diesem Ort nun doch keine alternative Schule ihre Pforten öffnen würde. Deshalb übernahm unsere Mutter, die ab sofort von uns nicht mehr Mama genannt werden wollte, sondern Elke, den Job einer Lehrerin. Nach zwei Monaten vorsichtigen Herantastens wurde unsere Schul- und Tagesgestaltung strukturierter und spürbar dynamischer. Mit großer Begeisterung schrieben wir die Ereignisse des Tages auf, lernten kochen und Rezepte zu entwerfen und hatten die Aufgabe diese für Interessierte zu notieren. Kräuterkunde gehörte ebenfalls zum Lernprogramm. So trockneten wir die auf Mallorca wildwachsenden Salbei- und Rosmarinstängel, um sie dann in Olivenöl anzusetzen. Ob dieses Öl heilende Wirkungen erzielen konnte, wussten wir nicht, massierten uns aber gegenseitig regelmäßig damit und empfanden es als wohltuend. Von dem Geruch des angesetzten Öls war ich allerdings enttäuscht, es roch ein wenig muffig und so gar nicht nach duftigen Mittelmeerkräutern.

Zu unserem täglichen Ritual gehörte auch die Begrüßung des Tages mit einer kleinen Meditation und einem großen gesungenen „Om". Ein kleines rundes, nach oben spitz zulaufendes Bauwerk aus aufgeschichteten Natursteinen, ein sogenannter Trulli, der eigentlich als Unterschlupf für etwa 5 Schafe oder drei Schäfer diente, wurde zu unserem Meditationsraum. Seine Bauweise aus dicken Gesteinsbrocken bot im Sommer einen tollen Schutz gegen die Hitze. Die ersten Meditationsversuche in diesem Gewölbe scheiterten aber zunächst kläglich. Wir alle drei waren innerlich irgendwie unruhig. Ich zappelte herum und konnte kaum stillsitzen, Yvonne schien sich auch mehr zum Ausgang der Hütte hingerissen zu fühlen, zu dem sie immer wieder hinblickte, als für eine Innenschau mit geschlossenen Augen. Selbst Elke, die ja nun nicht mehr Mama genannt werden wollte und so viele Erfahrungen in der Meditation hatte, kam nicht zur Ruhe.

„Das ist komisch", sagte sie eines Morgens, „warum sind wir bloß so unruhig?" „Vielleicht ist hier ein Schaf gestorben", sagte Yvonne verdrossen. Wir schauten sie staunend an. Die Idee stand so plötzlich im Raum und kam so überraschend, dass wir erst einmal schwiegen. „Ja, vielleicht findet die Seele eines der Schafe nicht in den Schafshimmel", gab Elke zu bedenken. „Wir sollten der umherirrenden Seele des Tieres helfen!" Unter Elkes Anleitung legten wir eine große Spirale aus Natursteinen, die direkt aus dem Trulli hinausführte. Sie hatte einen Durchmesser von mindestens fünf oder sechs Metern. Als das vollbracht war, entzündeten wir eine Schale mit getrocknetem Salbei und räucherten damit das Schafs- und Hirtendomizil aus. Mit einem Glöckchen wurden zarte Töne zum Klingen gebracht, während Elke zu der Schafsseele sprach, dass wir sie nun zu einem Ort begleiten werden, an dem es ihr besser gehen und sie zur Ruhe kommen würde. Das große universelle OM wurde gesungen und wir gingen unter dem hellen Geläut des Glöckchens zusammen mit der Tierseele zum Mittelpunkt der Steinspirale, die das Hinauswinden aus dem Irdischen und Hinaufschwingen zum Himmlischen, symbolisierte. In der Mitte der Spirale blieben wir stehen und verabschiedeten feierlich die offenbar gepeinigte Seele des Schafes.

Ganz ehrlich, liebe Leser, rational betrachtet hätte man uns sicher für etwas verrückt erklären können und aus heutiger

Sicht würde ich dem auch nicht widersprechen. Doch damals empfanden wir diesen Vorgang als vollkommen natürlich. Für uns Kinder waren solche Rituale ganz normal, denn es gehörte wie schon beschrieben, zu unserem Weltbild einfach dazu, dass alle Lebewesen beseelt sind und es zwischen Himmel und Erde jede Menge unerklärliches gibt. Und dazu gehören auch Engel sowie Außerirdische! Wir waren deshalb auch nicht sehr erstaunt, nein, es war nach unserem Verständnis geradezu logisch, dass wir nach unserer Schafssession morgens und abends in seliger Ruhe im Trulli meditieren konnten und nie wieder um Konzentration und innere Ruhe rangen mussten. Beides stellte sich ab jetzt ganz von selbst ein.

Heute, viele Jahre danach und um so manche Erfahrung reicher, stellt sich mir natürlich die Frage, waren es eigentlich die Rituale an sich oder etwa unser Glaube daran gepaart mit dem Vertrauen auf die „Zauberkräfte" von Elke, welche die gewünschten Ergebnisse hervorbrachten. Sei's drum, das Ergebnis zählt. Jedenfalls wurde die Spirale zu unserer Direktverbindung zum Himmel und wir beschritten sie jeden Morgen andächtig von innen nach außen. Der Himmel brachte für uns die Sonne und die Sonnenstrahlen auf die Erde und wir dankten dem Tag, dass er begonnen hatte, uns das Leben sichtbar machte sowie Energie zum Leben schenkte. Elke nannte es Bakthi. Dieser Begriff stammt aus dem indischen Sanskrit und entspricht der liebevollen Hingabe an Gott, an die Schöpfung, das Leben. Das Leben wird geboren und fängt jeden Morgen neu an zu pulsieren.

Am Abend gingen wir vom Trulli aus zum Mittelpunkt der Steinspirale und schickten alles Erlebte in den Himmel, um uns losgelöst von allem was tagsüber war, zur Nachtruhe zu begeben. Es war unser Shakti, die weibliche Urkraft des Universums, die Auflösung und Rückgabe des Lebens und des Tagesgeschehens. Aus diesen Stunden der Achtsamkeit und Ruhe wuchs eine Sensibilität für die Kräfte im Inneren und eine verstärkte Wahrnehmung für den Raum und die Atmosphäre um uns herum. Wir lernten von unserer Lehrerin, dass die Zeit von der inneren Wahrnehmung abhängt und mal ganz schnell und dann wieder sehr langsam vergeht. Elke schrieb in einem Märchen für uns und für andere Kinder von der Zauberin Zeit. Für sie war es wichtig, dass wir ein anderes, neues Verständnis für die Zeit, eben nicht im Sinne festgelegter Einteilung in Stunden und Minuten, sondern für persönliches und ursprüngliches „Er-Leben" mitbekommen sollten.

## Die Zauberin Zeit

Es waren einst vier Kinder, zwei Jungen und zwei Mädchen. Sie waren so unterschiedlich wie die vier Elemente, doch hielten sie immer zusammen und halfen sich gegenseitig wo immer sie es konnten! Der eine Junge war wie das Feuer, er loderte vor Neugierde und Lebenslust, konnte sich für jede Blume und jeden Baum begeistern, wollte die ganze Welt sehen und bereisen. Ihm vom Aussehen her sehr ähnlich, ebenfalls mit dunklen Haaren war das gleichaltrige Mädchen, das Wasser. Sie war erfrischend in ihren Äußerungen und gab dem Feuerjungen gute und durchdachte Tipps, wenn er vor lauter Abenteuerlust wichtige Dinge vergaß, wie zum Beispiel ein Floß wirklich sicher zu vertäuen, damit die Strömung es nicht vom Ufer reißen konnte. Wenn das Wassermädchen dagegen nachdenklich und ruhig wurde, an einem Baum gelehnt gedankenverloren in die Ferne blickte und viel zu lange über zu vieles nachdachte, kam der Feuerjunge zu ihr und zeigte ihr etwas von dem, was er gerade aufgespürt hatte. Das Wassermädchen war darüber hocherfreut und ließ sich von dem Feuerjungen gerne in die eine oder andere Richtung mitziehen, um dabei gemeinsam viel Neues und Erstaunliches zu entdecken.

Die beiden anderen Kinder waren beide blond. Es waren der Windjunge und das Erdmädchen. Das Erdmädchen konnte aus Lehm Gefäße formen, auf jedem Feuer eine köstliche Mahlzeit bereiten und leitete abends den Bau eines überdachten Unterschlupfs an. Im Gegensatz zu dem Erdmädchen war der Windjunge eher unpraktischer Natur und hatte nur Musik und Dichtkunst im Kopf. Er besaß ein selbst gebautes Saiteninstrument, ähnlich einer Tischharfe, musizierte und sang selbsterdachte Lieder dazu, sobald es das abenteuerliche Leben in der Natur zuließ.

Das Leben und Überleben in der Wildnis barg mancherlei Gefahren und hatte die vier Kinder eng zusammengeschweißt. Sie unternahmen nichts ohne sich abzusprechen und aufeinander zu hören. Eines Tages kamen die vier Kinder in der Nähe einer Stadt zu einem Fluss. Am Ufer des Flusses, der zur Stadt floss, stand eine wunderschöne junge Frau, die mit einem glitzernden und funkelnden Kleid bekleidet war. Sie winkte die Kinder zu sich heran und lud sie ein, bei sich Platz zu nehmen. „Ich bin die Zauberin Zeit", erklärte sie und lächelte liebreizend dabei. Die vier Kinder waren ganz von der Begegnung eingenommen und setzten sich zu ihr.

Während sich der Windjunge in Gedanken bereits einen Text zurecht legte, der die Schönheit der Zauberin Zeit beschreiben sollte, dachte das Erdmädchen darüber nach, ob wohl eine Zauberin beim Feuermachen helfen könnte. Der Feuerjunge, der die junge Frau zuerst gesehen hatte, jubelte vor Begeisterung über seine Neuentdeckung während das Wassermädchen in tiefes nachdenkliches Schweigen verfiel. Neben der Zauberin saß ein Hund mit onduliertem weißem Fell, den die Zauberin zärtlich Pluto nannte. Der trug ein Halsband mit Gold und Edelsteinen. „Ich kann euch nützlich sein", meinte die Zauberin Zeit und schaute die Kinder eindringlich an, während sie eine ihrer schön geschwungenen Augenbrauen hob, „aber ihr müsst aufhören eure Zeit zu vergeuden, denn sie kommt nie mehr zurück!" Das verstanden die Kinder nicht, wie sollte die Zeit denn auch zurückkommen, sie hatte doch keine Beine.

Die Zauberin Zeit zeigte den Kindern eine Uhr. „Seht her, diese Erfindung von mir ist ein genaues Zeitmessgerät. Die Zeiger zeigen genau die Zeit an und teilen euch die Zeit in Stunden ein, die ihr nutzen könnt. Ist die Stunde vorbei könnt ihr sie nicht mehr nutzen." Die Kinder verstanden, dass die Zeit etwas Nützliches ist. „Die Zeit geht immer nur vorwärts", erklärte die Zauberin „und sie verändert alles auf der Welt, also auch euch! Seht her!" Sie nahm aus ihrem Gewand einen Spiegel und zeigte ihnen den Kindern. „Mit dieser Erfindung hier könnt ihr kontrollieren, wie die Zeit euch verändert." Die Kinder sahen nacheinander in den Spiegel, der Feuerjunge schnitt dabei Grimassen und staunte, dass sein Spiegelbild sie mitmachte, so als wenn er es selber wäre. Die Kinder waren fasziniert.

„Viele Menschen in der Stadt nutzen meine Erfindungen, leben ihr Leben damit sinnvoll und verschwenden nicht einfach so ihre kostbare Zeit, sie bauen schneller gute Häuser, die praktisch und sauber sind, und haben vielerlei Geräte und Fahrzeuge erfunden, die ihnen eine Menge Zeit sparen und sie kontrollieren sich täglich im Spiegel. Sie nähen auch so schöne Kleider wie ich sie trage und besitzen welche in großen Mengen. Glaubt mir, jeder der gut und nützlich mit der Zeit umgeht, kann so ein Kleid bekommen." „So ein Kleid wäre schön", meinte das geschickte Erdmädchen „wie könnte ich meine Zeit besser nutzen, um auch solch ein Kleid zu bekommen?", fragte es gelehrig.

Statt eine Antwort zu geben, nahm die Zauberin Zeit den Spiegel wieder zur Hand und strich mit ihren Fingern darüber. Dieser leuchtete kurz auf und gab ein neues Bild wieder. Die Kinder sahen eine große Halle, in denen viele junge und ältere Frauen mit ihren Händen sehr schnell irgendwelche Gegenstände auf ein schnell laufendes Band legten oder herunternahmen, um sie zu verpacken. Im Hintergrund stand ein großes Zeitmessgerät, auf das die Frauen immer wieder schauten. „Nun seht ihr, wie man die Zeit nützlich verbringen kann und etwas Sinnvolles tut. Hier seht ihr eine von vielen Hallen die man für Menschen gebaut hat, die den Nutzen der

Zeit erkannt haben und diese nicht verschwenden. Wenn die Zeiger vom Zeitmessgerät auf der sechs stehen, können die Frauen aufhören zu arbeiten und ihr glitzerndes Gewand anziehen." Der Zauberspiegel zeigte nun eine der Frauen in einem schön schimmernden Kleid, die sich lächelnd in einem Spiegel betrachtete.

Erdmädchen war beeindruckt. Das Wassermädchen fragte jedoch kritisch nach, ob man sich denn wohl immer an das Zeitmessgerät halten müsse. „Aber unbedingt", meinte Zauberin Zeit, „sonst kann man keine Zeit sparen aber die braucht man, um später im Glitzerkleid seine Zeit zu verbringen." Bei ihrer Erklärung hob sie wieder eine Augenbraue und ermahnte die Kinder: „Wenn ihr also nicht anfangt Zeit zu sparen, um diese zu nutzen, ist die Zeit einfach irgendwann weg und ihr seid alt und bereut es, die Zeit nicht genutzt zu haben. Also beeilt euch! Ich werde euch dabei helfen, dass ihr in Zukunft keine Zeit mehr verschwendet." Feuerjunge war von der Idee begeistert sich zu beeilen, um Zeit zu sparen. „Aber die Zeit läuft doch immer gleich schnell?", fragte nun Windjunge, der die Zeiger vom Zeitmessgerät genau anschaute. Die Zauberin Zeit wurde leicht wütend, sie erhob die Stimme und sagte: „Ihr habt doch keine Ahnung, ich bin die Zauberin Zeit und ich sagte bereits, spart Zeit und beeilt euch, sonst seid ihr ohne das ihr die Zeit genutzt habt, einfach alt und die Zeit ist weg." „Ich habe Angst", wimmerte leise das Erdmädchen, „ich will nicht alt sein und dass die Zeit dann einfach weg ist." Sie fing an zu weinen.

Die Zauberin zeigte nun wieder ihr betörendes Lächeln. „Kommt mit in die Stadt, dort werde ich euch viele nützliche Erfindungen von mir vorstellen, mit denen ihr Zeit sparen könnt um Glitzerkleider zu tragen, weil euch die ersparte Zeit das erlaubt." Windjunge war über die Tränen von Erdmädchen erschrocken und stammelte: „Und wann erlaubt die Zeit das Musizieren? Musik wird das Erdmädchen bestimmt beruhigen und das ist das einzige was ich kann." Er schaute mit großen Augen die Zauberin Zeit an. „Nur zu bestimmten Stunden ist das Musizieren sinnvoll", erklärte die Zauberin Zeit, „erst sollte man ermessen, wie die Zeit am besten zu nutzen ist und dann muss man am Zeitmessgerät genau kontrollieren, ob man dafür überhaupt Zeit hat, oder ob das Musizieren eigentlich eine Zeitverschwendung wäre." „Mir ist schlecht", stöhnte nun der Windjunge, „wie soll ich das denn entscheiden?" Die Zauberin verlor langsam die Geduld und ihr schönes Gesicht wirkte zunehmend angestrengt. „Es gibt Menschen, die das verstanden und darüber Bücher geschrieben haben, welche man Ratgeber nennt, die könnt ihr lesen, falls die Zeit es euch erlaubt", schnaubte sie erregt. Sie kruschelte aufgeregt durch das Fell ihres ondulierten Plutos, der sogleich erfreut mit seiner Rute wedelte und zweimal in einem leicht quietschenden Ton bellte.

Mit einem Mal sprang das sonst ruhige Wassermädchen auf und rief mit klarer Stimme: „Das scheint mir aber ein böser Zauber zu sein! Und die Zauberin ist von ihren Erfindungen richtig besessen. Erdmädchen weint und dem Windjungen ist schlecht, das ist doch nicht schön! Ich glaube wir gehen besser nicht in die Stadt und werden lieber auf das Zeitmessgerät und das Glitzerkleid verzichten." Die Zauberin erblasste und wirkte plötzlich alt und hässlich. „Das ist aber ganz und gar unerfreulich und eines Tages werdet ihr es sehr bereuen, eure Zeit verschwendet zu haben! Denn dann werdet ihr plötzlich alt sein und eure Zeit ist weg – für immer!" Wassermädchen rief: „Wir werden nicht plötzlich alt sein, denn die Zeit fließt wie ein Fluss schön und gleichmäßig, ich habe es oft beobachtet und es ging mir gut dabei! Kommt Kinder wir gehen!" „Guckt euch die dicke Kröte am Flussufer an, sie springt flussaufwärts, mal sehen wo die hinwill!", rief der Feuerjunge begeistert und die vier Freunde verließen fröhlich die Zauberin Zeit mit ihrem bösen Zauber.

***

Elke brachte uns also bei, der Zeit ebenso wie einem Fluss beim gleichmäßigen Rauschen zuzuhören und sie in der Stille wahrzunehmen, bis man sie kaum noch bemerkt. Jedes Wesen, in dem ein eigenes lebendiges Zeitmessgerät ruht, ist auch ein Teil des großen Flusses, der lebendigen Zeit, erklärte sie. Alle Wesen haben Anteil an der eigenen lebendigen Zeit und dem großen Strom der Zeit, der die Gestirne bewegt. Ja, das klingt so selbstverständlich und jeder, der eine Uhr bei sich zu Hause in der Küche hängen hat und in Kindertagen das Uhrenlesen lernte, oder sich sogar für die Sternenkunde der Inkas und Ägypter interessierte, fühlt sich genügend und hinreichend darüber informiert. Man hat gelernt mit Zeiteinteilungen umzugehen. Doch wer hat schon einmal versucht der lebendigen Zeit in aller Stille zuzuhören? Den vielen kleinen und großen tickenden Wesen zu lauschen, die alle zusammen die Zeit leben mit dem großen Fluss der Zeit, der die Gestirne bewegt? Für uns gehörte das einfach zum Alltag dazu. Es gab aber auch sehr fragwürdige Annäherungen an einige Thesen in dieser Zeit. Im New Age gehörte es beispielsweise zu einer Art neuer Normalität, dass man mittels Gedankenübertragungen, der sogenannten Telepathie, an Menschen, Tiere und Pflanzen Informationen übertragen konnte. Nicht nur dies, es galt, aber als noch nicht erwiesene Tatsache, dass Gedanken auch Materie beeinflussen können. Als vollends hysterische Weiterentwicklung dieser Idee, sollten in naher Zukunft selbst Raumschiffe mittels der Kraft der Gedanken angetrieben werden können.

Bei uns hatte diese These der Telepathie zu einigen merkwürdigen Experimenten geführt. Aus Mangel eines Badezimmers hatten wir auf dem Nachbargrundstück unserer kleinen Hütte ein Plumpsklo konstruiert. Wer kennt denn in der heutigen Zeit noch diesen Begriff? Bei uns bestand es als ein selbstgeschaufeltes tiefes Loch im Erdboden. Darüber hatten wir einen Gartenholzstuhl mit Armlehnen gestellt, bei dem die Sitzfläche herausgeschraubt war und somit eine Öffnung darbot. Dieser Stuhl wurde über das Loch gestellt. Die ausgehobene Erde war daneben angehäuft und darin steckte eine Schaufel. Nach einem ‚Geschäft‘ wurde eine Schippe Erde nachgeworfen und wenn das Klo gut gefüllt war, wurde einfach ein neues Loch ausgehoben und der umfunktionierte Stuhl kam dort zum Einsatz.

Es war sehr lästig, dass die Natur mittels Zecken und Ameisen unseren ‚Toilettensitz' zur Hälfte besetzt hielt. Wir ekelten uns weniger vor den Ameisen, umso mehr jedoch vor den Zecken. Oft krabbelte so ein Mistvieh, wenn man gerade entspannt auf dem Stuhl saß, plötzlich unter der Lehne hervor und steuerte gierig einen Arm an, oder noch gemeiner, unter der Sitzfläche versteckt, lauerte so eine abartige, scheußliche Kreatur und lechzte nach einem frischen Bein. Elke sagte, man könne sie trotz ihrer instinktiven blutgierigen Art mittels der Gedankenkraft dazu bewegen von dem Stuhl herunterzulaufen. Sie selbst hatte recht gute Erfolge damit und übte stets, wenn sich die Gelegenheit dazu bot. Aus reinem Selbstschutz natürlich. Wir Kinder versuchten es ebenfalls und einmal dachte ich, ich hätte es auch tatsächlich geschafft, jedoch am nächsten Tag erlag ich wiederum einem Misserfolg. Außerdem empfand ich dieses konzentrieren auf Zecken als sehr anstrengend und regelrecht störend. Das schlichte Verbrennen der Tierchen mittels eines Feuerzeuges war dagegen schnell, leicht, effektiv und weitaus weniger anstrengend.

Der Weg zurück zur Natur, gekoppelt mit neuen inspirierenden Thesen des New Age brachte so eine merkwürdige Geschichte auf Mallorca zutage, aber davon später mehr.

Zu dem Thema Telepathie gab es übrigens erstmals in den 70er Jahren in Freiburg eine Forschungseinrichtung zur Untersuchung Paranormaler Phänomene wie die Kraft der Telepathie. Die „Esotera" berichtete damals über diesen Universitären Ansatz und die sogar vom Staat dafür zur Verfügung gestellten finanziellen Mittel. Damals versuchte man mit einfachen Methoden, wie das Beeinflussen von Würfeln oder anderen mechanisch sich bewegenden Gegenständen zu beweisen, dass die Gedankenkraft Materie beeinflussen kann. Die Versuche blieben zunächst jedoch erfolglos. 1987 gelang es jedoch verblüffender Weise tatsächlich die Wirkung des Geistes auf Materie nachzuweisen! Der Amerikanische Physiker Robert Jahn der an der naturwissenschaftlichen Fakultät New Jersey tätig war, hatte mittels einer zehn Jahre lang dauernden Forschungsarbeit, man nannte sie die PEAR Studie, dazu Beweise liefern können. Dabei kamen spezielle elektronische Maschinen zum Einsatz, die eine oder mehrere Versuchspersonen zugleich bedienten. Die Ergebnisse hingen sehr von der Konzentrationsfähigkeit der jeweiligen Person ab. Besonders gut gelang die Beeinflussung von Materie, wenn zwei miteinander harmonisierende Denker an den Versuchen teilnahmen. Die wahnwitzige Idee Zecken zu beeinflussen, hatte damals sicher keiner der Forscher gehabt. Einer Künstlerin jedoch, fliegen ja bekannter Weise kreative Ideen ständig zu.


Zu dem Gedankengut der Zeit gehörte es auch, sich nicht nur als Mann oder Frau zu begreifen, sondern, dass man als Frau eine männliche Seite und als Mann auch eine weibliche Seite in sich trug. Diese andere Seite im Inneren sollte man unter Alltagsbedingungen wahrnehmen und möglichst auch trainieren, damit sie nicht verschüttet bleibt, oder von konventionellen Rollenverständnis erdrückt werden würde. „Mann" sollte fühlen lernen und über seine Gefühle reden können. Er sollte als empfindsames, verletzliches Wesen wahrgenommen werden und dafür sollte Platz und Raum für entsprechende Aufmerksamkeit geschaffen werden. Was der Mann nun nicht mehr durfte, und zwar unter keinen Umständen, das war die Frau zu dominieren. Denn dann kam ganz schnell die neu erlebte männliche Seite der Frau zum Vorschein, und der Mann bekam dermaßen etwas zu hören, so dass man danach wieder über seine Verletzungen reden musste. Aber dafür gab es ja nun genug Aufmerksamkeit und einen neuen Raum des Verstehens. Aus diesem Grunde, und da ja unsere Mutter die nicht mehr Mama, sondern von uns Kindern als Elke angesprochen werden wollte, eine Vorstürmerin in die neuen Welten war, ist es nicht verwunderlich, dass männliche Besucher auf dem Marktplatz von Santanyi während sie ihren Kaffee schlürften, unter ihrer Anleitung das Häkeln anfingen und mit ihr über furchtbare Erfahrungen aus ihrer Kindheit sprachen.

Ganz fern in meinen Erinnerungen und als schrägen Kontrast zu der Mallorcinischen Marktszene, konnte ich sie noch sehen, die Mutter meiner frühen Kinderjahre, wie sie damals als brave Ehefrau die Tür zu unserer Wohnung in Isernhagen öffnete und mit einem zarten Kuss unseren Vater begrüßte. „Wie war dein Tag?", fragte sie sanft und bemühte sich liebevoll um ihren Gatten. Tagsüber hatte sie das Essen vorbereitet und sich selbst noch vor dem Empfang mit Mühe verschönert. Mit einem Lockenstab wurden die Haare onduliert, das Kleid gewechselt, ich wurde bettfertig hergerichtet und mit einem „Gute Nacht" von den Eltern verabschiedet. Sie war eine gute Köchin und sie konnte alles zubereiten von Kalbszunge bis Hühnerragout. Nach der Sesamstraße wurde ich dann regulär ins Bett gebracht und Elke sang für mich

„Guten Abend, gute Nacht", dann sollte ich schlafen und unsere Mutter widmete sich meinem Vater. Heute kaum noch zu glauben, trug sie tatsächlich eine Schürze bei den Küchenarbeiten, die sie natürlich wiederum von ihrer Mutter geschenkt bekommen hatte.

Jetzt aber saß sie hier auf dem Marktplatz von Santanyi in einem Café, bunt gekleidet, mit wilder Haarmähne und umringt von häkelnden Kaffee oder Tee schlürfenden Männern. Diese Herren ließen sich von ihr geistig lenken und wirklich nichts erinnerte mich mehr an die Schürze tragende Hausfrau von einst. Die Männer um sie herum lernten auf ihre Gefühle zu achten und schütteten gerne ihr Herz bei Elke aus. Da gab es zum Beispiel den herzlosen und grausamen Vater, der seinem Sohn das harte Leben einprügeln wollte und der ihn zwang, sogar verschimmelten Käse aufzuessen. Alles wollte heraus und gehört werden und Elke war sehr geduldig im Zuhören. In ihr sahen viele eine Art geistige Autorität, Mutter oder weise Frau und sie konnte durch ihr Wissen im Bereich der Astrologie und seelischen Entwicklungen vielen eine wahre Stütze sein. Im Zweifelsfalle wurden jedoch auch unendliche Debatten über die kuriosesten Themen entfacht. Wie zum Beispiel wer die stärkeren oder höheren geistigen Erfahrungen gemacht hatte oder noch mehr über seine vorherigen Leben auf dem Planeten Erde wusste. Die Meinung, dass man eventuell schon mehrere Leben auf der Erde verlebt hatte, kam aus dem östlichen Kulturkreis und erlebte bei denen, die neu und anders denken wollten, eine gewisse Hochkonjunktur.

Außerkörperliche Reisen gehörten ebenfalls bei vielen zum neuen Selbstverständnis und man plauderte munter darüber wie andere Menschen über Kuchenrezepte. Zum Verständnis folgt eine kurze Erläuterung zu außerkörperlichen Reisen. Der Autor Carlos Castaneda hatte in seinen Romanen von Schamanen berichtet, die anfangs unter halluzinogen wirkenden Pflanzen und später auch mit Hilfe eines erfahrenen Meisters ihren Körper mit all ihren Sinneskräften verlassen konnten, um einen anderen zu besuchen, Nachrichten zu übermitteln oder jemanden Hilfe zukommen zulassen. Auch bei den Ur–Einwohnern von Australien hörte man von ähnlichen Erfahrungen. Von diesen wusste man auch, dass auf der Erde besondere Kraftorte existierten, an denen diese Reisen sehr gut unterstützt werden konnten.

Das setzte natürlich auch die Fähigkeit voraus, diese zu kennen oder selbst zu erspüren. Wer eine besonders sensible Ader für solche Orte besaß, hatte in diesem Bereich natürlich Vorteile. In allen diesen Dingen war eben Elke eine wunderbare Lehrerin, doch so manch einer ihrer Schüler empfand diesen Umstand als Provokation. Sie spürte ‚alles‘ und fand dafür auch Worte. Viele kamen und die meisten gingen danach wieder frisch inspiriert ihrer Wege aber manchmal ging auch einiges schief. Zu der Gruppe deutscher Bekannten, ein Teil derer lebte auf Mallorca, gehörte eine Frau namens Katja. Wir trafen uns gerne mit der Gruppe auf einen Kaffee in Santanyi. Katja war ziemlich dürr, trug unendlich entstellende, viel zu große Cordhosen, hatte kurzes dünnes Haar und trug meistens eine riesige kreisrunde Sonnenbrille mit einer dicken braunen Umrandung. Dieses Ungetüm von Brille gab ihr irgendwie den Ausdruck eines Insekts. Sie war, glaube ich, nicht wirklich innerhalb der Gruppe als Sympathieträgerin integriert, hatte aber wohl einige ziemlich anstrengende Gespräche mit Elke geführt, die sicher in bester Absicht bei Katja einen empfindlichen Punkt angerührt hatte. Katja hatte vor Elke einen großen Respekt jedoch auch gepaart mit etwas Angst.

Eines schönen Tages, wir durften wegen der Abwesenheit unserer liebenswürdigen Gastgeberin für mehrere Tage in ihrer Villa wohnen, waren wir gerade am Vorbereiten des Essens und schälten Gemüse auf der Veranda. Da schepperte die beigefarbene altersschwache Ente (ein kultiges kleines Auto, das eigentlich Citroën 2CV heißt) von Katja auf das Grundstück zu. An der ersten Mauer bei der Einfahrt in etwa 20 Meter Sicherheitsabstand blieb das Gefährt stehen, und Katja sprang bei laufendem Motor aus ihrem Auto und schrie aus Leibeskräften zu uns herüber. Wir verstanden sie erst gar nicht und Elke schickte sich an, ihr entgegen zu gehen, da schrie sie wütend „Bleib stehen!" Dabei warf sie abwehrend ihre Arme in die Höhe und bezichtigte Elke lauthals, dass sie mit ihren Energien Ungeheuerliches bei ihr angerichtet habe. Ihre Stimme überschlug sich vor Aufregung und sie zitterte dabei vor Anstrengung. „Mein Hund ist jetzt tot!", hörten wir heraus, dann wieder mit viel Geschrei, sprang sie in ihr Auto und fuhr mit heulendem Motor davon. Was genau passiert war und inwieweit Elkes meditative Arbeit Schuld an dem Tod ihres Hundes hatte, haben wir nie in Erfahrung bringen können, denn sie ließ sich nie wieder bei uns blicken.

Außer dieser einprägsamen Erfahrung verliefen unsere Begegnungen mit Besuchern, wenn nicht wieder eine dieser merkwürdigen, oft kontroversen und ausufernden Debatten über Reinkarnationen und was sich so alles erspüren ließ, entfacht wurde, recht harmonisch. Wir hatten auch Besucher aus Hannover. Dieser Umstand bedeutete für uns ein Highlight und wir Kinder honorierten diesen mit besonderer Wachsamkeit und einer gewissen Überdrehtheit. Nur Christiane, meine wunderbare Freundin aus Schleswig-Holstein kam leider nicht. Wir schrieben uns Briefe, die ich gerne im Waldorfschulen Stil schön bunt mit Wachsstiften verzierte.

Der Alltag verlief meistens routiniert mit einer morgendlichen Trulli Medi-Sitzung, einer Schuleinheit mit Schreiben, Vorlesen, Zahlen subtrahieren und addieren, und danach jeder Menge freier Zeit, ruhig und entspannt. Eine Montessouri-Schule öffnete weiterhin nicht ihre Türen und nach einer Weile der Unsicherheit ob sie es tun solle, hatte sich Elke an den Gedanken gewöhnt, uns Kinder selbst zu unterrichten. Dass unsere meditativen Stunden eine gewisse Sensibilisierung für unser Umfeld und auch Veränderungen unserer Wahrnehmung mit sich brachten, muss ich für die folgende Geschichte erwähnen. Diese war mir wie ein Abschnitt aus einem magischen Fantasie Film vorgekommen.

Zu den Besuchern, die bei Elke nach Inspirationen für ihr Aussteigerleben suchten, zählte ein gewisser Thomas. Er war stets schwarz angezogen, sah gut aus und er fand sich augenscheinlich wunderbar. Trotzdem wusste er scheinbar nicht so richtig was er nun, da er allen deutschen Konventionen entronnen war, mit seinem Leben anfangen sollte. Nicht zu arbeiten, keiner Schule, Uni oder anderen Verpflichtungen nachzugehen, klingt auf der einen Seite ja so wunderbar leicht und befreiend, ist aber im Grunde oft schwer, da man sich selber einen Sinn, einen Auftrag für sein Dasein suchen muss. Müßiggang ist nicht für jeden das Mittel zum Glück. Elke hingegen sprudelte ständig über vor wegweisenden Impulsen. Ihr Ziel, das neue Bewusstsein zu leben, welches am Ende auch andere und sogar die ganze Welt aus dem Desaster von Krieg, Schuld und Zerstörung retten würde, war ihr stets gegenwärtig.

Jedoch nur wenn sie gut drauf war, konnte sie Thomas sein, wie sie es nannte „Gockel- Verhalten" und seine Unsicherheit, die er vielleicht damit zu verbergen suchte, ertragen. Eines Morgens sagte ich aus einer Eingebung heraus: „Ich glaube Thomas ist auf dem Weg zu uns." Sie nahm meine Intuition ernst, fühlte sich aber nicht in der Lage ihm zu begegnen, und so gingen wir in das Trulli, um das universelle „OM" zu singen. Es wurde eine sehr intensive Session. Danach gingen wir wieder in unsere Hütte, niemand war da und so vergaßen wir die Alarmglocken, meiner mittlerweile gepflegten sensiblen Ader. Am Abend verdunkelte sich der Horizont, und er wurde so pechschwarz, dass uns angst und bange wurde und wir nur noch ängstlich zum Himmel schauten. Wir beobachteten, was sich da über unseren Köpfen zusammengebraut hatte und trauten uns nicht mehr die Hütte zu verlassen. Elke sagte, das seien die Flüche der Pharaonenwelt aus dem alten ägyptischen Reich, die über das Mittelmeer nun bis nach Mallorca geflogen gekommen sind.

Diese Mitteilung, die ich nicht wirklich verstand, wirkte auf mich auch nicht gerade beruhigend. Was auch immer sie damit meinte, jedenfalls brach ein gewaltiges Gewitter los. Die Blitze zuckten in zickzack Formationen in rosa, gelb und weiß über das Gelände. Sie leuchteten nicht irgendwo oben, sondern horizontal über der Ebene, gleichzeitig von ohrenbetäubendem Donner begleitet. Aufgeregt hielten wir teilweise direkt den Atem an. An Abendbrot war nicht zu denken. Die Hütte gab uns wegen ihrer leichten Bauweise auch nicht das unbedingte Gefühl, dass man von schützenden Mauern umgeben sei und so mussten unsere knurrenden Mägen sich vorläufig mit einer längeren Wartezeit zufriedengeben. Halb in der Nacht hörte das Unwetter endlich auf und wir gingen nach einer kurzen Mahlzeit zu Bett.

Der nächste Morgen hielt eine Überraschung bereit. Es waren in unserer Nähe vier Mandelbäume vom Blitz getroffen worden. Einer sogar direkt an der Grundstücksmauer, wir hatten also großes Glück, dass wir in dieser infernalischen Nacht unbehelligt davongekommen waren. Gegen Mittag erschien dann Thomas. Er ging auf dem Grundstück auf und ab, sprang über die Mauer, an dem zerstörten Rest eines Mandelbäumchens vorbei und verschwand. Nach einiger Zeit kam er wieder und setzte sich zu uns. Nach einer knappen Begrüßung fiel er in ein ungewohntes Schweigen. Wir konnten auch gut schweigen. Und so schwiegen wir alle vier. Dann fing er an zu erzählen. „Ich war gestern Morgen schon einmal hier und wollte euch besuchen, aber das Tor zur Einfahrt ließ sich nicht öffnen, obwohl es unverschlossen war. Ich bekam es trotz mehrmaliger Versuche nicht auf. Sehr eigenartig, ich fand dafür überhaupt keine Erklärung, denn es war nichts zu sehen, was das Tor blockiert haben könnte! Vorhin habe ich es noch einmal zur Probe geöffnet und geschlossen, es war wie immer ganz leicht zu betätigen. Gestern habe ich das Auto dann stehen lassen, wild entschlossen trotzdem zu euch zu kommen und bin über die Mauern geklettert, um zu eurer Hütte zu gelangen. Ihr wart aber nicht da. Also bin ich den gleichen Weg zurückgeklettert und rückwärts mit dem Auto zur Hauptstraße gefahren.

Eben habe ich die vom Blitz getroffenen Bäume gesehen, bin die gleiche Strecke von gestern noch einmal abgelaufen und habe mich furchtbar erschrocken. Die gesplitterten Bäume markieren genau den Weg, den ich gestern zweimal gegangen bin". Wir schwiegen. Mir wurde klar, dass wir in der Zeit im Trulli unsere „OM-Session" gehabt hatten, während Thomas versuchte uns in der Hütte zu besuchen. Ein kalter Schauer lief mir den Rücken runter. Mir wurde unheimlich zu Mute und ich hoffte, das ganze schnell zu vergessen. Natürlich habe ich es nicht vergessen, kann mir aber beim besten Willen bis heute nicht erklären, wie so viele eigenartige Zufälle aufeinandertreffen konnten.

Liebe Leser, an dieser Stelle möchte ich daran erinnern, dass ich nur von unserer damaligen Zeit berichte. Mir liegt es fern, jemanden aufzufordern eine „OM" Session zu beginnen, weil er oder sie nicht möchte, dass ein Nachbar oder sonst eine unerwünschte Person ein Grundstück oder Haus betritt. Es gibt bestimmt vieles zwischen Himmel und Erde von dem wir nichts wissen, das aber trotzdem existiert. Begebenheiten, die wir nicht mit unseren Sinnen und auch nicht mit unserem Verstand erschließen können. Das ist bestimmt auch gut so. Stellen Sie sich vor, Sie würden einen Baum ächzen hören, wenn ein Ast abbricht, oder man könnte nach Belieben allein durch das Bewusstsein oder mit Gedanken Menschen beeinflussen. Wenn man stets gute und frohe Gedanken hätte, dann wäre das ja sicher von Vorteil, jedoch wie viele schlechte, verurteilende oder gar böse Gedanken haben wir jeden Tag, jede Stunde. Wenn diese mentalen Energien auf das Erdengeschehen so viel Einfluss nehmen könnten, dann ginge es uns allen wahrscheinlich ständig miserabel.

Denn schlechte Gedanken, Sorgen, Ängste, Skepsis und Neid haben wir bestimmt viel zu oft. Oder stellen Sie sich vor, Sie würden mit Ihrer Freundin plaudernd Kaffee genießen und hätten plötzlich die Eingebung Sie hätten sie in einem Ihrer vorherigen Leben zur Todesstrafe verurteilt! Also, freuen wir uns darüber nicht alles zu wissen, nicht alles wissen zu können! Die Bedürfnisse der anderen zu sehen und gute Werke zu tun, wie einer alten Nachbarin die Einkäufe zu tragen oder sich nach ihrem Befinden zu erkundigen, hat vielleicht eine Auswirkung auf Ihr seelisches Fortbestehen im Himmel oder auf eines Ihrer nächsten Leben, aber wer weiß das schon. Mit Sicherheit aber bewirkt es im Hier und Jetzt, dass die Nachbarin sich freut und gut über die Wohltaten denken wird und diese Freude und Dankbarkeit wirksam auf den Hilfsbereiten zurückkommt und in ihm weitere gute Gedanken erzeugt. Betrachten Sie diese Begebenheiten einfach als sonderbare Geschichten, lehnen Sie sich zurück und freuen sie sich über Ihre eingeschränkte Wahrnehmung. Wir hingegen lebten auf Mallorca teilweise schon in einer deutlich anders erlebten Welt.

Abgesehen davon, dass sich unser Leben auf der Insel radikal verändert hatte, sind viele schöne Erinnerungen mit Mallorca verbunden. Das wunderbare Meer, die Gerüche der wilden Kräuter und unsere Wanderung am Berg Arta! Am Berg Arta im Nordosten der Insel hatten wir uns damals total verlaufen. Nach einer anstrengenden Nachtwanderung im Licht des Vollmonds, zu allem Überfluss auch noch mitten in einem militärischen Sperrgebiet, vorbei an Schafsskeletten, fanden wir erst in den Morgenstunden vollkommen erschöpft unseren Bulli wieder.

Oder unsere herrliche Götterbucht. Sie war umgeben von einer felsigen Steilküste mit steinigen Terrassen, riesigen, übereinander liegenden Steinblöcken und herrlichen kleinen Sitzmöglichkeiten. Wir mussten jedes Mal ein wenig klettern, um zu unserer Götterbucht zu kommen. Hier waren wir ganz für uns, allein mit den Göttern. Oft waren wir an diesem wunderbaren Ort in einer Art glücklichem Rauschzustand. Ich spürte dieses Glück deutlich im ganzen Körper. Mein Rücken wurde kerzengerade, mein Herz so leicht, und ich hatte das Gefühl, dass der Brustkorb sich immer weiter auszudehnen schien. Die Gedanken wurden ruhig, klar und waren von Schönheit erfüllt. Oder sie sprangen wie bunte lustige Kugeln umher, dazu sprang und tanzte ich von Stein zu Stein. Ständig fielen mir neue Melodien ein und die sang ich vor mich hin. Manchmal war es jedoch zu viel des Guten und Yvonne und ich kollabierten in Albernheiten, die dann einer Mahnung von Elke bedurften.


Sie selber saß nämlich am liebsten still auf einem der Felsblöcke und schaute auf das Wellentreiben des Meeres hinaus und zum ewig hohen Blau des Himmels empor. Ihre Augen spiegelten dabei diese leuchtende Farbe des Himmels wider und ihr Haar wurde gleich den glitzernden Funken auf dem Meer von der Sonne beleuchtet und vom Wind bewegt. Sie lächelte. An diesem Ort stimmten inneres Empfinden und die äußere herrliche Szenerie für uns oft überein und flossen ineinander zu einem harmonischen Ganzen. War man nicht gerade selbst eben noch die dahingleitende Möwe gewesen oder die spritzende glitzernde Gischt, die sich überschlagend und vom Licht zu farbigen Spielereien verführt, sich immer wieder neu in wechselnden Dynamiken über die Felskannte hochgeworfen hatte? Auch die Augen meiner Schwester spiegelten das tiefe Blau des Mittelmeeres wider und schienen damit zu korrespondieren. Wir liebten die Götterbucht. Yvonne und ich entdeckten zusammen funkelnde Salzkristalle und zum Abenteuer einladende Höhlen. Neben solch schönen Erlebnissen gab es jedoch auch Probleme. Parallel zu den angenehmen Seiten unseres Daseins fing die in uns erwachte sehr sensible Wahrnehmung an, unseren Alltag einzuschränken. Manchmal nach einem Trulli Session am Morgen konnte der Einkauf in Santanyi danach tatsächlich zu einer mentalen Herausforderung werden.


Jeder von uns kennt solche Tage, an denen der Himmel grau ist, alle die einem begegnen blicken dazu düster vor sich hin und auch selber hat man das Gefühl, dass der Tag irgendwie nicht richtig läuft. Gleichwohl weiß man sein Unwohlsein und die eigene Negativität nicht richtig zu deuten, denkt vielleicht über den miesen Chef nach, oder die letzte Diskussion mit der Nachbarin, die aber nichts bewirkt hat und ganz nebenbei bemerkt man auch noch, dass die Unterhose kneift und die Frisur ausgerechnet heute nicht sitzt. Und der Kaffee am Morgen hat auch noch seine Wirkung verfehlt. Man schwimmt wie ein begeisterungsunfähiges stumpfes Kartoffeltierchen durch den Alltagssumpf. Das Ganze stelle man sich in der Wahrnehmungspotenz mal 4 vor. Elke betrachtete dieses dann aber nicht als eine Art Laune, sondern als einen verkehrten Bewusstseinszustand, der einem das Erreichen des wirklichen lebendigen neuen Lebens erschwerte. Bei der Ankunft am Marktplatz schaute sie sich unter solchen Vorrausetzungen sehr genau das Licht des Himmels an und blickte dann auf die Menschen. Sie ermittelte unseren Zustand und die Befindlichkeiten der Spanier vor Ort.

Jedoch konnte es passieren, dass auch für unsere erfahrene Mutter über allem ein Grauschleier lag. Sie sagte dann, dass Santanyi komplett „dicht" sei. Die Spanier schauten dann entsprechend unfreundlich und trist. In so einem Fall konnte es passieren, dass wir Kinder im Auto bleiben sollten, um den Klang von dem universellen „OM" ab und zu anzustimmen, um so das höhere Bewusstsein zu halten. Elke rannte dann schnell in den Laden, um Lebensmittel zu besorgen.
Zu diesem Spannungsgeflecht gesellten sich aber auch noch andere Erlebnisse ein, die unsere Nichtintegration bzw. das, wie auch immer zu bezeichnende Verhältnis zu den anderen

Bewohnern, widerspiegelte. So hatten wir zum Beispiel Wasser für die Zisterne bestellt und Elke sah in den Karten, die sie wie so oft bereits morgens gelegt hatte, dass die Pik Sieben und die Pik Acht neben dem Herz-Ass lagen. Für Laien übersetzt bedeutete dies, dass wir achtsam sein sollten und sich ein Unglück unserem Hause näherte. Das aufwendig in einem Tankwagen gelieferte Wasser roch unglücklicherweise (siehe Pik Sieben und Pik Acht), nach Gülle, was wir allerdings erst nach dem Betanken (Herz Ass), feststellten. Wäre man in Deutschland gewesen, hätte man sich aufgrund der heimatlichen Gegebenheiten wegen, sicher Recht verschaffen können, doch auf der für uns fremdsprachigen spanischen Insel Mallorca, fühlte man sich dem misslichen Geschehen doch eher ausgeliefert. So hatte uns Elkes Kartenlegekunst zwar richtig gewarnt, leider jedoch keine Lösung zur Bewältigung des Problems mitgeliefert. Zumindest waren wir sehr froh, als nach einer Woche der üble Geruch des Wassers so langsam verflog und wir uns wieder waschen konnten.


Knapp ein Jahr blieben wir auf der schönen Insel und die freundliche Germanistik-Professorin ließ uns gewähren. In jenem Jahr entstand jedoch, wie schon erwähnt, keine Montessori- oder vergleichbare alternative Schule auf Mallorca. Eines Tages fragte uns die Professorin, was wir denn in der Zukunft so vorhätten. An eine wirklich eindeutige Antwort kann ich mich leider nicht erinnern. Zurück nach Deutschland zu gehen, stand zumindest für Elke nicht zur Debatte. Heute versuche ich mich in die damalige Lage meiner Mutter zu versetzen, und die Welt sowie ihre Lebensvisionen aus ihrem Blickwinkel zu betrachten. Das macht es nicht unbedingt einfacher, im Gegenteil, ich hätte nie den Mut gehabt, diese Reise fortzusetzen. Und das ohne konkreten Plan und mit zwei Kindern im Gepäck. Ihre innere Führung hätte diese Reise ermöglicht, meinte sie noch Jahrzehnte später. Oder: Ohne intensive geistige Inspiration wäre diese unkonventionelle Reise außerhalb der gesellschaftlichen Anbindung nicht möglich gewesen. Mit dieser Antwort wurde jeder Fragende zur Ruhe gebracht.

Beim nächsten Vollmond sollte also die Reise weitergehen. Vollmond bedeutete für Elke, dass ein gewisser innerer Erfahrungszyklus abgeschlossen war und etwas Neues beginnen konnte. Ein Freund stellte ihr einen Scheck aus. Und nur deshalb, mit seiner freundlichen Unterstützung, konnten wir zu neuen Zielen starten, denn Mutters Handtasche mitsamt ihrer EC-Karte wurde eines sonnigen Nachmittags aus dem Bulli gestohlen. Aber mit der neuen Sicherheit in Papierform fuhren wir an einem frühen Abend von dem schönen Grundstück mit den wunderbaren Mandelbäumen fort zu neuen unbekannten Ufern. Zum traurig sein gab es keinen so richtigen Grund und obwohl alles wirklich schön auf Mallorca war, hatten wir keine tieferen Wurzeln geschlagen und sahen uns bei der Abfahrt kaum nach unserer Hütte um. Anders als die Abreise von dem kleinen beschaulichen Ort in Schleswig-Holstein, bei der ich innerlich echt erschüttert war, blieb an diesem Tag mein Gemüt ruhig wie ein stiller See. Auf Mallorca hatten wir viel Erstaunliches erlebt sowie unsere Wahrnehmung und unser Zeitempfinden verändert.

Beides begleitete uns nun bei der Abreise als Veränderung in unserem Bewusstsein. Ab diesem Zeitpunkt fingen wir an einen Reisebericht zu schreiben. Elke diktierte größtenteils, ich schrieb mit und übte mich dabei in der Rechtschreibung. Manche Texte wurden auch von mir alleine verfasst. Das muss ich der Gerechtigkeit wegen hier einfügen, da meine Mutter und ich sehr viel später einen furchtbaren Streit deswegen hatten, bei dem ich fälschlicher Weise behauptet hatte, es wäre alles von ihr diktiert worden. Kinder sind auch manchmal furchtbar doof und deshalb entschuldige ich mich formal bei allen Müttern dieser Welt.

## *Wir wurden sensible Zigeuner!*

Der Text in unserem Reisebericht fängt mit dem Satz an: ‚Und nun juch-hu ging eine launige Fahrerei los'. Elefantines, so hieß unser VW Bus, transportierte uns sanft schnurrend zur Fähre, die nach Valencia übersetzte. Ich zitiere aus dem Reisebericht: ‚Wir fahren Oberdeck. Ein knallrunder Mond bescheint uns, als wir auf dem Oberdeck unsere Schlafsäcke auspacken. Wir schliefen bald selig und süß ein, fuhren jedoch entsetzt hoch, als wir mitten in der Nacht im Schlafsack über Deck gezogen wurden. Grelles Neonlicht blendete uns ins Gesicht und wir murrten laut. Was war da los? Mama hatte glücklicherweise bemerkt, dass sich unser Lager mitten im Rauch des Schiffschornsteins befand. Ohne uns dabei zu wecken zog sie uns deshalb einfach von da weg. Nach erneutem ziehen und zerren waren wir in der nächsten sicheren Ecke verschwunden. Bis am Morgen die Sonne blutrot aufging, lümmelten wir uns dort im Halbschlaf, ohne gestört zu werden. Elefantines fuhr dann sogar als erstes Auto an Land'.

Wir entwickelten uns während der Fahrt nach Frankreich zu einem guten Team, und es ergab sich eine gewisse Routine, draußen in der Natur unser Wohnzimmer, welches aus Klappstühlen und Kissen bestand, eine Küche, die aus einem Wasserkanister, dem Campingkocher und Geschirr hergerichtet wurde, in Windeseile in jeder Kulisse zu erbauen. Wir wurden ein wenig wie Zigeuner, die sich überall zuhause fühlen, oder noch verrückter, wie Zigeuner, die sich zuhause

fühlen, wenn sie unterwegs sind. Auch gefundene Gegenstände wie zum Beispiel Steine, zur Unterstützung des mor-
bide wackelnden Gaskochers, aber auch diverse Stein- und
Bretterkonstruktionen, die als Sitzmöbel dienten, wurden
wiederkehrend genutzt.

Yvonne hatte stets einen genauen Blick für Dinge und Funk-
tionen an Bord oder auch sonst in der Umgebung und war
eine geschickte Hilfe, wenn eine Schraube nicht festgedreht
war oder der Klappstuhl nicht aufging. Meine Aufgabe bestand darin als aktive Beifahrerin die Straßenkarten zu inter-
pretieren und Elke als Kapitän des Bulli- Schiffes dementsprechend zu unterstützen. Sie wiederrum entwickelte die
Fähigkeit mit zehn englischen Worten sowie mit ihren Händen und Füßen kommunizierend und ohne EC Karte, bei Ban-
ken immer irgendwie Geld abzuholen. Das dauerte oft Stunden und manchmal fuhren wir von einer Bank zur anderen,
aus denen sie dann schweißgebadet wieder herauskam.
Hartnäckig hatte sie sich in einer Bank bis zur Chefetage
durchargumentiert und tatsächlich einen Blitztransfer aus
Deutschland bewirkt. Das war damals noch recht umständ-
lich und kompliziert. Aber die Dringlichkeit des Geldbedarfs
wurde gerne von ihr mit der Begründung, dass die Kinder
Hunger haben, verstärkt. Das war natürlich ganz und gar
nicht übertrieben, denn es gab Tage, in denen wir tatsächlich
nur am trockenen Baguette knabberten und sehr auf eine
Veränderung unserer Situation hofften.

Unser Gefährt, das von uns liebevoll auch Elefanti genannt
wurde, war ein Teammitglied aus Metall. Aus der New Age

Bewegung kam ja, wie ich schon beschrieben hatte, die Idee, dass in ferner Zukunft die Menschen mittels ihrer Gedankenkraft auch Gegenstände bewegen könnten, wie zum Beispiel Fluggeräte und Ufos. Von Autos wurde zwar nicht gesprochen, doch kamen unsere Meditationen nach unserer Meinung auch unserem Bulli zu Gute. Zuweilen gab es nämlich Startprobleme mit dem Fahrzeug. Elke sagte in solchen Momenten, dass wir unsere Gedankenkraft zusammenschließen sollten und wenn dieses nicht reichte, wurde ein universelles OM noch dazu angestimmt, um das Mobil zum Starten zu bewegen. Das klappte in der Regel sehr gut und wie schon an anderer Stelle erwähnt, fanden wir dieses Vorgehen ganz selbstverständlich.

Das alles half leider nicht, als an einem Nachmittag in der Nähe der Stadt Apt in Frankreich, das Kupplungsseil riss und wir eine Kfz-Werkstatt aufsuchen mussten. Der Mechaniker, der sich dort hinter das Lenkrad setzte, riss derart an allen Hebeln und Schaltungen, dass Yvonne mit gefletschten Zähnen zischte: „Was hat der denn im Kopf! Der weiß gar nicht wie man mit einem Elefanti umgehen muss!" Unser Aufenthalt in Apt hatte aus gutem Grund in unserem Reisebericht einige Seiten ausgefüllt und nach etlichen anderen Erlebnissen auf unserer Reise, einen besonderen Stellenwert eingenommen. Das Geld war wieder einmal auf dem Niedrigstand angelangt, der Bulli in der Werkstatt und Yvonne hatte Geburtstag.

Hier zeigte sich unsere bereits gut entwickelte Zigeunerseele von ihrer besten Seite. Während die Mechaniker uns versprachen in ein paar Stunden das Auto genauer zu untersuchen, richteten wir uns vor der Werkstatt häuslich ein. Die Klappstühle wurden ausgepackt und wir knabberten an den essbaren Resten unserer kargen Vorräte. Ganz nebenbei nutzten wir einen Rasensprenger, um uns zu duschen und einen Teil unserer Wäsche zu waschen, die wir dann um das Auto herum zum Trocknen in die Büsche hängten. Es machte uns inzwischen einen Riesenspaß einfach so zu improvisieren! Passanten beäugten uns wie ein paar aus dem Zoo ausgebrochene Affen. Dieser Umstand störte uns jedoch wenig, wir lebten nun mal so und unser Wohnzimmer war da, wo unser Elefanti stand.

Nach ein paar Stunden Wartezeit und einem radebrechenden Hand-Fuß Gespräch mit dem Mechaniker stand fest, dass der Bulli über Nacht in der Werkstatt bleiben musste. Yvonne fragte: „Wo übernachten wir denn?" Dann wurden ihre Augen immer größer „Und was ist mit meinem Geburtstag?" Nun ohne Geld und ohne Bulli war das nicht gerade einfach. Elke wühlte derweil in einigen Unterlagen, die sich im Auto befanden. Nach einiger Zeit kam sie triumphierend, mit einem gelben Schein in der erhobenen Hand wedelnd zu uns zurück. „Ha", sagte sie „noch heute Nacht sollt ihr feudal schlafen wie die Könige, wir gehen in das beste Hotel im Ort." Und siehe da, der ADAC machte dieses möglich und wir bezogen tatsächlich ein Hotelzimmer am Marktplatz und jubelten vor Begeisterung! Yvonne und ich testeten sogleich ausgiebig die Federung unseres Bettes mittels Sprungkraft, nahmen ein duftendes Schaumbad und legten die Füße hoch.

Ich war durch diese plötzlich gute Wendung des Tages zum Philosophieren aufgelegt und beobachtete vom Balkon herab interessiert die vorbeigehenden Menschen und fragte mich, was und wie die Liebe unter ihnen sei. Dass ich gerne in gründliches Grübeln verfiel, mal mit guten, mal mit weniger fruchtbaren Ergebnissen, war mir eigen. Yvonne zeigte sich vor allem von der Ausstattung des Zimmers inspiriert und testete alle Wasserhähne, Schubladen, Griffe von Türen und Fenstern. Meine Schwester schätzte es, wenn Dinge funktionierten und ging dem Selbigen gerne auf den Grund. Vorläufig war sie mit der Geburtstagswendung einverstanden, und Elke erklärte ihr, dass das geboren werden ja auch so etwas Besonderes ist, dass man dieses schöne Ereignis nicht nur an dem einen Tag, sondern auch bereits die Tage davor und danach zu feiern habe, die zum Geburtstag einfach dazu gehören. So hielten wir es dann auch in der Zukunft immer, es gab dann eine besondere Geburtstags-Feier-Zeit. Das Geburtstagsritual schnell mal zu verändern, gefiel unserer Lehrerin und Mutter in besonderem Maße, zeigte es doch, dass wir wieder ein Stück weit aus alten Konventionen herausgewachsen waren. Ein Tag später, in Grenoble, gelang es Elke wiederum Geld von einer Bank zu erkämpfen und wir feierten Yvonnes Geburtstag mit Kakao, Erdbeerkuchen und Sahne einfach weiter.

Eine weitere Station auf unserer Reise war Bardou, ein Alternatives Dorf in den südfranzösischen Bergen im Haut

Languedoc. Hier hatte ein, nach neuen Lebensformen suchendes, Deutsch-Amerikanisches Ehepaar, ein ruiniertes Bergdörflein für wenig Geld gekauft und mit weiteren Aussteigern wieder aufgebaut. Die Dörfler waren, wie wir mitbekamen, sehr stolz auf ihre Arbeit. Viele Sorten Gemüse hatten sie selbst angebaut und dadurch waren sie ein wenig unabhängiger vom Handel geworden. Ich erinnere mich nicht mehr an den Geist, die Werte oder Normen dieser Gemeinschaft. Hatten sie überhaupt solche? Oder reichte es ihnen schon, der immer mehr technisierten und durch atomare Abschreckung befriedeten Gesellschaft aus dem Wege zu gehen? Was die Menschen in Bardou aber wirklich hatten, das war die herrliche südfranzösische Natur und eine wunderbare Stille. Autos konnten den Ort nicht erreichen, in das Dorf führte nur ein Fußweg. Zunächst waren wir begeistert von Bardou, jedoch wirkten die überaus schlanken Menschen fast ausgezehrt. Elkes Bekannte Birgit, die wir besuchten, war wegen einer unglücklichen Liebesaffäre in dem Ort hängen geblieben und wir hatten den Eindruck, dass sie sich das Leben dort irgendwie schön redete.

Wir waren froh, dass wir unseren Bulli hatten, der uns dann auch recht bald wieder weiter trug. „Ging es Birgit denn gut in Bardou", fragte ich meine Mutter also Elke. „Mhm, das weiß ich nicht so genau, ich glaube sie steckt ziemlich tief in ihrem Karma fest." Das hieß für mich übersetzt, dass jemand knietief (Verzeihung!) in der Scheiße steckte, das selbst aber nicht zu realisieren vermag, geschweige denn etwas daran ändern konnte oder wollte. Karma hieß für mich auch, das man aus einem vorherigen Mix früherer Leben und Taten die

Folgen im jetzigen Leben genießen durfte oder halt erleiden musste. Diese Weisheit kommt aus dem asiatischen Kulturkreis. Es gab aber außerdem die astrologische Sicht auf die Lebenssituationen, wonach die Sterne die eigene mitgebrachte Persönlichkeit widerspiegeln und wir uns entsprechend unserer Neigungen oder vielmehr unserer Planetenbeziehungen wegen, uns für eine ungute Sache freiwillig und mit ganzer Überzeugung entscheiden, einfach weil der Mond einen Knoten hatte oder der Saturn im negativen Aszendenten stand. Auch das wurde von Elke in Erwägung gezogen.

„Oh je", sagte ich nur und Elefanti kullerte den Berg hinab. Yvonne schaute mit ihren schönen blauen Augen nur nach vorne und rupfte an dem Brot, welches wir von Birgit geschenkt bekommen hatten. „Das Brot schmeckt aber gut", bemerkte sie. Nachdem ich ebenfalls davon gekostet hatte, konnte ich Yvonnes Begeisterung teilen, denn dieser Geschmack war mal eine Abwechslung zu dem ewigen Baguette. „Ich habe versucht Birgits Bewusstsein anzuheben", Elke griff nun ebenfalls zu dem Brot, „aber ich glaube es ist nicht richtig angekommen", erklärte sie. Sie meinte damit den nächsthöheren Gedanken. Ein anderes höheres Bewusstsein ließ ihrer Meinung nach eine neue Reflexion der eigenen Lebenssituation zu, so als wenn man plötzlich sein eigenes Leben aus der Sicht eines Adlers betrachtete.

Elke versuchte oft Menschen zu dieser Sicht zu verhelfen, da sie es für sich selbst wiederholt als sehr hilfreich empfunden hatte. Schlimmstenfalls drängte sie jemanden dazu und der

oder diejenige fühlten sich dann manchmal unverstanden o-
der kritisiert. Das New Age forderte aber nach ihrer Intuition
eben nach genau dieser Bewusstseinsveränderung, da die
Menschen sonst den Karren, sprich den Planeten Erde wegen ihrer unbewussten schlechten Neigungen gegen die
Wand fahren würden. Also erfand sie auch die Schule des
Bewusstseins, oder die Schule aus dem Inneren, in der nun
Yvonne und ich ihre ersten Schüler wurden. Wenn man sein
Bewusstsein auf eine „Verbundenheit mit dem Leben und
dem Kosmos" in einer tiefen entspannten Stille einstellte,
die Gedanken vorbeiziehen ließ wie Wolken am Himmel,
dann konnte sich der höhere, für den Menschen überlebens-
wichtige Geist entfalten und sein Denken und Handeln posi-
tiv verändern, so war in etwa der Ansatz. Aus diesem anderen Bewusstsein heraus könnte der Mensch dann seine Welt
mit ganz neuen Impulsen schöpferisch gestalten. So wurde
es uns von ihr beigebracht. Ob dieses Denken und Handeln
nur neue oder auch alte Werte mit sich brachte, musste in
einem Erfahrungsaustausch mit anderen erprobt werden.

Darin lag, wie man sich denken kann, wie so oft die größte
Schwierigkeit. Elke war in dieser Hinsicht mutig und stets
eine Quelle neuer inspirierender Gedanken. Zudem war sie
eine Abenteurerin und darüber hinaus eine grandiose und
leidenschaftliche Autofahrerin! Selbst in ihrem letzten 73.
Lebensjahr konnte sie unter extremen Bedingungen unter
Einfluss von Opiat-Pflastern, Schmerzen, vieler weiterer Medikamente und einem von ihrem Kleinhirn ausgehenden Tre-
mor in beiden Händen, mit einer zitternden Hand ein Eis und
mit der anderen Hand das Steuer des Autos haltend, sogar

rückwärts die kleinsten Straßen befahren, inclusive der engsten Kurven. Das bewies sie auch, mit ihrem Brot in der Hand, während sie selbstvergessen über Birgits Karma plauderte, auf der Fahrt durch das französische Languedoc. Jedoch im ganz besonderen Maße einige Tage zuvor auf der Pyrenäendurchquerung. Wir fuhren damals ebenfalls schmale Passstraßen, welche abwärts der üblichen Routen Elkes Verständnis des Ausstiegs und des Andersreisen entsprachen. Diese waren zum Teil sehr marode, von Steinlawinen überrollt, manchmal sogar von einem Erdrutsch teilweise zerstört worden. Einige Male vermisste sie wohl einfach ein Fahrverbotsschild und schaute ungläubig auf den vor uns liegenden erodierten Straßenbelag.

Yvonne und ich hatten wie immer blindes Vertrauen in Mutters Fähigkeit Geld zu besorgen und jedes Bulli- oder Fahrproblem zu bewältigen. Von so einem Ereignis wird in unserem Reisebericht wie folgt berichtet: Wir alberten im Bulli herum, als dieser unvermittelt und mit einem großen Ruck zum Stehen kam. Die Straße vor uns war zum Teil abgerutscht und es fehlte der gesamte Teerbelag. Kurz machte sich ein Kloßgefühl im Hals und eine Unruhe in der Magengegend breit, dann lancierte Elke den Bulli zunächst rückwärts, um dann mit Vollgas auf das Hindernis zuzurasen. Bevor unser geplagter Bus mit maximaler Bulli-Geschwindigkeit am Rand des Loches ankam, schrie sie: „Ich glaube ich bin ein Flugzeug!" Tatsächlich flogen wir mehr oder weniger über die Straßenlücke hinweg und landeten sicher mit allen vier Rädern auf der befestigten anderen Seite des enormen Lo-

ches. Nach diesem geglückten Manöver waren wir drei natürlich staunend erleichtert, und wir Kinder betitelten Elke
fortan als Expertin im „Bulli fliegen." Doch nun zurück zu unserer Fahrt durch Frankreich.

Wir erreichten die Loire und hier wurde das Bulli-Flugzeug
dann wieder zu einer drei Zimmer Wohnung umgebaut. Mit
schönem Blick auf das Ufer des dahingleitenden Flusses entstanden in kurzer Zeit ein Schlaf-, ein Spiel- sowie ein Wohnzimmer mit Terrasse. Yvonne und ich nutzten die Gelegenheit baden zu gehen. Elke schimpfte von der Fahrt ziemlich
angestrengt: „Geht nicht zu tief ins Wasser, der Fluss ist,
glaube ich, radioaktiv verseucht!" Wir sahen einen kleinen
Fisch an uns vorbeischwimmen, lachten und ließen uns fröhlich in das erquickende Nass gleiten. Im Anschluss wurden
Kartoffeln im angeblich radioaktiven Flusswasser gekocht.
Sie schmeckten hervorragend und keiner von uns erlitt danach einen Haar- oder Zahnausfall. Dennoch ergriff Lehrerin
Elke die Gelegenheit mit uns über das Thema Atomenergie,
Radioaktivität und deren Gefahren in einer Unterrichts-
stunde zu erörtern.

Sie erzählte uns aus ihren Erinnerungen aus den 60er Jahren,
als in einem Fernsehbericht gezeigt wurde, wie man sich bei
einem atomaren Angriff verhalten solle. Einen Mundschutz
zu tragen, wurde den Bürgern ebenso empfohlen, wie eine
Aktentasche über den Kopf zu halten. Schülern wurde geraten unter die Klassentische zu kriechen. Eine Steigerung der
Absurdität und Verharmlosung wäre schwerlich zu finden
gewesen, befanden wir nach unserer Unterrichtsstunde, die

mit weiteren Erläuterungen über die tödliche Gefahr von Atomenergie gespickt war. Respektvoll betrachteten wir daraufhin den Fluss vor uns und waren dankbar, zumindest einen, wenn auch kleinen aber lebendigen Fisch gesehen und selbst keinen Schaden erlitten zu haben.

Nach dem Aufenthalt an der Loire fuhren wir nach Paris, eroberten die Avenue des Champs-Élysées und das Musée d'Art Moderne de la Ville de Paris, mit vielen für uns teilweise nicht nachvollziehbaren Bildern und Kunstobjekten, die dort ausgestellt waren. „Warum hängen denn deine Bilder nicht hier?", fragte ich Elke und starrte fassungslos auf die an großen weißen Wänden hängenden, edel gerahmten Löschpapiere, auf denen nichts weiter als nur ein paar bunte Flecken zu sehen waren. „Yvonne kann ja besser malen als die da!", schimpfte ich entrüstet und schaute verzweifelt zu einer, wie ich fand, wirklich tollen Künstlerin, empor. „Das ist eben die Avant Garde", erklärte Elke, „Intellektuelle, die die Kunst im Kopf machen, nicht auf dem Papier. Das spricht wiederum Intellektuelle an, die sich dann intellektuell anstrengen müssen, um das Bild zu verstehen und sich, wenn sie meinen, das Kunstwerk verstanden zu haben, in ihrer Intelligenz bestätigt fühlen." Sie hatte das Kinn etwas nach vorne geschoben und schaute sich aufmerksam die Deckenkonstruktion des Gebäudes an. Ich bewunderte sie. „Du hast doch auch so tolle Ausstellungen gehabt und so viel dafür gewagt! Hättest du nicht doch weitermachen können?" fragte ich sie und beobachtete sie dabei aus dem Augenwinkel. „Ich hatte meine Gründe," gab sie zurück und hinterließ mich grübelnd meinen Gedanken hinterherhängend.

Denn einige Jahre vor meiner Geburt war sie eine bekannte Künstlerin gewesen, deren Bilder sogar in Rom und Utrecht ausgestellt wurden und ich bin darüber nach wie vor außerordentlich Stolz! Mit 17 Jahren, erzählte sie uns einmal, hatte sie sich bereits für die Kunst entschieden und wollte diese Ausrichtung auch unbedingt durchsetzen. Das schlechte Verhältnis zu ihrer Mutter bekam durch diesen exotischen Wunsch noch einen weiteren Bruch. Elke riss deswegen von zu Hause aus und ging nach München-Schwabing, um in die dort sehr aktive Kunstszene einzutauchen und malte ihre ersten Ölbilder. Nebenbei verdiente sie sich unter anderem Geld als Servicedame im Haus eines reichen Schriftstellers und schaffte es somit, sich finanziell über Wasser zu halten. Mit schwarzem Rock, weißer Schürze und Häubchen angetan, erledigte sie in dem Haushalt des erfolgreichen Herrn all das, wofür die Herrschaften weder Zeit noch Lust hatten. Nach anfänglicher Begeisterung ergaben sich jedoch einige Wehrmutstropfen in ihrem Beschäftigungsverhältnis, die leider zu einem recht schnellen Ende des Selbigen führten. Die Dame des Hauses litt unter Eifersuchtsattacken, die allein durch Elkes Schönheit und Jugend ausgelöst wurden. Denn sie war blond, hatte eine grazilweibliche Figur und außerdem sehr schöne, edle Gesichtszüge. Fotos aus dieser Zeit bezeugten, dass sie im Aussehen ohne weiteres den damaligen Schauspielerinnen aus Hollywood-Filmen Konkurrenz gemacht hätte, ähnlich wie Romy Schneider, doch gleichzeitig auch unverwechselbar. Die hellen, blauen Augen unter der hohen klaren Stirn zeigten ihre Offenheit. Die gerade Nase, der schön geformte Mund, dazu eine feste starke Kinnpartie, verliehen ihrer Sinnlichkeit gepaart mit deutlichem Durchsetzungsvermögen Ausdruck.

Neben den erwähnten Eifersuchtsattacken der Ehefrau gab es ein weiteres Problem, das darin bestand, wenn Elke ihren Mund öffnete. Jahre später, als sie nach Hannover zurückgekehrt war, erhielt sie in der Innenstadt aufgrund ihres Mundwerks den Spitznamen „Elke der murmelnde Bach". Den bekam sie, weil sie es schaffte in Windeseile alle Leute, die in einer von ihr oft besuchten Kneipe am Tresen versammelt waren, derart mit ihren aberwitzigen Geschichten zu fesseln, dass diese es noch nicht einmal bemerkten, wie sie nebenbei deren Biergläser austrank. In Schwabing hatte der „Murmelnde Bach" die Gewohnheit, dem Schriftsteller ihre unglaublichen fantastischen Träume zu berichten. Die waren so kreativ-verrückt, dass der Mann jeden Morgen einen Traumbericht von ihr verlangte. Allerdings gingen ihm möglicherweise auch dadurch die eigenen Ideen aus und letztendlich musste Elke ihre Koffer packen.

Mit diversen weiteren Jobs schlug sie sich aber weiterhin durch. Parallel eröffnete sich in der Straßenszene von Schwabing eine große lebendige Kunstwelt. Künstler malten und verkauften gleichzeitig ihre Werke auf der Straße. Das gefiel ihr, das war kreativ, lebendig und nicht einkaserniert in einer Galerie. Sie wurde ein Teil dieses bunten Lebens und Treibens und lernte dadurch Professoren der Kunsthochschule Dresden kennen, die sie förderten. Später in Hannover, in den 60er und 70er Jahren stellte sie ihre von der Presse gelobten Bilder und Radierungen kontinuierlich aus.

Unter anderem hingen ihre Werke neben denen von Max Ernst und Ernst Fuchs. Sie baute den heute noch existierenden großen Flohmarkt an der Leine mit auf und wirkte ebenfalls an vielen Kunst Happenings sowohl organisatorisch als auch als Teilnehmerin mit. Als die anfangs sehr lebendige Kunst in Hannover jedoch immer mehr von Funktionären eingefangen wurde und sich eine Kunstwelt etablierte, die sich durch leere intellektuelle Worthülsen verkaufen und begleiten ließ, zog sich Elke Michelle, so wählte sie inzwischen ihren Künstlernamen enttäuscht zurück. Später beteuerte sie gerne, dass sie meine Schwester und mich mit unserer Lebendigkeit, Leichtigkeit und Vielseitigkeit als viel erquickender und inspirierender empfunden hatte.

In der Art wie sie mit vorgeschobenem Kinn das Museum an sich sowie die Präsentationen der verschiedenen Kunstwerke betrachtete, merkte man ihr an, dass sie das alles keineswegs kalt ließ. Was genau unsere Mutter damals dachte und welche Gefühle sie hatte, blieb uns allerdings verborgen. Die vielfältige Kunst in den großen weißen Hallen bewirkte in uns, die wir im Bus wie Zigeuner lebten, eine gewisse Erschütterung und Demütigung. Und so standen wir am Nachmittag mit unserem Bus immer noch benommen am Rande einer Parkanlage und waren einfach nur noch am Staunen, insbesondere über den Pariser Schick, der uns dagegen wie Vagabunden aussehen ließ. An warmen Tagen wie diesen, trug Elke gerne selbstgenähte knöchellange Kleider und dazu hatte sie, wie auch wir, spanische Espadrilles an den Füßen. Das sind Stoffschuhe mit einer Art aus Hanf oder Stroh gefertigten Natursohlen. Diese waren sehr günstig auf

Mallorca zu erwerben gewesen, büßten allerdings relativ schnell ihre Form und Farbe ein. In unserem Falle hatten sie auch noch Flecken und die Sohlen lösten sich so langsam auf. Die Haare waren uns allen dreien von Elke geschnitten worden und deutliche Zeugen unserer wilden, freien, sonnigen Natur. Die Kleidung von uns Mädchen war ebenfalls größtenteils selbstgenäht und stach in Form und Farbe ganz und gar aus der uns hier umgebenden Modewelt heraus. Damals konnte ich nicht wissen, dass sich dieser Look in vielen Jahrzehnten danach als Outfit bzw. Kleidungsausdruck einer gewissen Antikapitalistischen und Antikonformistischen Grundhaltung etablieren sollte. Dass eines Tages selbstgenähte flatternde Kleidungsteile in Baumwolle und bunten Farben einem gewissen alternativen Geschmack entsprechen und keineswegs etwa günstig zu erwerben sein würden, hätten wir zumindest damals als sonderlich empfunden. Bei uns waren sie tatsächlich aus einem gewissen Mangel heraus und mit viel Kreativität entstanden.

Derart bekleidet saßen wir nun also am Rand unseres neuen Wohnorts, dem Pariser Stadtpark, und lutschten am von Elke spendierten Eis. Dabei betrachteten wir die zierlichen Pumps mit Pfennigabsätzen an den fein bestrumpften Beinen der Pariser Damen. Das ein oder andere Mal verließ dabei ein Tropfen Eis seine Waffel und landete auf gemeine Art und Weise auf einem unserer Schuhe oder Beinkleider. Hier in der französischen Hauptstadt wurde uns unser Zigeunerleben außerhalb der gesellschaftlichen Norm anhand der uns umgebenden Eindrücke sprichwörtlich vor Augen geführt, und wir stellten fest, dass wir zu dritt unsere eigene Norm-

Welt entwickelt hatten. „Sind wir komisch, oder sind die komisch", fragte Yvonne. „Wie meinst du das", fragte Elke zurück.

In einer sich daraufhin entwickelnden Aufregung fanden wir dann debattierend heraus, dass wir zumindest irgendwie anders waren.

Ja, liebe Leser, wir waren zu einer Dreiergesellschaft zusammengewachsen, die sich selbst als normal und die anderen als befremdlich oder gar komisch empfand. In unserer Gemeinschaft entwickelten sich zunehmend und ergänzend zu unserem Zigeuner -Look, auch eigene Redewendungen, Floskeln, ja sogar eigene Wortkreationen wurden erfunden, die keiner außer uns dreien verstand. Zum Beispiel gab es das Wort „dummfunktionuckelt" was so viel bedeutete, dass man an irgendetwas ohne wirklich Ahnung davon zu haben, herum geruckelt hatte und es danach plötzlich wieder funktionierte. Oder das Wort „albianisch", wenn jemand wie unser geliebter Freund, Sachen oder Sätze anfing, um sie dann wie Luftschlösser unbeendet stehen zu lassen, und sich plötzlich leichtfüßig mit etwas anderem zu beschäftigen. Also zusammengefasst sah ein Satz bei uns dann in etwa so aus: Wie du das gemacht hast, war ja irgendwie albianisch, aber es hat dummfunktionuckelt.

Yvonne hatte als erste ihr Eis aufgegessen und behauptete keck: "Wie ein Model laufen kann ich auch!" Sie hob ihr Köpfchen und mit erhobenem Haupt, eine Hand in die Hüfte gestemmt, stolzierte sie, die Zehenspitzen zuerst aufsetzend, vor unseren Augen ein paar Treppenstufen hinauf und hinunter und schritt danach gekonnt auf dem Gehweg auf und ab. Ihre Hüften ließ sie dabei schwingen, zwischendrin hielt sie an, ließ eine Hüfte lässig hängen, schaute über die Schulter und warf ihr Haar zur Seite, um uns dann aus den Augenwinkeln mit halb geschlossenen Augen zu betrachten. Ihre dürren langen Beine, die schlanke Figur, ihre blauen Augen, dazu die gekonnte Performance ließ wahrhaftig unseren Atem stocken und die Pariserinnen versanken im Nichts.

„Brrrriiiii uhu!", jauchzte Elke. Das war ein trällernder Ruf, den ich glaube nur von Westernfilmen und dort von angreifenden Indianern her kannte. „Du wirst ein Model!", rief sie entzückt. Ein letztes Stück Waffel verschwand in ihrem Mund und sie grinste vergnügt. Dass wir nun ein Model unter uns hatten, das die Pariser Damen an Eleganz und Art derart in den Schatten stellen konnte, adelte uns, und wir kehrten zwar mit neuen Eisflecken in der Kleidung jedoch mit stolz geschwellter Brust zu unserem Bulli zurück. Zufrieden mit sich und der Welt verließen die drei Zigeuner Paris und steuerten dem neuen Reiseziel der „Kathedrale Notre-Dame von Chartres" entgegen.

„Von dort aus nahm die Marienverehrung ihren Anfang", erklärte uns Elke. Nach dem lustigen Aufenthalt in Paris hatte sich unsere Stimmung verändert. Denn wir fuhren einem besonderen Ziel entgegen und unsere Lehrerin für Wahrnehmung und Bewusstsein bereitete uns darauf vor. „Wir dürfen nicht in dem gleichen schnellen Zeitbewusstsein wie die Touristen dorthin kommen, sonst erschließt sich uns der Ort nicht." Wir hatten bei ihr gelernt der Zeit so viel Aufmerksamkeit zu widmen, dass sie ganz langsam vergehen konnte. In diesem Zustand waren wir sehr ruhig und ließen die Gegenwart einfach wie einen trägen Fluss vorbeirauschen. „Die Kathedrale ist fünfmal komplett niedergebrannt worden, jedoch ohne dass das Tuch, welches aus dem Gewand der Heiligen Jungfrau Maria stammen soll und somit die verehrteste Reliquie der Kathedrale ist, Schaden genommen hätte", erklärte sie, „Chartres ist ein sehr heiliger Ort, an dem über viele Generationen lang gebaut wurde. Es gibt meiner Meinung nach, besondere Bereiche und Orte auf dem Planeten Erde, die in der Akasha-Chronik des Planeten besondere Eigenschaften und Kräfte aufweisen, weil die Menschen sich hier über lange Zeit versammelt haben, um Gott auf vielerlei Art zu huldigen. Es sind Kraftorte, bei denen sich Zeit und Raum in besonderer Weise begegnen. Die Kathedrale von Chartre ist so ein besonderer Punkt. Wenn ihr in der Akasha-Chronik lest, werdet ihr den Menschen und dem Geschehen aus allen Jahrhunderten begegnen können."

Auf der weiteren Fahrt wurden wir ruhig und sogen die Landschaft in uns auf. Die Bezeichnung Akasha-Chronik stammt aus Indien und hat mit den ältesten Aufzeichnungen der Menschheit, dem Sanskrit zu tun. Die Akasha-Chronik bezeichnet eine besondere, feinstoffliche Ebene. Was genau mit „Feinstofflich" gemeint ist, ist mir bis heute nicht wirklich erklärlich geworden. Vielleicht ist es die Art wie Atome oder die kleinsten Teile der lebendigen Materie miteinander korrespondieren. Vielleicht ist es eine als sich selbst erweiternde intelligente Matrix anzusehen. Ich weiß es nicht.

Die Akasha-Chronik ist nach indischen uralten Vorstellungen gefüllt mit den Informationen aus allen Lebensphasen und Geschehnissen der Welt. Man kann sich das vielleicht wie einen aus vielen Teilchen bestehenden Informationsspeicher vorstellen, der sich im Leben reflektiert und Veränderungen registriert. Tatsächlich klingt die Theorie ein wenig, als wäre sie aus einem Science Fiction Film entliehen. Doch wer weiß, was in den nächsten Jahrhunderten noch erforscht wird und ob die Intelligenz des Lebens als solche eines Tages sogar in einem neuen Kontext betrachtet und Übereinstimmungen mit dem intuitiven Wissen von damals aufweisen wird. Zu jenem Zeitpunkt hatten wir Kinder zwar keinen direkten intellektuellen Bezug zu der Akasha-Chronik, doch waren wir offen für alles, was auch immer passieren würde. Zudem empfanden wir es vollkommen selbstverständlich, natürlich nach Elkes wiederholten Erläuterungen, dass Geschehnisse aus vorherigen Jahrhunderten irgendwie mit in die Gegenwart reisen konnten. Um die Möglichkeiten der Zukunft werde gerungen, auf vielfache Art und Weise, meinte sie, und die Gegenwart wirke dabei wie ein zarter Schleier, der alles beruhigend einzuhüllen vermochte und beides, die Vergangenheit und die Zukunft, in die Ferne rücken ließ.

Als die Kathedrale, die sich mächtig von den Häusern der Stadt abhob, in Sichtweite kam, sagte Elke nur: „Boah! Die ist ja riesig!" Der Bulli wurde auf einem der ausgeschilderten und dicht zugeparkten Bereiche abgestellt und wir näherten uns per pedes dem in vielfacher Hinsicht besonderen Ort. Staunend und mit großen Augen betrachteten wir die aus hellem Gestein gemeißelten Figuren, die das Eingangsportal umgaben und waren von deren Gesichtssymmetrie und dem tiefen Frieden, den sie ausstrahlten eingenommen. Neben hektisch an Fotoapparaten hantierenden und in Geschichtsführern herumblätternden Besuchern, die in großer Zahl um uns herumwuselten, geriet unser Plan, all das Schöne in Ruhe betrachten und genießen zu wollen, ziemlich ins Abseits. So quetschten wir uns durchs Eingangsportal und versuchten angestrengt die Augen an Reliquienschreine, Glasmosaike, Steinsärge, Statuen und Gemälde heftend etwas Heiliges oder sogar Eindrücke von dieser besagten Akasha-Chronik aufzufassen. „Oh Sorry!", säuselte neben uns eine Stimme und Elke nahm Abstand von einer Dame, die mit ihr aus irgendeinem unbeabsichtigten Grund kollidiert war.

„Hier entlang!", rief Yvonne uns leise zu und winkte mit ihrer kleinen Hand, ihr zu folgen. Sie verschwand hinter einer Säule und wir folgten ihr. Hinter der Säule wurde der Besucherstrom seichter und wir konnten uns endlich in Ruhe umsehen. Elke entdeckte sofort astrologische Bezüge und Zahlen, die auf irgendeine Art mit dem hereinbrechenden Wassermannzeitalter zu tun hatten und ihre Augen funkelten. „Wir müssen aus dem dreidimensionalen Touristenbewusstsein raus, bleibt mal einen Moment stehen!", sagte sie zu uns, „So und jetzt kommt erst mal an und werdet ruhiger." Wir blieben stehen und entspannten uns, ließen die Zeit sowie die oberflächig intellektuell interessierte Hektik der Menschen an uns vorbeiziehen. „Halleluja, halleluja, haaaalleeeeelujaaaa!", schrie es plötzlich aus einer Gruppe von Frauen heraus und wir wären vor Schreck fast umgefallen. Abrupt hielt das hallende „Halleluja" jedoch an und wir beobachteten einige Nonnen, die mit trippelnden kleinen Schritten hinter einer Säule hervortraten und zum Ausgang strebte.

Neugierig gingen wir zu der Stelle, an der die Nonnen zuvor gestanden hatten und in diesem Moment geschah etwas mit mir. Wir standen unmittelbar vor einer hölzernen Marienfigur. Hunderte Kerzen brannten davor. Das Holz der Mariengestalt wirkte uralt und schon etwas mitgenommen. Doch das alles wäre sicher anderswo ähnlich zu sehen gewesen. Hier jedoch überraschte uns die Farbe der Figur. Sie war schwarz, pechschwarz. War vielleicht eine Zigeunerin oder Äthiopierin Vorbild für diese Erschaffung gewesen? Lag es an dem Alter des Holzes, dass dieses wegen eines chemischen Prozesses heraus eine dunkle Farbe angenommen hatte? Oder war es tatsächlich Absicht gewesen, der weißen gläubigen Rasse eine schwarze Mutter Gottes vor die Nase zu setzen? Der Verstand setzte bei mir kurz aus. Er konnte Helligkeit und Heiligkeit nicht mit der schwarzen Hautfarbe der Madonna vereinbaren. In diesem Aussetzen öffnete sich in meinem Inneren eine Tür zu einem Raum jenseits des rationalen Beurteilens und etwas schien aus der Tiefe vergangener Zeiten raunend in die Gegenwart empor zu steigen. Die Menschen um uns herum verschwanden für mich und wurden zu Schatten, die ich kaum noch wahrnahm. Was war nach unserer Ansicht nach heilig und wie sehr war heilig sein von unserem Urteil abhängig? Was war die Wahrheit? Wie hätte Gott geurteilt? Mein Bewusstsein entschwand aus der

Gegenwart und ich sah nur noch die schwarze Madonna von Chartre. Die Zeit stand still.

Nach einigen von einem Zeitmessgerät bemessenen Minuten, holte uns das Treiben der Massen wieder ein und wir gingen in das mittlere Portal der Kathedrale. Unter unseren Füssen zeigte sich ein Labyrinth. Beim genaueren Betrachten stellten wir fest, dass das Labyrinth den gesamten mittleren Bereich ausfüllte. Man musste genau hinsehen, denn ein großer Teil des kunstvoll gestalteten Bodenbelags war von Kirchenbänken verstellt worden. „Hier standen früher bestimmt keine Bänke!", meinte ich, Yvonne und Elke nickten beifällig. Zum Abschluss unserer Besichtigung schauten wir uns noch einmal um und verließen dann die Kathedrale. „Chartre hat uns viel gezeigt!", meinte Elke auf unserer Weiterfahrt.

Als nächste Station war Le Mont-Saint-Michelle geplant. Saint-Michelle entstand im 8. Jahrhundert und wurde auf Verlangen des Erzengels Michael erbaut. Dieser hatte dem Bischof Aubert von Avran-ches, dem er erschienen war, den Befehl dazu erteilt. Da dieser Bischof in seiner unendlichen Bescheidenheit zuerst nicht wahrhaben wollte, dass ausgerechnet er vom Erzengel auserkoren worden war, kam er dieser Aufforderung nicht nach. Da bohrte der Erzengel Michael ihm ein Loch in den Schädel, um ihm seinen Willen zu offenbaren und der Bischof begann daraufhin die Kathedrale auf einer felsigen kleinen Insel, die nicht weit vor der Küste im Wattenmeer liegt, zu erschaffen. Sie gehört heute zum UNESCO Weltkultur-Erbe. Mont Saint Michelle ragte wie eine Erweiterung des Sockelgesteins der Insel aus dem Wasser empor und wir waren berauscht von seinem Anblick. „Wenn Ebbe ist, kann man zu Fuß zum Mont Saint Michelle hinübergehen", erklärte unsere Lehrerin. Elke hatte eine ganz besondere Beziehung zum Erzengel Michael. Dieser hatte sie in ihrer dunkelsten Stunde, erzählte sie uns, als sie dachte, sie würde an einem Herzinfarkt sterben, zu ihrem neuen Dasein erweckt.

So waren wir sehr beeindruckt, nun so einem gewaltigen Artefakt des himmlischen Auftraggebers gegenüber zu stehen. Wobei, der Bischof mit dem Loch im Kopf tat uns auch ein wenig leid. Später wurde allerdings angenommen, dass das Loch in dem erforschten Schädel des Bischofs eher von einer chirurgischen Krepitation herrühren könnte. Die verrückte Geschichte mit dem Erzengel gefiel mir aber persönlich besser. Das Loch in dem Schädel relativierte sich in seiner doch beeindruckenden Gefährlichkeit angesichts der monumentalen Kathedrale und wir schauten andächtig zu der Insel hinüber. Elkes blaue Augen strahlten und sie lächelte. „Das ist ein sehr wichtiger Augenblick, von hier aus wird uns Erzengel Michael auf der Reise begleiten und sein Wille wird verwirklicht. Der Erzengel kann die Menschheit in ein neues Bewusstsein und in das Wassermannzeitalter begleiten. Wir werden in diesem Licht eingebettet sein. Wir sollten uns so langsam auf Le Mont Saint Michelle einstellen!" Selbstverständlich hatte sie ein kleines Büchlein dabei, aus dem sie nun über den Erzengel Michael vorlas, und wir empfanden es auch wieder geradezu natürlich, den Besuch der Kathedrale auf diese Art und Weise vorzubereiten.

Zu diesen Vorbereitungen zählte jedoch auch ein kurzer Aufenthalt bei einer Imbissbude, an der wir zur Stärkung Salat mit Majonäse aßen. Es war ein recht günstiger Restaurantbesuch, unter freiem Himmel, mit Plastikstühlen und ebensolchen Tischen. Leider mit üblen Folgen, denn bereits während der Parkplatzsuche wurde uns dreien ziemlich übel und eine halbe Stunde später fing als erstes bei mir ein fieser Brechreiz an. Wir hatten uns allesamt irgendetwas Bestialisches eingefangen und der rumorende Magendarmtrakt hielt uns und den Bulli am Ufer der Bucht auf einem Campingplatz mit Sanitäranlage, gefangen. Drei Tage war nun die Sanitäranlage unsere Kathedrale. Das Wattenmeer zeigte sich wiederkehrend und wir fühlten uns so geistlos wie die vermeintlich geistlosen Wattwürmer, die mit ihrer ständigen öden Lochbohrerei und dem Schlickburgenbau an ein inhaltsloses Dasein erinnerten. Erst am 4. Tag nach dem Imbissbesuch sahen wir uns in der Lage, gemeinsam mit einem großen Pulk weiterer Besucher, in absolutem Schneckentempo zur Kathedrale zu kriechen. Wir fühlten uns wie eine Horde Wattwürmer unterwegs zum Heiligtum des Erzengels Michael!

Am Mont Saint Michelle angekommen mussten wir wieder einmal feststellen, dass jedes Kulturgut mit extremen Eintrittspreisen belegt war, die uns, verglichen mit der Höhe unseres Ausgaben Etas eine Woche lang Lebensmittel gekostet hätten. Immer noch völlig entkräftet hielten wir uns in einer kleinen Gasse in der Nähe des Eingangs auf und starrten ungläubig auf die Preisschilder. Da entdeckte Yvonne eine massive Holztür im unteren Bereich der Kathedrale, die einen Spalt breit offen stand. An dieser Tür war kein Hinweisschild, sie schien somit nicht für zahlende Besucher gedacht zu sein. Yvonne flutschte hinein und wir hinterher.

Der Raum war nur spärlich erleuchtet, ließ aber sein historisches Innere gut erkennen. Wir waren offenbar in einem Seitenflügel der Kathedrale gelandet und hörten gerade noch die Schritte und Stimmen einer geführten Reisegruppe, die sich langsam entfernten. Tatsächlich waren wir kurze Zeit später ganz alleine in dem sagenhaften Monument und Elke stimmte das universelle „OM" an und ich dachte nur eines: „Das wird bestimmt das erste gesungene OM an diesem Ort gewesen sein!" Nach kurzem Zögern stimmten Yvonne und ich mit ein und der Klang unserer Stimmen schwoll vibrierend an und wurde lauter und lauter. „Pssst!", raunte es plötzlich aus einer Ecke heraus. Wir schauten uns dahin um, konnten aber niemanden entdecken. Das wirkte nun doch etwas unheimlich, wir ließen aber noch ein letztes zartes OM erklingen, beschlossen jedoch danach die Kathedrale durch dieselbe Pforte, durch die wir immerhin kostenlos hineingeschlüpft waren, wieder auf Zehenspitzen zu verlassen.

# Zauberhaftes und viel Regen.

Kurzerhand verabschiedeten wir uns von Frankreich und fuhren abenteuerlustig dem neuen Ziel entgegen. England! Die Insel mit ihren herrlichen Geschichten und Sagen, wie die von König Arthur und dem Schwert Excalibur und den Druiden und Elfen aus alten Zeiten zeigte uns schon bald seine weiße Steilküste. Auch Findhorn, eine alternative Gemeinschaft in Schottland, die uns eventuell nicht nur eine andere Schulform anbieten konnte, sondern vielleicht sogar eine neue Heimat, gehörte zu unseren Zielen.

Die Steilküste Englands erreichten wir mit einer Hoverkraft, einem Luftkissenschiff, welches mittels Luftdruck unter dem Rumpf knapp über der Oberfläche des Wassers schwebend hinwegdüste. Elefanti schnatterte nach dem Anlegen in Dover, fröhlich gluckernd von Deck und - nachdem unsere kühne Fahrkünstlerin Elke anschließend noch das Linksfahren im Kreisverkehr erfolgreich eingeübt hatte, waren wir auf das neue Land mehr als nur eingestimmt und es konnte losgehen. Nach einer kurzen Besichtigung einer Kirche, die von Katharina von Duce erbaut worden war, fuhren wir nach Stonehenge in der Nähe der Stadt Amesbury im Süden Englands. „Stonehenge ist die älteste astronomische Rechenmaschine der Menschheit, welche vor ca. 5000 Jahren mit mathematischer Genauigkeit aufgestellt wurde! Es ist auch ein Kalender, der heute noch die Zeit berechnet und sich nur um 2° Grad verschoben hat", erklärte Elke und sah selber dabei aus wie ein Wesen aus einer anderen Zeit. „Über viele Generationen hinweg haben an diesem Ort Druiden ihr Wissen und Können verewigt", ergänzte sie ihren Bericht.

Wie wir bereits bei der Anfahrt sehen konnten, bestand Stonehenge aus einem Kreis von aufrechtstehenden Steinen, bei denen die meisten oben mit Quersteinen verbunden sind, so dass sie wie lauter offene Tore aussahen. Mit dem Bulli angekommen, suchten wir uns eine kleine Nische abseits der Menge, um den Anblick in Ruhe auf uns wirken zu lassen. Elke rümpfte die Nase über eine Absperrung, die den Besuchern nur die Ansicht außerhalb des Kreises gestattete und es unmöglich machte von der Mitte nach außen zu schauen, wie es einst die weisen Druiden getan hatten. „Nicht nur die Druiden!", sagte sie mit erhobenem Zeigefinger. „Vor vier Jahren war ich mit Freunden hier und wir konnten in die Mitte des Platzes gehen. Damals hielten wir uns an den Händen und sangen gemeinsam das OM. Es durchströmte mich eine unglaubliche Kraft und ich hatte das Gefühl alle Druiden der vorherigen Jahrhunderte seien mit uns in Stonehenge! Jeder von uns nahm sich bei der Session vor, etwas Belastendes aus dem alten Leben zu verabschieden, wie zum Beispiel ein Laster, eine quälende Erinnerung, Ängste oder etwas ähnlich Bedrückendes. Ich hatte mich damals von meinen Camel Zigaretten verabschiedet. Und tatsächlich habe ich danach nie wieder geraucht." Wir fanden es ebenfalls etwas unspektakulär am Rande des magischen Radius zu stehen und doch wirkten die wuchtigen Steine auf uns unglaublich beeindruckend. Elke lächelte als sie sah, wie sehr Yvonne und ich uns konzentrierten. Nur zu gerne wären wir mit ihr in das Zentrum gegangen und hätten auch den Zauber der Druiden gespürt. Die vielen Besucher zu ignorieren fiel uns nicht leicht und so musste die Geschichte von dem Ende der Camel-Periode uns aufs erste darüber hinwegtrösten.

Nach einer eher nüchternen Besichtigung von Glastenbury Abbey machten wir uns auf die Suche nach dem alten Merlin Stein in Wales. Laut Elkes Reiseberichts befragten wir Einheimische über den genauen Standort des Steins aber es steht geschrieben, dass diese uns nur verständnislos anblickten und unwissend mit ihren Schultern zuckten. Wir fuhren kreuz und quer durch den Landstrich, um dann irgendwann Richtung Rayaeder abzubiegen. Zitat aus dem Reisebericht: Moorgrüne Berge teils mit Farnen und Urwald bewachsen, riesige nicht eingezäunte Ebenen, hin und wieder alte Steinkreise brachten uns in Ekstase. Aus einem Dickicht am Fluss brachen plötzlich große schwarze Stiere hervor, sie liefen einfach frei herum! Diese sowie eine Herde aus Schafen und Ziegen ließen sich durch uns überhaupt nicht irritieren. Einige Wildpferde galoppierten herbei, von Menschen allerdings keine Spur. Yvonne zeigte auf einen sehr großen Steinkreis. Wir trauten uns nicht auszusteigen, um dort hinzugehen, weil - so viele wilde Tiere und uns unbekannte Natur, das trauten wir uns einfach nicht zu. Alles schien hier wild und ungezähmt. Aber wir drei glaubten daran, den Merlin Stein gefunden zu haben, denn hier wirkte irgendwie ein Zauber. Zitat Ende.

Inmitten in dieser Landschaft übernachteten wir und fanden am nächsten Morgen ein Hinweisschild zum Schloss Power. Am Schloss angekommen taten wir zunächst das Notwendigste an diesem Morgen und verschwanden hinter einer gewaltigen Eiche, die unsere drei nackten Hinterteile diskret vor etwaigen Blicken von der Straße her, in Schutz nahm. Dieser mächtige Baum war so riesig, dass wir uns leicht zu dritt hinter seinem Stamm verstecken konnten. Als wir wieder aufschauten, blickte uns allerdings ein Rudel Damwild aus neugierigen großen braunen Augen an. Unbemerkt hatten sich die Tiere angenähert und standen nun unmittelbar, in einer geschätzten Entfernung von 15 – 20 Metern, vor uns. In der ersten Reihe stand ein kapitaler Hirsch mit großem Geweih. Elke sagte zu uns ganz leise „Wir sind auf der Hirschfährte!" Langsam und mit Bedacht zogen wir unsere Hosen hoch und unsere Lehrerin für Bewusstsein näherte sich vorsichtig dem Hirsch. Nach einigen Schritten blieb sie vor ihm stehen, während Yvonne und ich gebannt die Szene beobachteten. Sie verschränkte die Arme über ihrer Brust und kreuzte die Beine. Mit viel Ruhe machte sie eine tiefe Verbeugung vor dem Hirsch. Die Zeit schien wieder einen Moment nicht in gewohnten Maßstäben weiter zu ticken. Wir hielten die Luft an und dann geschah etwas Sonderbares. Der Hirsch kreuzte ebenfalls seine Vorderbeine und senkte das Haupt bis zur Grassode hinunter. So blieb er stehen, auch Elke verharrte in ihrer respektvollen Stellung. Nach ewigen Sekunden hoben beide wieder ihre Köpfe, beziehungsweise ihre Oberkörper und das Rudel setzte sich in Bewegung und verschwand.

„So", sagte Elke und strahlte, „wir sind auf Schloss Power willkommen und das war unser Empfangskomitee!" Ab diesem Zeitpunkt nutzten wir oft Wege, die die Tiere nahmen, um die von Menschen im alten Bewusstsein vorgefertigten Bahnen zu verlassen und uns anders unseren Zielen zu nähern. Dieses Vorgehen entsprach ganz dem Vorsatz alte Gewohnheiten abzulegen und wurde von uns als pirschen oder den Pirschpfad finden, betitelt. Auch an dieser Stelle möchte ich erwähnen, dass wir uns immer weiter veränderten. Wir waren nicht nur sensible Zigeuner geworden, die sich durch ihr Äußeres und des eigenen Sprachgebrauchs wegen von anderen Menschen unterschieden, nein, jetzt schlichen wir auch noch wie die Indianer durch die Büsche. Wir folgten also dem Hirschpfad und fanden so auf leichte Weise das Schloss Power, das scheinbar nur uns als Gäste aufnahm. Im Schloss selber gerieten wir in einen mittelalterlichen Rausch. Yvonne und ich mussten uns zusammenreißen, um nicht der Versuchung zu erliegen, uns in eines der herrlichen riesigen Himmelbetten zu legen. Elke, ebenfalls von unserem beobachtungsfreien Besuch in den Gemächern früherer Lords angestachelt, säuselte: „Bitte Johann, man reiche mir die Nassschale, ich muss meine Augen befeuchten, denn ich hatte einen furchtbaren Traum!" Wir waren wirklich albern.

Unsere Weiterfahrt in Richtung Norden führte an dem schottischen Loch Ness vorbei und wir drückten uns während der Fahrt am Seeufer die Nasen an den Scheiben des Bullis platt. Wir wollten unbedingt das Seeungeheuer sehen, welches der Sage nach darin leben sollte. Den Gefallen, aus den Fluten aufzutauchen, tat uns Nessie leider nicht. Stattdessen trauten wir uns kaum mehr aus unserem Gefährt, denn es wurde kalt. „Dann werde ich euch wohl mal schnell warme Mäntel nähen müssen", meinte unsere fürsorgliche Mutter und nachdem ein Platz in einem grünen Tal gefunden worden war, machte sie sich an die Arbeit aus einer der mitgeführten Oma Decken, mit für Schottland passendem karierten Look, zwei Mäntel zu nähen. Große Zipfelmützen zierten nun unsere Haar-Pracht und wenn die Schotten gemeint hätten, dass ihnen Gnome und Zwerge nur noch in den Märchen und Sagen ihrer Vorväter begegnen würden, weil sie mittlerweile ausgestorben seien, sollten sie ab sofort eines Besseren belehrt werden.

Einige Tage später gab es wieder eine kurzfristige, Geld und Lebensmittelnot. Es war Wochenende, unsere Vorräte waren aufgezehrt und zur Hauptmahlzeit am Abend hatten wir nur noch eine Tasse Reis. Die Stimmung sank sturzartig in den Keller und wir saßen angeödet an einer hübschen kleinen Nebenstraße im schottischen Grün. „Vielleicht finden wir ja doch noch etwas im Bulli!", meinte ich nach einer Weile und fing an wühlmausartig im Auto alles umzukrempeln und in alle Ritzen, Winkel und Fächer hineinzuschauen. Zwischen den Kisten, relativ weit hinten und vorm Tageslicht sicher versteckt, fand ich zu unserer Verwunderung eine halbe Salami. Da wir normalerweise den Tieren mit unseren Essgewohnheiten nicht auf den Pelz rückten, waren wir alle überrascht. „Hm, die stammt wohl noch aus Spanien oder Frankreich, lasst sie uns mal näher ansehen." Elke hielt das ‚Ding' mit spitzen Fingern in die Höhe. Die Salami hatte das Maximum eines Austrocknungsprozesses erreicht, glänzte dabei aber noch recht lecker fettig und die rötliche Farbe war einem tiefen Rotbraun gewichen. „Sieht essbar aus, wir sollten aber erst einmal eine Probe davon abschneiden." Der Test verlief einwandfrei und ich sammelte mit großem Einsatz in der Umgebung Brennnesseln, die wir dann ebenso wie die Salami zerkleinerten und der wässrigen Reissuppe hinzufügten. Unsere Laune stieg schlagartig, nachdem wir die ersten Löffel probiert hatten. Gestärkt und sehr davon überzeugt sämtliche Notlagen meistern zu können, fielen wir danach zufrieden in unsere Kojen. Das schottische Wetter mit so vielen grauen Tagen hinterließ so langsam seine Spuren in unserem Innenleben. Auf Mallorca hatten wir so viel Sonne gehabt und die Zeit war damals wie der Schweiß dahingeflossen. Im Gegensatz dazu, erschienen uns die trüben Stunden und Tage wie leere Fässer, die man mit irgendetwas Sinnhaftem ausfüllen musste. Wir schrieben schon mal den Reisebericht und freuten uns darauf, bald die besondere alternative Lebensgemeinschaft Findhorn zu erreichen.

Unsere hohen Erwartungen an die dortige Community rührten von der besonderen Entstehungsgeschichte der selbigen durch Peter und Eileen Caddy. Die Caddys waren ein sehr verarmtes, gottgläubiges Ehepaar und lebten damals vor der Entstehung Findhorns in einem Caravan im nordöstlichen Schottland, neben einem Militärflughafen auf einen Campingplatz. Dort wohnten sie mit vier Kindern und bezogen eine kleine finanzielle Stütze von der Regierung. Dieses Geld wurde stets von einem Boten in einem Umschlag direkt zu den Caddys gebracht. Das Ehepaar und der Bote unterhielten sich dabei gerne ein paar Minuten und so erfuhr der

Geldüberbringer von dem tiefen Glauben der Beiden. Eines Tages wurde es dem Boten überraschenderweise jedoch zu bunt und er keifte: "Was braucht ihr denn dann das Geld vom Staat, wenn euer toller Gott für euch sorgen könnte!" „Das stimmt!", antwortete Peter damals und gab ihm den Umschlag zurück. Daraufhin hatte die Familie schrecklicherweise nicht einmal mehr das Allernotwendigste zum Leben.

Mitleidige Nachbarn brachten ihnen allerdings Essen und so verhungerten sie nicht. Peter versuchte sich mit dem Ackerbau zu beschäftigen, in der Hoffnung dadurch eine Nahrungsgrundlage für die Familie zu schaffen. Doch die sandigen Böden brachten nur Dünenpflanzen hervor. Eileen zog sich währenddessen gerne zum Beten und Meditieren auf die Campingtoilette zurück, für sie der einzige persönliche Ort, an dem sie Ruhe hatte. In dieser von starker Not geprägten Zeit hatte sie bei einem ihrer Gebete plötzlich die Erscheinung eines Engels, der ihr mitteilte auf welche Art und Weise sie Dünengras und Sand schichten soll, um mit einem Gemüseanbau beginnen zu können. Die Caddys handelten, wie der Engel es empfohlen hatte und binnen kurzer Zeit ernteten sie 4-5 Kilo schwere Blumenkohlköpfe, die wegen ihrer unglaublichen Dimensionen sogar in der Tageszeitung abgebildet wurden. Peter und Eileen erzählten dazu von ihrem unbegrenzten Gottvertrauen, das ihnen schon immer gegeben war.

Dieses Ereignis wurde als ein Wunder verbreitet und es gesellten sich nach und nach Menschen aus ganz Europa zu den Caddys. Die Findhorn Community entstand offiziell 1962.

Aufgrund der rasch anwachsenden Mitgliederzahl und deren klaren gemeinsamen Vorstellungen entwickelte sich die Siedlung 1972 zur Findhorn Foundation. Ein Dorf mit kleinen Häusern, einer Hall, in der Konzerte und Versammlungen stattfanden und sehr viele umliegende Gartenflächen, wirkten naturverbunden und sehr liebevoll gestaltet. Außerdem gehörten ein gemeinschaftliches Küchen- und Mahlzeitenhaus sowie ein Meditationsraum dazu. Gäste, die probeweise oder nur vorübergehend dort lebten, mussten für ihren Aufenthalt bezahlen und durften dafür den ganzen Tag in den Wundergärten mitarbeiten. Wir hatten für den Gästebetrieb nicht das richtige Kleingeld und landeten auf dem mit riesigen Pfützen bedeckten Campingplatz am Militärflughafen nebenan.

Dass unsere Expeditionsleiterin sich davon nicht abschrecken ließ, lag an einer für sie wichtigen Vorgeschichte. Eine Reise, die uns am Ende der 70iger Jahre schon einmal mit dem Ort in Kontakt gebracht hatte, war der Grund für die erneute Reise dorthin. Elke hoffte schon damals auf eine Integration in das Findhorn Modell und auf meine Einschulung in dem alternativen Ort. Eileen Caddy und sie hatten eine sehr innigliche Begegnung in diesem ersten Zusammentreffen gehabt und sie zehrte noch Jahre später davon. Da waren wirklich Wunder geschehen, wie Elke immer wieder erklärte und es gab dort auf gewisse Art Gespräche mit Pflanzengeistern und Engeln, eine Akzeptanz für die göttliche Schöpfungsintelligenz und eine andere Lebensweise. Sie war damals sehr begeistert gewesen und die Gruppe Andersdenkender, die mit uns gereist war - die älteste Aussteigerin war übrigens bereits in ihrem 70igsten verrückten Lebensjahr - fanden es ebenfalls ermutigend. Fünf Erwachsene und zwei Kinder im Alter von 3 und 7 Jahren waren zusammen in einem, von der Künstlerin Elke bunt bemalten Hanomag Bus (aus der Produktion der **Hann**o**ve**rsche **Ma**schinenbau **AG**), nach einer aberwitzigen Fahrt - man tanzte zum Beispiel mit Masken verkleidet spontan auf der Straße - in dem Zentrum angekommen.

Für mich stand die Einschulung an, und da die Foundation noch nicht für die angesiedelten Kinder den richtigen Lehrkörper parat hatte, wurde ich erstmal von Elkes damaligen Lebensgefährten im Hanomag einzeln unterrichtet. Die Inhalte des staatlichen Schulunterrichts wurden damals von Elke und auch von einigen Mitpilgernden kritisch beäugt und man hoffte darauf, dass in der Gemeinschaft eine neue „Lebensschule" beginnen würde, in der man eben auch die Kommunikation mit Engeln und Devageistern ganz selbstverständlich mitlernte. Wie man ja erfahren durfte, konnten diese einem in der Not zum Beispiel beim Gemüseanbau helfen! Leider gab es während dieser unserer ersten Reise gewisse Schwierigkeiten in unserer Gruppe. Ein Teilnehmer begann unsere Sachen zu klauen und ein anderer Typ hatte die abnorme Idee mit mir – ich war gerade erst 7 Jahre alt! - auf anzügliche Art und Weise zu schmusen: Ich sollte seine Lendengegend streicheln. Gott sei Dank konnte ich mich aus seiner Umarmung befreien und zu meiner Mutter rennen, die kurzentschlossen unsere Sachen packte und in einem Anfall von Wut und Enttäuschung unsere Heimreise beschloss. Trotzdem blieb das Gespräch mit Eileen ihr als erhöhend und wunderbar in Erinnerung und führte nun zu einem zweiten Besuch.

Wir schlugen im leichten Dauerregen zwischen zwei Pfützen auf dem Campingplatz unser Lager auf und versuchten das Wunder Findhorns einzuatmen. Da waren wir nun und schauten auf das stoppelige gelbgrün des nicht wachsen wollenden Rasens und zu dem grauen verhangenen Himmel hinauf. „Hallo ihr Engel, wir sind jetzt da und wo seid ihr?" Elke öffnete die Fahrertür und verpasste ihrem Schuh sogleich eine volle Ladung schottische „Pfützen-Taufe", um daraufhin sofort wieder neben uns im Fahrerhäuschen zu landen. „Einen besseren Platz gibt es hier momentan leider nicht. Mal sehen, es wird schon wieder trocken werden." Sie setzte eine feierliche Miene auf. „Lasst uns mal hinüber in die Hall gehen!" Wir bekleideten uns mit unseren neuen Wasser abweisenden selbstgenähten Schurwollmänteln und warteten darauf, dass der Regen ein wenig nachließ. Im richtigen Moment sprang Elke dann über die Pfütze hinweg und wir pirschten über kleine Seitenpfade, vorbei an Holzhäuschen und lieblichen Gärten, zur Hall.

Bei unserer Ankunft setzte die Hall ebenfalls eine feierliche Miene auf und empfing uns mit großer Ruhe und einer brennenden Kerze in der Mitte. Ja, das war Findhorn! Nach diesem erhebenden Eindruck schlichen wir über kleinste Wege zu dem Mahlzeitenhaus. Wir wurden lächelnd von Gästen und Community-Mitgliedern empfangen. Schnell lernten wir, dass die ursprüngliche große Inspiration einem durchstrukturierten Gemeinschaftsdogma gewichen war. „Ja

Hallo, seid ihr neu hier? Wollt ihr mit uns Essen? Wenn ihr hier Essen wollt müsst ihr Essenskarten im Informationscenter kaufen, falls ihr eine Woche bleibt, gibt es für Gäste Rabatte!", wurde uns von einer sanften Stimme namens Gabi, erklärt. „Freiwillige Küchenarbeit gehört natürlich bei uns zum Gemeinschaftsverständnis und ihr könnt schauen, in welche Gruppen ihr euch später einteilen lassen mögt. Na ja, aber jetzt kommt erst einmal an und schwingt euch in das Findhorn-Feeling ein." Wir versuchten das dann auch mit einem breiten Lächeln. Elke stellte aber sehr schnell fest, dass selbst bei einem gemeinschaftlichen Arbeitseinsatz die Essenskarten für uns zu teuer sein würden. Sie versuchte uns mit ein paar nicht gerade glücklichen Formulierungen aus der Misere zu befreien.

„Ich komme eigentlich wegen einer inneren Verabredung mit Eileen Caddy zu Besuch. Außerdem leite ich die Schule aus dem Inneren mit meinen Kindern selbst und ich kann noch nicht sagen, wann wir für gemeinschaftliche Einsätze Zeit haben!" Whow! Das saß! Küchenschabe meinte also keck, eine Verabredung mit der Königin zu haben und das einfach so, ohne vorherigen jahrelangen Küchendienst! Gabi entwich aufgrund dieser Ansage das Lächeln und sie guckte unsicher zu weiteren Community-Mitgliedern, dann kehrte das Dauerlächeln jedoch zurück, sie ruckelte sich ihre Schmutzschürze zurecht und verschwand in der Küche. Wir ahnten schnell, dass die Eingliederung ohne die für uns nicht möglichen Entgelte für Essenskarten, Bungalow Anmietung und Gemeinschaftsarbeit, nur sehr bedingt stattfinden würde. Elke wollte sich aber nicht desillusionieren lassen.

„Findhorn ist zu groß angelegt als das so ein Tam Tam von Community-Mitgliedern alles kaputt machen könnte. Die besondere Annäherung zu Gott von Eileen und Peter Caddy ist ja hier noch irgendwie präsent."

Im Nachgang betrachtet muss ich zugeben, dass die Hartnäckigkeit dem Dauerregen zu trotzen und mit so viel Aufwand und täglichen neuen Versuchen das Findhorn Ur-Erlebnis zu begreifen oder zu erspüren, mir heute allerhöchsten Respekt abverlangt. Unser Aufenthalt wurde schnell zu einer psychischen Belastungsprobe. In unseren kleinen Raum, im Bus eingezwängt, verbrachten wir die ersten Wochen. Zur Abwechslung gingen wir über Schleichwege zum Meditationsraum, um dort in Stille zu dem Findhorn Geist und zu Gott zu finden. Danach kehrten wir zu unserem Bus zurück. An besonderen Tagen gingen wir im Findhorn Shop bummeln und starrten die selbstgemachten Produkte an, die wir uns auf gar keinen Fall hätten leisten können. „Oh wie schön, ein Rosenöl! Wisst ihr noch wie herrlich der Rosmarin auf Mallorca wuchs und wie wir unsere Öle dort auch selbst angesetzt hatten?", fragte ich. Bei dem Gedanken wurde mir ganz warm und etwas wehmütig ums Herz. Yvonne nahm das Fläschchen in die Hand und zog die Augenbrauen kraus. „Das hier ist bestimmt sehr viel aufwändiger." Sie stellte das Fläschchen nach ihrer sachlichen Auseinandersetzung mit der Form und dem Inhalt des selbigen wieder zurück. Neben den Ölen gab es auch einiges an super Bio Gemüse, Räucherstäbchen, Kerzen und Findhorn Souvenirs. „Es ist doch schön alles zu bewundern und gleichzeitig zu merken, dass man das gar nicht haben muss", verkündete unsere Lehrerin aufbauend und wir trotteten wieder zu unserer Überlebenskapsel, dem Bulli.

Auf dem Beifahrersitz stand meistens bei Regen - und es regnete fast ständig, der Gaskocher und Elke saß auf der Fahrerseite und kochte. Das Gemüse wurde auf einem Brett vor dem Kocher geschnippelt. Das fertige Essen wurde uns dann nach hinten auf die Liegefläche gereicht, auf der wir dank unserer noch überschaubaren Größe gut sitzen konnten. In dieser Zeit aßen wir sehr viel Baked Beans, Käse und Brot. Essenskarten kauften wir uns nicht. Auch dadurch kam natürlich nur ein sehr oberflächiger Kontakt mit den Communitys zustande.

Die Tage vergingen recht monoton. Wenn der Regen schwächer wurde, versuchten wir ein wenig rauszukommen und die frische Luft am Meer tief ein- und auszuatmen. Zu unserer großen Überraschung schleppte Elke an einem wunderbaren Tag ein Sechspersonenzelt heran, welches ihr ein Camper bei seiner Abfahrt überlassen hatte. „Das soll zwar undicht sein, aber das kriege ich schon hin. Ihr werdet sehen, das wird unser neues Vorzelt!" Sogleich packte sie eine Schere aus und schnitt den Boden des Zeltes weg. Ein zweiter Schnitt ließ es zu, dass Elke das Zelt aufklappte und eine Seite über der Schiebetür am Dach festbinden konnte. Mit den Zeltstangen und den Spannschnüren zusammen ergab sich tatsächlich nach einiger Zeit ein weiterer nutzbarer Raum. Die orangefarbigen Baumwollzeltplanen strich sie mit günstig erworbenem Lack hellblau an, um sie auf diese Weise zu imprägnieren. Von irgendwo her bekamen wir noch zwei Holzböcke und den Deckel einer Seemannkiste sowie zwei Stühle. Der Seemannskistendeckel wurde gemeinschaftlich bunt bemalt und musste nun als Tisch dienen. Durch diese Maßnahmen wurde unser Leben nun ein wenig erträglicher.

Doch der gemeine Dauerregen machte selbst dem präparierten Zelt zu schaffen und an einer Stelle, ausgerechnet direkt über dem Tisch, sammelte sich gerne das Wasser zu einem kleinen See an und tropfte bald kontinuierlich auf die Tischplatte hinab. Nach einigen Wochen war unser Nervenkostüm so ziemlich am Boden. Da die Meditationen nichts bewegend Neues brachten, fing Elke an unser Leben mit den grausam harten Zeiten von Eileen und Peter kurz vor ihrem Durchbruch mit den Devageistern und Engelsstimmen zu vergleichen. „Wir erleben das jetzt genauso wie sie es damals erlebt hatten. Da war nichts. Rein gar nichts! Sie hatten nichts und lebten auch auf ganz engem Raum miteinander, sogar noch mit ihren vier Kindern zusammen!" Sie hatte sich schon wieder in eine Art Begeisterung geredet. „Wir müssen also genau wie Eileen damals in den Toiletten meditieren. Das war der Raum in dem sie die Stimme hörte. Hier hat sie mit Gott gesprochen!"

Also fanden unsere täglichen Meditationen auf den Toiletten statt, jeder für sich, denn eine Gemeinschaftstoilette ohne Trennwände gab es natürlich nicht. Wir vermissten den Findhorn Meditationsraum, denn der war beheizt, duftete gut nach Räucherstäbchen und war angenehm trocken. Diese Erholung in einem angenehmen Klima fehlte uns. Stattdessen saßen wir im feuchten und muffenden Toilettenhäuschen. Nach solcher Arbeit, denn es wurde eine, sahen wir uns im fahlen Licht des schlecht beleuchteten WCs in den Spiegeln an und erschraken über unsere grauen Gesichter. Elke behauptete, dass diese Art der meditativen Arbeit sie um Jahre altern lassen würde. Überhaupt lachten oder lächelten wir immer weniger. Unser Zustand wurde uns schlagartig bewusst, als wir während eines kleinen Spazierganges auf Community Mitglieder stießen, die ihr Dauerlächeln zur Schau trugen. „Die haben ja keine Ahnung was wirkliche Meditationsarbeit bedeutet!", meinte Yvonne zähneknirschend. Unsere Angespanntheit entlud sich während eines Essens unter dem Vorzelt. Der See hatte sich wieder über uns gebildet und große Tropfen platschten auf den Tisch zwischen die Teller. Ein Umstellen des Tisches hätte räumlich keine Lösung gebracht. Wir erduldeten den Zustand wie jeden Tag, doch aus einem belanglosen Gespräch heraus entstand urplötzlich ein furchtbarer Streit. Das Essen war bereits beendet und die Teller wurden vorübergehend neben die Abwaschschale unter den Rand der Zeltwand gestellt. Worum es sich eigentlich bei diesem furchtbaren, sich hinziehenden Streit ging, steht weder im Reisebericht noch kann ich mich daran erinnern.

Nur eines weiß ich noch, jemand schmiss wütend unseren überdimensionierten großen gelben Plastikwürfel auf den Tisch. Dieser schlitterte über die nasse Fläche wie ein Schlittschuh auf dem Eis und war mit einem Zisch unter dem Tisch verschwunden. Das kam unerwartet und sah irgendwie imposant aus. Plötzlich brach eine alberne Spiellust über uns herein. Wir stellten uns in einem kleinen Abstand zu der Tischplatte auf, und jeder Spieler versuchte nun den Würfel mit einem Zisch über die Platte gleiten zu lassen und der nächste sollte ihn auffangen bevor er unter dem Tisch verschwand. Mit einem Schlag konnten wir wieder lachen. „Der Regen kann uns mal!", jauchzte Elke und hob die Bratpfanne am Stil zum Zeltdach empor und drückte sie so energisch dagegen, dass der See, der sich darauf gesammelt hatte, wasserfallartig über die Zeltwand zum Boden hinunterstürzte. Dabei schoss er über die Teller und spülte sie sauber. „Und eine Geschirrspülmaschine haben wir auch!", lachten wir.

Mit dem Ende unseres Findhorn-Aufenthalts hatten wir gleichzeitig auch eine intensive Toiletten-Meditations-Ära hinter uns gebracht. Leider wurde uns nicht durch Engel aufgetragen, weitere Kohlköpfe zu pflanzen, oder ähnliches zu unternehmen und somit verließen wir eines Tages die Community. Nach dem Abschied fuhren wir noch eine kleine Runde durch den Ort. Auf dem Cockpit unseres Bullis stand eine Kerze und leuchtete. Der Himmel war grau und hing wie ein schwerer Baldachin über den Dächern. Von links und rechts wurde noch herzlich zu uns herüber gewunken. Mit einem Schlag wirkte Findhorn auf mich wunderschön und in diesem „Auf Wiedersehen Sagen" schienen sich unsere Herzen wie Adler emporsteigend von etwas zu lösen. Es war, als hätten wir einen Zentner Ballast abgeworfen und es wurde der schönste Moment unserer zweiten Findhorn-Zeit. Das Ringen nach Gemeinschaft mit Gott, Engeln und Menschen in einem neuen Konzept, hatte auf uns erstickend gewirkt. Trotzdem waren wir zutiefst dankbar, mit eigenen Augen gesehen zu haben, dass so viele Menschen versuchten, dauerhaft auf solche Weise zu leben und diese Alternative aufrechterhielten. Der Bulli knatterte, die Kerze brannte und das ganze Land gehörte scheinbar uns. Wir fühlten uns so herrlich frei! Dieser Zustand hielt immerhin zwei, drei Tage lang an.

Im Reisebericht war zu lesen, dass unsere nächste Anlauf-stelle Sameling war, ein tibetisch-buddhistisches Zentrum auf dem Weg von Schottland zurück nach England. Dort knatter-ten wir auf den Hof, wurden gleich freundlich empfangen und saßen keine 10 Minuten später mitten in einer Puja. Nun wie-der einmal zur Erklärung: Eine Puja ist so eine Art meditati-ver Singsang, eine Verehrungszeremonie, wobei Gebete rezi-tiert werden und je nachdem auch kleine Handtrommeln, Glo-cken, Schellen oder Hörner zum Einsatz kommen. Dieses Singen zusammen mit der befremdlichen Raumgestaltung, wirkte stark auf uns. Unterschiedliche Buddhas, in Stoffdru-cken verewigt, hingen in dem Puja-Raum an den Wänden und schauten mit ihren Augen in die Ewigkeit. Kerzen brannten und die in weinroten Leinen gehüllten Mönche brummelten, zwischendurch tief einatmend ohne Unterlass Mantras: Om Mani Padme Hung: Oh du Juwel im Lotus. Mögen alle Wesen Glück erfahren! Nach unserer Findhorn Foundation Zeit wirkte diese Begegnung mit den Buddhisten in uns sehr tief. Wir waren sofort in einem anderen Zustand. Elke fing sogar unvermittelt zu weinen an. Vielleicht weil Findhorn eine Ent-täuschung gewesen war, vielleicht aber auch wegen der be-eindruckenden Begegnung mit den Buddhisten der Karmapa Linie. War das neue Bewusstsein vielleicht schon etwas Alt-bekanntes? Wussten die tibetischen Buddhisten über die Lei-den der Menschen schon alles Wissenswerte und besaßen sie etwa schon lange den Schlüssel zu einem anderen, dem neuen Bewusstsein? Ein Horn blies, Elke schaute ruhig in die Flamme einer Kerze. Yvonne und ich saßen kerzengerade im perfekten Lotussitz, den wir dank unserer Kinderbeine locker beherrschten und ließen die Zeit ganz langsam vorbeifließen.

Am Ende der England Reise wussten wir, dass wir Notlagen meistern konnten und unter widrigsten Umständen weder den inneren Kompass noch unseren Mut und Frohsinn verloren hatten. Der Wunsch mit anderen Menschen eine Gemeinschaft zu finden, hatte sich für uns aber leider noch immer nicht erfüllt. Umso mehr zog es uns nach Deutschland und zu dem Freundeskreis aus Hannover zurück, der damals in der Aufbruchsstimmung des New Age an unserer Seite war und derzeit in WGs oder anderen Lebensgemeinschaften lebte. Wir hatten so viel erlebt und Elke, die Expeditionsleiterin für ein Leben in einem neuen Bewusstsein ahnte nun, dass der ursprüngliche Geist Findhorns bei dem Versuch ihn für immer und ewig zu konservieren, entflohen war. So erklärte sie es uns, ihren Kindern und Schülern. Sie ahnte wohl auch, dass der Buddhismus Methoden zur Verfügung hatte, die den Menschen auf ihrer schicksalhaften Reise durch die Jahrhunderte von ihrem zerstörerischen Wesen befreien könnte, ja und sie glaubte, dass Menschen, die wie sie aufgebrochen waren, um sich dem gewöhnlichen Leben zu entziehen, die Fähigkeiten entwickeln könnten ein lebendiges gemeinschaftliches Leben zu führen in einem ununterbrochenen Gottgegenwärtigen Zustand, in dem es keiner zwanghaften Regeln bedurfte. Alles würde sich lebendig immer neu gestalten.

Gewiss war sie immer noch fest entschlossen allen Freunden von ihren eigenen Erfahrungen und Entwicklungen zu berichten und sie weiterhin zum ‚Neuen Leben' zu inspirieren. Es zeigte sich allerdings, dass sich die Freunde inzwischen in ganz andere Richtungen entwickelt hatten. Paarbildungen, berufliche Orientierungen, erste Enttäuschungen in WGs, in denen es vom Diebstahl bis zu sexuell verletzenden Ausschweifungen alles gegeben hatte, hinterließen bei vielen von ihnen Spuren und den Wunsch, nur noch ihr eigenes kleines Leben in den Griff zu bekommen. Nach einigen Wochen, die angefüllt waren mit intensiven Gesprächen mit den Freunden und dem gleichzeitigen Versuch der Familie sowie unserem Vater unsere Expedition zu erklären, schrieb sie in ihrem Reisebericht: „Deutschland brennt unter unseren Füßen!" Tatsächlich verstanden unsere Freunde nur entfernt, was und auf welche Art Elke mit uns eine neue Schulform entwickelt hatte sowie ihre Konsequenz, mit der sie das New Age voranbringen wollte. Teilweise wurde sie bewundert, andererseits waren die meisten aber wieder froh, sich mit der Erweiterung ihrer Komfortzone beschäftigen zu können, anstatt die Welt zu revolutionieren. Elke bekam jedoch Adressen von Aussteigern in Italien und bald darauf verließen wir Norddeutschland in Richtung Süden. Einen genauen Plan gab es wie immer nicht und man muss es wohl ihrer Intuition und gleichzeitig ihrem unendlichen Mut zuschreiben, dass sie von ihrer großen Inspiration nicht abließ.

# Italien, Ziegen und Aussteiger!

Spätestens in Venedig hatte uns der Zauber unserer Reise wieder vollkommen im Griff. Im nächtlichen Dunkel liefen wir über unendlich viele Brücken, an Grachten entlang, über Plätze, staunten über Gondoliere und Gondeln und die vielen Kanäle, die sich anstelle von Straßen vor den Häusern befanden. Die vielen schmalen Gassen entließen uns hin und wieder in ein Areal mit etwas breiteren Sträßchen und den dortigen Restaurants. Alte Laternen beleuchteten die alten Reliefs und Stuckarbeiten an den venezianischen Handelshäusern und man konnte den einstigen Reichtum der Stadt erahnen. Von tausend Eindrücken berauscht verloren wir nach einiger Zeit jedoch völlig die Orientierung. Zum 10ten Mal schienen wir über die gleiche Brücke zu gehen. „Die sehen alle irgendwie gleich aus", sagte ich, „sind wir hier nicht schon gewesen?" „Den Platz kennen wir aber nicht, die goldenen Löwenstatuen mit den Flügeln haben wir noch nicht gesehen!", schloss sich Yvonne meinen Betrachtungen an. „Ja, wir sollten so langsam versuchen wieder in Richtung Elefantis zu kommen", meinte Elke. Nach einer weiteren halben Stunde Fußmarsch in Richtung unseres Bullis standen wir abgekämpft jedoch wieder auf der gleichen Brücke und schauten auf die goldenen Löwenstatuen. „Das kann doch gar nicht sein! Was macht dieses Venedig mit uns, kreist die Stadt unter unseren Füßen herum und will uns nicht hergeben? Und was ist mit dem Mond passiert, der war doch eben noch voll, oder nicht? Nach meinem Wissen müssten wir jetzt Vollmond haben!", rief unsere Lehrerin. Yvonne und ich starrten auf die Brücke, unter der zum X-ten Mal eine schwarze Gondel mit goldenen Applikationen und einem schwarz gekleideten Mann mit einer Stake, in vorwärtstreibenden Bewegungen durch den Kanal glitt.

Alles sah genauso aus wie eine halbe Stunde zuvor und wir hatten den Eindruck als wenn uns ein Filmabschnitt ein zweites Mal gezeigt werden würde. Nur etwas war falsch an dieser zweiten Fassung des selbigen Films. Der Mond war ein Halbmond! Ich grübelte, hatte ich nicht zuvor einen fast vollen Mond an der gleichen Stelle gesehen, oder bildete ich mir das ein? Mir wurde etwas schwindelig und auch Yvonne und Elke hielten sich plötzlich an dem Brückengeländer fest. Elke fing an die letzten Vollmonde laut an ihren Fingern abzuzählen, als wenn sie sich die Richtigkeit ihrer Gedanken vergegenwärtigen müsste. „Ich glaube wir sollten noch einmal losgehen, dann werden wir wahrscheinlich wieder bei dieser Brücke landen. Bestimmt ist der Mond dann hoffentlich wieder voll und alles wird richtig und Venedig kreist dann nicht mehr unter unseren Füßen und lässt uns frei. Dann werden wir den Weg zurück zu unserem Bulli finden", schlussfolgerte ich und mir wurde ernsthaft ein wenig schlecht. Elke und Yvonne schauten mich mit großen Augen an. Dann blickten sie wieder irritiert zu dem Mond hinauf und auf den Platz. Gesagt - getan und wir liefen weiter über unzählige Brücken und mit der Zeit wurde der Mond tatsächlich wieder rund und wir fanden zurück zu unserem Bulli.

Weiter ging die Reise nach Rom. Natürlich besuchten wir den Petersdom mit der Pietá von Michelangelo, eine sehr bekannte Marmorstatue, die etwa im Jahre 1500 entstand und die die Gottesmutter Maria darstellt, die den verstorbenen Jesus auf ihrem Schoß in ihren Armen hält. Als wir wieder zu unserem Bulli zurückkamen, mussten wir zu unserem Entsetzten feststellen, dass dieser aufgebrochen worden war. Es fehlten ein paar unwesentliche Kleinigkeiten aber auch die neue Trommel, die ich von Elke geschenkt bekommen hatte. Wir besaßen fast nichts aber sogar die wenigen persönlich wertvollen Habseligkeiten hatten nun teilweise ihren Besitzer gewechselt. Ich fühlte mich hart getroffen. Ein paar Tränen rannen mir die Wange herunter und das VW-Bus Zuhause hatte für mich kurzweilig einen kleinen Imageschaden erlitten: Wir waren angreifbar, das wurde uns nun mehr als deutlich. Unsere Mutter tröstete mich und versprach mir, dass wir jetzt sofort Rom verlassen würden und nach einem kleinen Umweg in die Toskana fahren würden. Dort gäbe es Wildschweine in der Macchia, die wolle sie dann mit mir zusammen entdecken. Ich war zufrieden, denn das waren ja gute Aussichten. Sie hatte es wieder einmal geschafft mir einen Kummer zu nehmen.


Der kleine Umweg bestand aus einem Besuch beim Schriftsteller Michael Ende. Michael Ende wusste um das Geheimnis der „Stundenklauer" und schien sich auch mit dem Zauber der Zeit auszukennen und ebenso damit, wie Menschen unter ihrer selbst konstruierten Ruhelosigkeit litten. Elke fühlte sich ihm sehr verbunden und hätte gerne über diese Phänomene mit ihm philosophiert. Es stellte sich jedoch heraus, dass seine Frau inzwischen verstorben war und er keine Besucher empfangen wollte. Wir beteten vor seinem Haus für ihn, sangen ein großes „OM" und fuhren in die Toskana zu den Wildschweinen. Irma, ihre Adresse hatten wir in Hannover zugesteckt bekommen, war eine erfolgreiche Aussteigerin und lebte in Grosseto, einer Ortschaft in der Toskana. Sie hatte einen kleinen Laden mit Kunstwerken aus Glas und wir fragten sie, wo man in der Toskana wohl am besten überwintern könnte. Sie gab uns die Empfehlung einen gewissen Marco auf dem Marktplatz zu besuchen. Wir taten wie uns geheißen und fanden ihn tatsächlich. Er war Italiener, sprach ein wenig Englisch und zwei, drei Worte deutsch. Wir unterhielten uns mit Händen und Füßen und vielen freudigen Gesten sowie zwei drei Worten Englisch. Nach einigem hin und her wurden wir zu ihm ins Haus eingeladen. Er konnte uns vermitteln, dass er unbedingt nach Tibet müsse und er für den Winter jemand bräuchte, der auf sein Haus und auf seine Tiere aufpassen würde. Das passte ja wie Faust aufs Auge und unsere Expeditionsleiterin war zuversichtlich, dass sich hier gutes Karma zeigte und die innere Führung uns wieder einmal den rechten Weg zugewiesen hatte.


Yvonne und ich waren begeistert zusammen mit den Tieren überwintern zu dürfen und ließen uns in deren Versorgung einweisen. Vorrübergehend bezogen wir ein Zimmer im oberen Stockwerk des Hauses und machten morgens und abends unsere Bakthi- und Shaktimeditation. Marco packte seine Sachen für die Reise nach Tibet und sein Gepäck stand zwei Tage später für die Abfahrt bereit vor dem Haus. Alles schien richtig zu laufen. Während Marco sich von seiner offenen und zugleich sensiblen Seite zeigte, übernahmen wir schon vorzeitig und glücklich die Tierpflege. Besonders ein

Kaninchen hatte es mir angetan und es bekam von mir oft extra pflegende Streicheleinheiten. Doch dann schien irgendetwas Marcos Abfahrt zu verhindern. Die Reisesachen wurden wieder zurückgestellt und es verging eine weitere Woche, in der nichts geschah. Besucher kamen und gingen, unterhielten sich teilweise nur im Flüsterton, man hörte Seufzer. Wir waren extrem verunsichert und die unvollkommene Sprachbrücke reichte nicht aus, die tatsächlichen Ereignisse zu erfassen. Erspüren hieß es dann und wir warteten ab. Tage um Tage vergingen und wir spürten deutlich, dass etwas Schwermütiges in der Luft lag. Im Haus entdeckte ich derweil grausame Comics, in denen Menschen und Tiere zerstückelt wurden und eigentümliche, mir fremde Handlungen abgebildet waren. Ich traute mich nicht meine Entdeckung mit Elke und Yvonne zu teilen.

Was war hier los, fragten wir uns? Elke hatte irgendwie herausgefunden, dass die Exfreundin von Marco sich wegen irgendeiner schwierigen Geschichte mit einer Pistole in den Kopf geschossen haben soll. Das geschah genau in dem Bett, in dem wir zu der Zeit schliefen. Wir waren geschockt! Es gab extra viele „OMs" und Elke benutzte ein paar tibetische Klangschalen „um den Äther zu reinigen", wie sie uns wissen ließ. Sie ließ uns daraufhin auch nicht mehr eine Minute aus den Augen. Wenn wir zur Toilette mussten, kam sie mit und schlug dabei zart ihre Klangschale oder sang das „OM". Man hatte den Eindruck, dass die ganze Situation total entgleiste. Zu allem Überfluss landete eines Abends auch noch mein Kaninchen als Braten auf dem Tisch, was mich zutiefst bestürzte und traurig machte. Dieser Marco war scheinbar doch nicht so sensibel, wie wir zuerst dachten, zumindest nicht was Tiere betraf. Außerdem schien er haushoch in Problemen zu stecken.

An einem der darauffolgenden Tage kam zu unserer Freude ein Deutscher, und zwar Willi aus Freiburg, zu Besuch in das Haus von Marco. Er hatte lange Haare und war sehr groß. Eine recht imposante Nase ließ den Betrachter sich immer wieder auf die Mitte seines Gesichts fixieren, außerdem hatte er ein kantiges Kinn, so eins wie die Banditen die Daltons in den Lucky Luke Comics. Endlich konnten wir mal mit jemandem außer uns deutsch reden und freundeten uns schnell mit ihm an. Im Prinzip sah man ja in jedem Aussteiger auch das Potenzial von vielen Möglichkeiten, wie zum Beispiel neue Impulse, Adressen oder den Aufbau einer alternativen Gemeinschaft. Willi lud uns ein, mit in seinem Haus zu wohnen und wir nahmen das Angebot dankbar an. Eigentlich war es aber nicht sein Haus. Er selbst war definitiv ein Aussteiger, der zu dem Zeitpunkt bei ebensolchen Aussteigern, sie hießen Stefan und Imogen, für seine Arbeiten am Haus und im Garten, eine Unterkunft und etwas zu essen bekam. Stefan und Imogen waren halbwegs erfolgreiche Aussteiger, die momentan für ein paar Monate nach Deutschland gereist waren, um Geld zu verdienen.

Willi sollte in der Zeit ihre Ziegen hüten und auf das Haus aufpassen. Unser neuer Freund der angeblich noch ein Taschengeld dazu hätte bekommen sollen, war deswegen nur halb so gut auf seine Gastgeber anzusprechen. Umso schöner fand er es jetzt, dass er als Aussteiger, weiteren Aussteigern bei immerhin halbwegs erfolgreichen Aussteigern, ein Dach über den Kopf anbieten konnte. Es war gewissermaßen eine Heldentat für ihn, denn irgendwie war man doch eine große Familie und musste sich gegenseitig helfen. Ein Ehrenkodex sozusagen. Wir verlebten wunderbare Wochen und oft gab es am Abend ein kleines Fest. Dazu spielte Willi Blues auf seiner Gitarre, immer die gleiche Melodie, manchmal mit ein paar Varianten. Das war das Einzige was er spielen konnte, aber das klang ziemlich gut und brachte uns sofort in bessere Stimmung.

Das Ende unserer entspannten Zeit nahte jedoch mit großen Schritten und die Rückkehr von Stefan und Imogen stand bevor. Yvonne und ich planten ein tolles Abschiedsfest. Zitat Reisebericht von Yvonne: Wir schmückten die Küche und der Kamin loderte in hellem Flammenschein, als Sandra und ich eine große Emaillieschale hervorzogen. Da hinein taten wir Willi zuliebe ganz viel Mehl, dann wieder Wasser, denn wir wollten ein Brot backen, auch für Stefan und Imogen. Aber wie das so ist, mal war zu viel Mehl, mal zu viel Wasser im Teig. So wurde er immer größer und größer, zum Schluss stampften wir mit den Füßen auf dem Teig herum und Sandra und ich quietschten vor Vergnügen. Natürlich war dabei viel Mehl und etliche Krümel auf den Boden gefallen, dann schoben wir die Schale einfach auf die glühende Holzkohle. Das riesige Brot, etwa siebenundfünfzig Zentimeter im Durchmesser und zwanzig Zentimeter Ursprungshöhe brauchte natürlich eine lange Backzeit. So schliefen wir nach und nach langsam vor dem Kamin ein. Wir erwachten, als ein furcht erschreckendes Gekreische durch unsere heiligen Hallen quietschte. Imogen stand kreidebleich in ihrer Küche und sah nur zwei fremde Leute und Mehl und Krümel und Brot. Sie machte uns die Hölle heiß und auch Stefan, nach Aufforderung von Imogen, durfte sich daran beteiligen. Wir schauten jedoch erst einmal nach unserem Brot und - oh Schreck - es war fast schwarz geworden an der Rinde. Vorsichtig lösten wir es mit Willi aus der Verschalung, während Mama den Boden fegte. Zitat Ende.

Wir verließen unser Zwischendomizil umgehend und Willi musste zur Strafe eine Sickergrube ausheben. Zurück im Bus und auf der Straße sagte Elke: "Jetzt haben wir natürlich immer noch kein Winterdomizil." „Da vorne fährt ein Auto mit einer Werbung für Immobilien auf dem Heck! Nichts wie hinterher", rief ich und unsere Expertin für Bullifahrten ließ das Gaspedal im Boden versinken. Unser Gefährt konnte trotz einiger enger Kurven dem vorausfahrenden PKW das Wasser reichen und so bogen wir von unserer Verfolgungsjagd ganz eingenommen in eine Schotterpiste ein, die steil bergan führte. Das Immobilienauto hatte vor einem Haus geparkt und kurze Zeit später saßen wir bei weiteren deutschen Aussteigern in der Küche. Der Mann war Künstler, seine Frau Mutter und der Besitzer des Autos ein Italiener und Bekannter der beiden. Wir durften das Gästehaus der deutschen Familie für eine Weile beziehen. Doch sesshaft wurden wir auch hier nicht. Nach 2-3 Wochen wurde das Domizil wieder anderweitig gebraucht und wir suchten ein neues Zuhause in dem wunderschönen Tal.

So kam es das wir den „Eulenbaum" fanden. Der Eulenbaum stand seitlich an einer Schotterpiste umgeben von Korkeichen, Blumen und einer kleinen Wiese. Er war eine

riesige Steineiche und wurde unser neues Zuhause. Unter seinen ausladenden Ästen hätte die Steineiche leicht einer ganzen Großfamilie von Zigeunern ein schattiges Plätzchen bieten können. Hoch erfreut stellten wir unseren Bus an den
Wegesrand und hatten im Nu eine Küche, ein Wohnzimmer,
eine Spielecke und sogar ein extra Klassenzimmer im Freien
eingerichtet. Dafür wurden ein paar Äste und Steine aus der
Umgebung verwendet. Ehrlicherweise muss man sagen, dass
wir uns erst hier so richtig wohl fühlten. „Der Eulenbaum ist
so alt und so groß und hat hier im Tal schon so viele Zeiten
erlebt, dass, wenn es ihm möglich wäre, er uns sicher von früh
bis spät Geschichten erzählen könnte", meinte Elke und
schaute voller Bewunderung die knorrigen und bizarr ge-
formten riesigen Äste an. „Vielleicht erzählt er uns ja etwas,
wenn wir uns ganz still daruntersetzen und ihm ein wenig zuhören", sagte sie und hier, man merke auf, ist es wieder, das
Selbstverständnis so eine Idee in die Tat umzusetzen, ohne
rationale Zweifel an dem Unterfangen.


Und auch, dass wir diesen Vorschlag als völlig natürlich
empfanden. Selbstverständlich können auch Bäume auf ihre
Art kommunizieren, so war die Meinung unserer Lehrerin für
Bewusstsein. Ganz Findhorn und deren Community Mitglieder wussten das! Es lag an uns Menschen, dass wir sie nicht
verstanden! Vielleicht denkt der eine oder andere auch einfach mal, aus so einer Art Eingebung heraus, darüber nach,
doch wir taten es tatsächlich, wir begannen der Eiche zuzuhören. Einige Wochen saßen wir oft so still unter ihr, wie wir
konnten. Lauschten den Blättern im Wind und versuchten uns
in das Dasein der Steineiche einzufühlen. Wir stellten uns die
Kindertage des Baumes vor, als er noch ganz klein war und

ihm sehr viele Gefahren drohten. Wie er all diese überstanden hatte und langsam immer größer wurde. Wie sich sein Wurzelwerk voller Energie in die Tiefe der Erde eingrub, um Nährstoffe und Wasser zu finden und wie der Baum sich gleichzeitig in den Himmel streckte, mit all seinen Ästen und Blättern, die er als seine kleinen zauberhaften Chemiewerke aktivierte. Dazwischen stellten wir uns vor, wie sein Stamm im Umfang und in der Länge wuchs, wie er die Jahre zählte und an Macht und Größe zunahm. All die Jahre und Jahrzehnte stand er schon hier, während die Jahreszeiten kamen und gingen. Und mit ihnen zahlreiche Lebewesen, Vögel, Insekten aber auch Menschen, die sich unter ihm schlafen legten, sich liebten oder gar prügelten.

Bestimmt war der ein oder andere Geächtete, Verfolgte oder Reisende hier entlang gegangen und hatte einen Regenguss abgewartet, bevor er weiterzog. Über all diesem Geschehen bot der Baum sein Blätterdach an als ein lebendiges schützendes Dach zwischen Erde und Himmel. Und in dem Baum floss es, ganz langsam, jedoch strömte zu allen Zeiten, mal bedächtig im Herbst und Winter, mal munter im Frühling und Sommer, seine Lebensflüssigkeit, denn der Stoffwechsel eines Baumes ist sehr langsam. Dadurch inspiriert wurden wir ebenfalls sehr langsam und versetzten uns in einen Zustand des Annehmens von allem was um uns herum war, so wie der Baum es gleichwohl tat, denn etwas anderes kannte und konnte er nicht. So erschien es uns, und wir lauschten all dem was über uns, unter uns und in uns floss und lebte und einfach irgendwie so da war. In diesem Zustand der Annahme knatterte plötzlich ein dreirädriger Piaggio-Lieferwagen an uns vorbei und wirbelte eine Staubwolke auf.

Darüber erschrocken nahmen wir wieder unser Mensch-
sein wahr und kochten uns eine Kichererbsen Suppe. Zwischen unseren Meditationen fuhren wir manchmal los, um
einzukaufen und waren von der Hektik eines kleinen italienischen Lebensmittelladens sofort vollends überfordert. Wir
flohen danach schnell wieder zu unserem „Eulenbaum", der
uns gleich darauf wieder mit ganz viel Frieden beschenkte.
Nebenbei wurde auch an unseren Schreibarbeiten im Schul-
unterricht und an diverser Ausbesserung unserer Kleidung
etc. gearbeitet, um danach wieder stundenlang dem Blätter-
werk unseres Baum-Freundes zu lauschen. Nach unserem
Befinden hätte es so ewig weitergehen können, doch nach einem Telefonat mit Freunden in Deutschland war überraschend klar geworden, dass wir Besuch empfangen würden.

Martin mit seiner neuen Freundin Kerstin und Cristoph
wollten ein paar Tage mit uns verbringen. „Können wir denn
alle unter dem Eulenbaum schlafen?", fragte Yvonne. „Na ja,
ich weiß nicht so recht, denn die sind ja mittlerweile alle so
anders drauf", entgegnete Elke, „und Kerstin ist es sicher gewöhnt ihren Urlaub in Ferienhäusern mit einer perfekten Kü-
chenausstattung zu verbringen. Ich glaube, wir sollten uns
nach einem Dach über dem Kopf umschauen." So packten
wir also unsere Sachen und fuhren mit dem Elefanti durch das
Tal, um nach einigem hin- und herfahren vor einem ansehn-
lichen Haus mit Terrasse und leeren, dunklen Fenstern stehen
zu bleiben. „Das Haus scheint nicht bewohnt zu sein", speku-
lierte ich. „Es steht ganz alleine da, kein Mensch ist weit und
breit zu sehen!", rief Yvonne von dessen Anschein inspiriert.

„Na, dann wollen wir uns mal ein wenig näher umschauen!",
beschloss Elke. Wir fanden die Eingangstür offenstehend vor
und ein Verbotsschild konnten wir nicht ausfindig machen.
Das Haus war leergeräumt und schien für unser Vorhaben
perfekt geeignet. In Windeseile, wir hatten irgendwo einen
Besen gefunden, wurden die Zimmer gereinigt und nach unserem auf der Reise erprobten Stil möbliert.

Steine wurden zum Beispiel gestapelt und darüber Bretter
gelegt, die nun zu einer Sitzbank wurden. Wir fanden einen
alten Tisch und bastelten uns eine Küchenecke zusammen,
auf der wir dann unseren Gaskocher stellten. Stoffe aus dem
Bulli wurden als Gardinen für die Fenster umfunktioniert und
ein weiterer dickerer Stoff musste als Teppich dienen. Als alles fertig war, glaubten wir, dass aus dem unbewohnten Haus
den Umständen entsprechend ein ganz ansehnliches Ferien-
domizil geworden war und warteten auf unsere Freunde. Ich
vermute im Nachklang, dass Elke bei der Herrichtung des
Hauses auf unsere Art einen diebischen Spaß hatte. Alle
Freunde waren ja mittlerweile sehr auf ihre Sicherheiten und
ihr persönliches Vorankommen bedacht, so dass sie den
früheren Befreiungsdrang von fesselnden gesellschaftlichen
Konventionen und Aufbruch zu neuen Ufern, bei ihnen nicht
wiedergefunden hatte. Nun aber mussten sich die heimelig
und gemütlich gewordenen Freunde in ein ziemlich unsiche-
res Erfahrungschaos stürzen. Vielleicht hatte die ganze Aktion sogar eine Spur von Provokation an sich. ‚Wer seid ihr,
ohne euer angenehmes, konditioniertes Umfeld'? Diese
Frage schien sie ihnen vor Augen zu führen. Dass wir uns in
der Zwischenzeit auch sehr verändert hatten und für unsere
Freunde kaum noch zu begreifen waren, kam uns dabei nicht

wirklich in den Sinn. Wir hatten ja nicht nur das Aussehen von Zigeunern, unsere eigenen Sprachgebräuche entwickelt und schlichen auf Tierpfaden entlang, nein, seit kurzem waren wir sogar noch Hausbesetzer!

Unsere Freunde kamen tatsächlich wie verabredet zu unserer ungewöhnlichen Herberge. Eigentlich gefiel das Ferienhaus nur Martin und Christoph. Kerstin kam nur einmal auf einen kurzen Besuch vorbei. Die Herren hatten irgendwo alte Matratzen aufgetrieben oder sich einfach auf mitgebrachten Matten zur Nacht niedergelegt, und wir holten zum Schlafen unsere Sachen aus dem Bus. Alles hätte so schön werden können, doch die kommenden Ereignisse sollten einen Schatten auf die gemeinsame Zeit werfen. Nach einem Willkommensmahl legten sich alle zum Schlafen nieder. Mitten in der Nacht schrie Christoph plötzlich das ganze Haus zusammen und wir befürchteten das Schlimmste. Alle waren sofort auf den Beinen und kurze Zeit später bei ihm. Christoph stammelte, dass ein Monster gekommen sei, welches feucht und schwabbelig sein Gesicht benetzt hätte. Es wäre grauenvoll gewesen. Hektisch leuchteten wir mit unserer Taschenlampe auf der Suche nach dem Monster den Raum ab. „Wuff, wuff", tönte es aus einer Ecke und im dorthin geschwenkten Kegel des Lichts erblickten wir einen alten braunweißen Jagdhund mit, nun ja, eben sehr hängenden, feuchten Lefzen. Wir tauften ihn Bruno, den Hausbesetzer Hund. Er blieb die meiste Zeit im Haus und verhielt sich ruhig.

Am nächsten Abend machte Martin ein großes Feuer im alten Kamin an. Es wurde mit der Zeit immer größer und größer und er turnte irgendwann begeistert mit seiner Fotokamera davor herum. Er fand sich und das Feuer und seine Inspiration mit seiner Kamera einfach „tierisch" genial. Da das Feuer wirklich sehr groß war und noch großartiger wurde, blieb es während der vielen Ausrufe von ihm und den Schüssen der Kamera: " Das ist doch genial!" Klick, klick. „Schau doch mal, da rechts!" Klick, klick unentdeckt, dass die Flammen bereits über den Kaminschacht hinaus gingen. In seiner Euphorie hatte er total übersehen, dass bereits der Kaminbalken brannte. „Was ist denn das! Der Kamin brennt!", rief er entsetzt. Wir alle schrien durcheinander, alles was flüssig war, mit Tee aus Tassen und Kannen wurden alle Tücher befeuchtet und auf den Balken gepresst, dazu noch Wasser aus dem Kanister obendrüber gegossen. Nach einer halben Stunde Einsatz hatten wir das Feuer endlich wieder unter Kontrolle.

Der nächste Tag gestaltete sich nicht viel freundlicher. Christoph las gerade die Bände von Carlos Castaneda - ich hatte sie im Bericht der Mallorca Episode erwähnt - in denen Schamanen durch besondere Energien, die sie nicht nur in der Erde, sondern auch bei Krafttieren fanden, von der Schwerkraft befreit, fliegen oder sogar an mehreren Orten zugleich sein konnten. Dass die Schwerkraft aufgehoben werden konnte, schien ihm nicht ganz unmöglich zu sein und er sprang in blindem Vertrauen darauf von einer viel zu hohen Mauer. Daraufhin fuhren wir ihn wegen seines gigantisch angeschwollenen Knöchels zum Röntgen in das nächste Krankenhaus. Gott sei Dank war aber nichts gebrochen. Danach verlebten wir noch einige recht entspannte Tage, konnten aber keine gemeinsame neue Vision von einem New Age-Bewusstseinssprung oder sonst einer gemeinsamen Entwicklung entdecken.

Nachdem die Freunde wieder abgefahren waren, war uns die Lust auf eine gemeinschaftliche Lebensform für die winterlichen Monate vergangen und wir suchten ganz konservativ eine kleine Herberge zur Miete, die wir in Il Pelagone in der Toskana fanden. Nach einem ruhigen Monat dort, fanden wir eines Tages unser Küchenfenster aufgebrochen vor sowie einen Zettel auf dem Küchentisch, neben einem Teller mit drum herum verstreuten Brotkrümeln und der Botschaft: „Habe euch gefunden! Komme nachher wieder! Sorry, hatte Hunger! Liebe Grüße von Willi". Wir waren natürlich sehr überrascht und etwas skeptisch. Willi aus Freiburg hatte uns aufgespürt und sich mit Gewalt einen Zugang zu der Wohnung verschafft. Etwas erschrocken über seine hinterlassenen Spuren, freuten wir uns aber auch auf ein Wiedersehen mit ihm.

Natürlich gewährten wir ihm für einige Zeit einen Unterschlupf und als er uns dann zu einer Fahrt in seinem klapprigen Mercedes Benz einlud, welcher nie schneller als 40 km/h fuhr, und in dem er sich übrigens ständig vom Blues berieseln ließ, waren wir auch wieder ganz angetan. Außerdem erzählte er uns dabei von seiner Zeit, die er im Wald verlebt hatte, und wie er in dieser Zeit in Pfützen seine Socken gewaschen und obdachlos im Freien geschlafen hatte. Daraufhin stieg er gewaltig in unserem Ansehen während wir uns mit der gemieteten Wohnung total spießig vorkamen. Wir verbrachten einige Zeit zusammen und dann zog es ihn wieder zurück nach Freiburg.

Es waren leider graue, regnerische Monate dieses Winters in Il Pelagone und so waren die Tage unserem Unterricht gewidmet. Wir lernten die Bedeutung der Zahlen, denn die Mathematik war in der Zeit tatsächlich irgendwie ausgeschlossen worden. So war die Null zum Beispiel das Ungeschaffene, die Eins der in sich ruhende Geist. Mit der Zwei wurde es schon spannender, wir zeichneten einen Punkt in einen Kreis und einen weiteren Punkt an den Rand des Kreises. Beides wurde mit einer Linie verbunden. Die Punkte stellten nun ein Gegenüber dar und beide konnten sich immerhin in verschiedenen Entfernungen zueinander positionieren. So kam Bewegung ins Spiel. Richtig lebendig wurde es aber erst mit der Drei. Auch über die Bedeutung der Zahlen wurde uns Wissen vermittelt. Außerdem kümmerten wir uns um den Mikrokosmos und den Makrokosmos, um festzustellen, dass es Menschen geschafft hatten eine Realität aufzuzeigen, die sich unseren alltäglichen Sinneseindrücken entzog. Weiterhin wurden die Organe des Menschen in den Fokus genommen. Doch wurden sie nicht wie eine biologische, chemische oder biomechanische Selbstverständlichkeit gesehen, sondern als eine Art Wesenheit, mit bestimmten Aufgaben und Fähigkeiten. Hinzu komplementierten wir Farben und Edelsteine. Natürlich war es unserer Lehrerin für Bewusstsein wichtig, dass wir uns solches Wissen nicht abstrakt aneigneten, sondern eine nachhaltige Erfahrung dabei machten, und mit unserer ganzen Vorstellungskraft sowie unserem Empfinden in den anzueignenden Bereich hineinwanderten. Sie deklarierte totes Wissen als Feind des wachen, seelisch heilen Menschen. So, liebe Leser, und das erklären Sie bitte einer Gymnasiallehrerin! Aber so waren nun mal die Ansichten unserer Lehrerin und Expeditionsleiterin eine neue Daseinsform betreffend.

Neben dem Unterricht liefen wir gerne durch das Gehölz der Macchia in den umliegenden Wäldern und Hügeln. Ein einziges Mal sahen wir tatsächlich die versprochenen Wildschweine!

In der Toskana entwickelte sich ein körperliches Leiden bei mir, meine Zehen entzündeten sich sehr oft. Das war eine Folge des eisigen Winters in Schleswig-Holstein, in dem die armen Zehen wie berichtet fast erfroren waren. Jetzt wurden sie heiß, rot und dick geschwollen. Sie juckten, stachen und schmerzten zugleich. Auf einen unserer Spaziergänge jammerte ich über diesen unangenehmen Zustand. Elke ließ mich den Schuh ausziehen, sah sich das Ganze an und ging dann zu einer Stelle im Wald, in dem üppige Büschel von Moos standen. „Ich habe den Moosgeist befragt, er wird die Entzündung aus deinen Zehen herausziehen", sprach sie und schlang ein ordentliches Paket der grünen Substanz um meine Zehen herum. Der Socken kam wieder darüber und das Ganze wurde zurück in den Schuh gepresst. Ich empfand das doch recht willkürlich und zu schnell. Gleichzeitig erwies sich der weitere Spaziergang als erhöht qualvoll, denn das Moos stach und drückte gewaltig an den Zehen. Ich musste meine Tränen immer wieder zurückkämpfen, doch Elke blieb hart und lies sich erst nach Stunden erweichen, das Moos zu entfernen.

Nach diesem Spaziergang war ich vollkommen erschöpft. Erstaunlicherweise bildete sich die Entzündung danach aber rasch zurück und ich hatte nie wieder Probleme mit den Zehen!

Eine letzte Geschichte möchte ich noch aus der italienischen Winterepoche erzählen. Eines Tages unternahmen wir einen Ausflug ans Meer und schlenderten durch einen Pinienwald zum Strand. Dort kamen wir mit einem Sanjas-Pärchen ins Gespräch. Sie war recht groß, hatte breite Schultern und große Füße. Ihr ganzer Knochenbau wirkte sehr stabil und auf Grund ihres herb geschnittenen Gesichts und ihrer groben Hände hätte man ihr durchaus eine Arbeit als Forstfrau oder ähnliches zugetraut. Ihr Name war „Zarte Lotusblüte". Daneben wirkte ihr Freund, der zwei Köpfe kleiner war als sie, dafür aber eine riesige Kugel aus Leibesfülle mit sich trug, eher etwas verweichlicht. Sein Gesicht sah aus wie ein runder blasser Mond. Er hieß: „Unendliches Bewusstsein". Zarte Lotusblüte und Unendliches Bewusstsein luden uns zu einem Tee in ihr Haus ein. Unendliches Bewusstsein konnte die Zukunft aus der Hand lesen und die Persönlichkeit anhand der Nasen-, Ohr- und Mundform analysieren. Daher waren wir zunächst etwas eingeschüchtert. Doch nachdem die beiden bei uns wenig Erfolg mit ihren Fähigkeiten und der später noch hinzu kommenden Baghwan Euphorie hatten, gaben sie uns zum Abschluss wenigstens noch die Adresse eines Buddhistischen Zentrums mit.

Tatsächlich fuhren wir einige Zeit später nach Pomaia und trafen dort den Meister Dschong Kapa. Die sprachlichen

Schwierigkeiten und die dadurch für meine Schwester und mich geheimnisvollen Hintergründe, brachten nun folgende Szene hervor. Dschong Kapa saß in seinem Privat Raum an einem Tisch auf dem sich ein Teller mit eingelegten Artischockenherzen befand. Elke saß daneben auf einem Stuhl. Immer wieder nahm sie seine Hand in die ihrige und schüttelte sie herzlich. Dabei lachten die beiden immer wieder laut, sie lachten bis ihnen die Tränen kamen, während Yvonne und ich zusahen und überhaupt nichts mehr verstanden. Das Ganze wiederholte sich zirka sechsmal, dann verabschiedeten wir uns, Hände schüttelnd und wiederum lachend, und fuhren wieder zurück. Unsere großen staunenden Augen verlangten von Elke eine Erklärung! Sie sah grinsend zu uns herüber. „Er hatte die nettesten Hände die ich jemals gesehen und geschüttelt habe", sagte sie auf der Rückfahrt, „nun brauche ich unbedingt noch Artischockenherzen für unser Abendessen."

Die Hoffnung auf ein gemeinschaftliches neues Dasein im Sinne des New Age hatte sich aber auch in Italien wieder einmal zerschlagen und wahrscheinlich drängt sich dem Leser jetzt der Gedanke auf, dass es nach dieser weiteren Erfahrung endlich an der Zeit gewesen wäre, umzukehren und uns Kinder wieder in eine Schule zu schicken. Ein einigermaßen zweckgebundenes bürgerliches Leben zu leben hätte ja auch seine Vorteile geboten und bestimmt waren wir Kinder für unsere Mutter und Lehrerin ja nicht nur ein rein erfreulicher Zeitvertreib sondern auch Last und Verantwortung. Doch Elke blieb in ihrem Inneren fest entschlossen genau dieses nicht zu tun und vertraute darauf, dass sie alles nur noch besser verstehen müsse, um den Durchbruch zu einem neuen Dasein für sich, ihre Kinder, die Freunde und den Rest der Welt zu finden. Eine ganz große Anziehungskraft und Respekt lösten die Buddhisten bei ihr aus. Sie schienen sehr viel über Bewusstseinszustände und das Wesen des Leidens zu verstehen. Der VW Bus brachte uns zu ihnen in das buddhistische Zentrum Bordo. Eines der wichtigsten buddhistischen Zentren Europas in den norditalienischen Alpen. Der Weg dorthin kostete uns drei Stunden Fußmarsch auf einem kleinen, teils steinernem Pfad durch Esskastanienwälder, hinauf zu dem idyllischen Bergdorf mit einer kleinen Kirche am Beginn des Ortes mit einem wunderschönen Blick über das Tal und die Berge.

Der kleine Ort beherbergte in seinen Steinhäusern viele deutsche Buddhisten, aber auch Pilger und Neugierige aus allen Ländern Europas. Zu unserem großen Glück begegneten wir gleich am ersten Tag unseres Aufenthaltes im Meditationssaal Gendün Rinpoche, einem der ehrwürdigsten Meister der Karmapa Linie. Ihm wurde nachgesagt, dass er das Wesen des menschlichen Leidens überwunden hatte und in einem anderen Bewusstsein lebte. „Ihr müsst mal darauf achten, um ihn herum riecht es immer nach Himbeere!", verriet unsere Lehrerin und wir Kinder waren erstaunt, dass eine Bewusstseinsveränderung anscheinend auch andere Körpergerüche mit sich brachte. Mit großem Respekt betrachteten wir ihn, den berühmten Meister. Elke erklärte uns strahlend: „Gendün hat 10 Jahre lang in einer Höhle gelebt, um sich allen Schichten des menschlichen niederen Bewusstseins, Illusionen von der Welt, Dämonen und den im Inneren wohnenden gierigen Geistern zu stellen. Seine Nahrung bestand hauptsächlich aus Brennesseln und Wurzeln. Er meditierte fast den ganzen Tag!" „Gierige Geister? Wo kommen die denn her?", fragte

Yvonne. „Das sind in unserem Inneren lebende intensive Wunschvorstellungen vom Glück, die gierigen Geister im Inneren bekommen den Hals leider nie voll, sie wollen von allem mehr und immer noch mehr haben, vom Essen, von Reichtümern, Annehmlichkeiten, Macht, Wohlstand, Besitz, Anerkennung, Wollust, Rauschzuständen und ganz vielen anderen Dingen, die vorgaukeln uns glücklich zu machen. Aber im Grunde ist die kurze Erfüllung dieser Gier in ihrem wahren Wesen leer, das schnelle Glück verpufft ganz rasch. Sie ist insofern eine Illusion, weil sie so schnell vergeht und die gierigen Geister im Inneren sofort etwas Neues haben wollen und einem eine neue Vorstellung vom Glück aufzwingen und den Menschen ewig gierig und unruhig nach dem Glück suchend und ja, sogar zerstörerisch werden lassen. Sie werden als unglaubliche dicke Wesen mit einem riesigen Bauch, einem faltigen langen Hals und einem ganz kleinen Kopf dargestellt.“

Mehr wollten wir aber nicht erfahren, sondern verbogen unsere Beine zum Lotussitz richteten unsere Rücken auf und nahmen erstmal Abstand zu unseren inneren gierigen Geistern. Einmal schaute ich noch auf das Gesicht Gendüns, der leise lächelnd in einem anderen Zustand versunken wie Buddha persönlich dasaß. Er wirkte losgelöst von allem und strahlte dabei eine unglaubliche Vitalität und Geistesgegenwart aus. Dann schloss ich die Augen und ließ die Zeit langsam vorbeifließen. Leider verließ Gendün bereits am Tag nach unserer Ankunft das kleine Bergdorf und wir waren recht traurig. Die Bewohner und Besucher Bordos ließen ihren Empfindungen teilweise freien Lauf und stürzten sich frenetisch immer wieder auf den Fußweg, um die letzten Minuten an seiner Seite auf dem Weg ins Tal erleben zu dürfen. Wir empfanden das etwas zu gierig und blieben ruhig. In der kleinen Kirche gab es eine Orgel und Elke spielte darauf ekstatisches, urgewaltiges, oder ließ unvermittelt zarte Töne durch den Raum schweben.

Das tröstete uns. Wie es der Zufall, das Schicksal, die Sternenkonstellation, Gottes Wille oder unser Karma wollte, lernten wir, den aufgrund der furiosen Orgelmusik neugierig in die Kirche hereinschauenden Peter kennen, der uns netter Weise für einige Wochen seine Zimmer zum Wohnen überließ. Auch die Schule wurde fortgesetzt. Darüber hinaus wurde Elke zur Unterstützung eines Kunstkurses für Besucher gebraucht. Beeindruckend war auch das Interesse der Bewohner an unserer (Zwerg-) Schule, beziehungsweise ihrem Unterricht. Sie wurde gebeten, den selbigen vorzustellen, und gern gab sie eine abendliche Einführung in ihr und unser Schaffen. Am Ende war sie jedoch etwas enttäuscht und fand, dass sie ihr Schulkonzept gar nicht so recht in die passenden Worte verpackt hatte. Zu ihrer Überraschung gab es jedoch einige positive Resonanz und den Willen der Bordo-Bewohner, ebenfalls eine eigenständige Schulform zu entwickeln.

Allerdings, und zu unserer Verwunderung, erlebten wir auch einiges an Vorwürfen und merkwürdige Szenen in diesem der übrigen Welt entrücktem Zentrum. Elke wurde der Kunstkurs wieder entzogen, weil sie irgendetwas nicht Erwünschtes, Eigenwilliges umgesetzt hatte. Zudem gab es einige sehr magere Frauen, die den guten Appetit von uns dreien unter die Lupe zu nehmen schienen, und nach einigen oberflächigen, lapidaren Gesprächen uns darauf hinwiesen, dass wir uns ihrer Meinung nach zu sehr von unseren gierigen Zungen verführen ließen. Daraufhin verging uns erst einmal der Appetit. Eine weitere Begebenheit trug zu meiner Ernüchterung bei und hinterließ mich grübelnd. Die gesprächige Damen-Runde am Nachmittag hatte sich an einem Tisch zusammengefunden und eine jede sprach über ihre Erlebnisse in der Meditation beziehungsweise über persönliche Erfolge damit. „Mein Herzchakra war so unglaublich groß geworden und meine Liebe floss durch alle Lebewesen, alle waren darin eins und das Licht aus meinem Herzen umschloss wärmend alle und jeden." Lächelte eine von ihnen entrückt und schaute zu einem Punkt der fern in einer anderen Sphäre zu sein schien. Eine andere Bordo Besucherin schoss plötzlich aufgeregt auf unseren Tisch zu. „Hallo zusammen, hat denn keiner von euch bemerkt, dass Andreas seit zwei Tagen fehlt? Ich bin gerade bei ihm gewesen. Er hat Fieber, kann nicht aufstehen und keiner hat ihm etwas zu essen gebracht." Vorwurfsvoll schaute sie auf die Herzchakra Dame. „Er hat doch das Zimmer neben dem deinen?" Die so derbe Angesprochene schien nur langsam aus ihrem fernen Fokus wieder zu unserem Gesprächstisch zurückzukehren. „Äh ja, ich weiß nicht, ach so, ja, also ich weiß nicht, ist es wirklich so schlimm?", stotterte sie. Ich schlussfolgerte in grübelnder Weise aus diesem Erlebnis, dass ein großes Herzchakra voller Liebe einen erstens nicht unbedingt befähigte sich selbst in Frage zu stellen und zweitens, es einen nicht befähigte etwas Richtiges oder Wichtiges im Umfeld zu erkennen und außerdem etwas Fürsorgliches für seinen Nächsten zu denken und zu tun. Scheinbar tat einem die Herzchakra-Meditation in erster Linie selber gut.

Vielleicht könnte es ja produktiv und wertbringend werden, wenn es sich mit dem Gehirnchakra verbinden würde. Damit beendete ich meine Betrachtungen.

Als wir unsere Zimmer wieder freigeben mussten, ging unsere Zeit in diesem buddhistischen Bergdorf auch zu Ende. In unseren Herzen nahmen wir die Begegnung mit dem nach Himbeeren duftenden, geistig gewandelten Genduem Rimpoche mit. Elefanti brachte uns nach unserem Aufenthalt in Bordo in die Alpen zum Monte Rosa. Dieses Gebirgsmassiv liegt auf der Grenze zwischen Italien und der Schweiz. Yonne hatte ihre Geburtstagszeit und wir genossen wieder einmal unser Zigeunerleben in der freien Natur. Leider war uns das Gas ausgegangen und so wurde das Geburtstagsmenü meiner Schwester auf einem Holzfeuer gekocht. Dieser Vorgang war schon einige Male von uns erprobt worden. Man sammelte dazu viele Steine und schichtete diese zu einem runden Krater auf. In seiner Mitte entzündete man das Feuer und oben auf den Steinrand stellte man den durch vorherige Anwendungen schon sehr schwarz gewordenen Schnellkochtopf, dessen Plastikgriff an einer Seite von den Flammen angeschmort war. Es handelte sich um ein konservatives Überbleibsel aus dem fernen Hausfrauenleben unserer Mutter.

An diesem Tag bekam meine Schwester nach dem Essen ein paar Geschenke und dazu am Nachmittag noch eine recht abenteuerliche Wanderung zum Monte Rosa beschert, die dank ihrer Länge und Schwierigkeit im Reisebericht ausführlich niedergeschrieben wurde. Zum einen wird hier berichtet, dass wir in Stoffschuhen losliefen, die bereits nach kurzer

Zeit voll Wasser gesogen waren und zum anderen, dass wir den rechten Weg verloren hatten und orientierungslos querfeldein durch die Wildnis weiterliefen. Außerdem überquerten wir einen Gletscher, über den wir aus irgendeinem Grund teilweise Barfuß liefen. Nach einigen anderen Herausforderungen standen wir vor einem unüberwindbaren Abgrund.


Zitat Reisebericht von Yvonne: Der Gletscherfluss hat sein Bett etwa drei Meter tief in die Erde gegraben und in der Mitte ist er besonders reißend und gefährlich. Ein hinüber kommen scheint fast unmöglich. Da finden wir eine umgehauene Tanne, die quer über dem Fluss in guter Höhe liegt. Nun gut, wir wagen das Abenteuer und die leichteste von uns Dreien klettert voran. Das bin in diesem Falle leider ich. Es geht aber ziemlich gut, nur am Ende wird der Stamm immer dünner und schaukelt mächtig. Die Äste und Aststümpfe bilden ein weiteres Hindernis. Doch mit einem letzten Stumpf bin ich auf der anderen Seite, unter mir in drei Meter Tiefe die brausende Flut. Dann folgt mir Sandra, auch sie krabbelt begeistert wie ein kleiner Affe über die Tanne. Dann kommt Mama, die ja, weil übergewichtig, Bedenken auslösen kann. Aber auch sie krabbelt munter wie ein Bär, „Mama de Baer", über die Naturbrücke. Der Stamm biegt sich, wir lachen uns scheckig. Komm doch einfach rüber, johlen wir. Krabbel, krabbel, jedoch als der Stamm immer schmaler wird, kommt sie mächtig ins Schwanken. An einem Aststumpf scheint alles ein Ende zu haben, denn ihr Kleid verfängt sich. Spannung, Mama hat Schweißperlen auf der Stirn, während sie versucht die Balance zu halten, dann aber kommt der spannende Moment, sie versucht sich nach vorne gebeugt, wie eine Schlange weiter zu bewegen und das Kleid los zu machen, da - ein schriller

Schrei und sie fällt vom Stamm und fällt beinahe in die Tiefe, jedoch sie hält sich mit beiden Händen fest. Sie schwingt sich mit dem Rest ihres Elans an das ansteigende Ufer und zieht ihr schönes flatterndes Seidenkleid, oder was davon übrig geblieben ist, hinterher. Schließlich überwindet sie noch das letzte Hindernis und wir ziehen sie mit beiden Händen den Hang hinauf und schon ist sie auf unserer Seite. Nun versucht sie ihr Seidenkleid herzurichten, indem sie es an einigen Stellen zusammenknotet und feststellt, dass es noch nie so gut ausgesehen hat. Im Übrigen sei ja alles gar nicht so schlimm, denn wir seien ja nun alle gut und unversehrt angekommen. Da sind wir alle einer Meinung, freuen uns über das gelungene Abenteuer und gehen fröhlich weiter. Im Dorf unten schauen uns einige Leute sehr verwundert an und wir glauben dass es an dem modischen Kleid von Mama liegt, denn mit ihrem knallroten, zusammengeknoteten Seidenkleid ist sie ungewollt ein sehr aufregender Anblick. Zitat Ende.

Ohne dass wir es im Voraus geahnt hätten, wurde die Alpenfahrt auf dem Weg nach Freiburg die letzte mit dem Bus Elefantines. Als wir beim TÜV in Freiburg vorstellig wurden, fielen dem Prüfer während er den Bus von unten aus einer Grube heraus untersuchte, ständig Staubwolken, Dreck und kleinere Blechteile entgegen. Er fing an zu fluchen und kam irritiert aus der Grube hervorgekrochen. „Der Bus hätte normalerweise schon längst auseinanderfallen müssen!", sagte er und wir trauerten um das Gefährt. Elke musste also ein neues Zuhause auf Rädern finden und sie organisierte für die Übergangszeit eine Bleibe für uns bei einem für sie sehr wichtigen Freund, der nicht nur ein halber Schamane und in jeder Hinsicht neu orientiert war, er arbeitete außerdem bei der Esotera.

Diese esoterische Zeitschrift hatte unter anderem von den Begegnungen mit Außerirdischen in Sörup berichtet. Sie sah in ihm einen menschlichen Meilenstein der Neuentwicklung in der Gesellschaft und wir hatten das Glück bei ihm im Wohnzimmer auf dem Teppichboden schlafen zu dürfen. Ich glaube, das unsere Mutter nach den letzten Erlebnissen in Deutschland und Italien beschlossen hatte, notfalls alleine den Weg zu einer neuen Welt sowie zu einem neuen Bewusstsein zu finden.

Die Gespräche mit dem Freund verliefen jedoch leider, wie Yvonne und ich nebenbei registrierten, nach einiger Zeit recht anstrengend und man merkte, dass sie sich entfremdet hatten. Es lag sicher auch an unser aller Entwicklung, denn wir waren jedem Schemata, damit auch selbst der alternativen Szene, fremd geworden. Praktisch verlief es so: Yvonne und ich ruinierten kurzerhand das frisch geputzte Badezimmer in dem wir begeistert in der Badewanne plantschten, während unsere Lehrerin ihrem Freund erklärte, das es nicht ausreichen würde über das heranbrechende Wassermannzeitalter zu schreiben, sondern das man tunlichst beide Füße in die Hände nehmen und das Leben in einem neuen Zeitgeist selbst leben müsse, da sonst das Interesse am New Age mehr oder weniger doch eine Art marktorientierte Fassade bleiben würde. Wir Kinder wuschen nach unserem Badevergnügen ein paar Kleidungsstücke in dem restlichen Badewasser aus und hingen sie dann in der Wohnung auf. Wir hatten ja gelernt alles effektiv zu nutzen und sahen darin eine kluge Vorgehensweise, die allerdings unseren Gastgeber neben den fordernden Gesprächen mit unserer Expertin an den Rand der Verzweiflung führte. Einige Tage des verbalen Seilziehens, einem Versuch, uns wildem Trio ein Dach über dem Kopf zu gewähren und der angespannten Suche nach einem neuen fahrenden Stahlhaus endeten mit zwei glücklichen Fügungen.

Die eine bestand darin, dass unser Aussteiger Freund Willi nach ein paar Tagen völlig überraschend vor unserer Tür stand. Schlagartig wurden uns seine Schilderungen wieder bewusst, dass man im Sommer einfach im Wald leben konnte, ohne schwerfälligen Freunden, die eben nicht die Füße in die Hände nehmen wollten, um eine neue Welt zu erobern, die Wohnung zu blockieren. Mit erhobenen Häuptern zogen wir also kurzerhand in einen Wald und schliefen unter dem Dach eines Wanderer Rastplatzes. Das weitaus wichtigere Ereignis aber bestand in dem Kauf von Phantasia! Phantasia, so heißt das Buch von Michael Ende, welches von einer märchenhaften Welt berichtet, die kurz vor der Zerstörung war. Im Zentrum dieser Welt lebte eine wunderbare Prinzessin, die schwer krank im Sterben lag. Allein ein Kind konnte diese Welt noch retten. Durch den Mut und der Fantasie eines Kindes, welches es schaffte ein Teil der märchenhaften Welt zu werden, konnte am Ende alles gerettet werden. Die ganze Geschichte wies eine gewisse Parallele zu unserer Reise auf und so bekam unser neuer Bus diesen vielsagenden Namen. Phantasia war nicht nur ein VW Bus, es war ein ganz besonderes, einmaliges Gespann! Vorne Bulli mit einem Bettgestell aus Stahl auf dem Dach, welches mit einer in Plastik gehüllten Schaumstoffmatte bestückt zum „upstairssleeping" einlud.

Hinten an der Anhängerkupplung torkelte ein Campinganhänger in Form eines liegenden Eies dem Bus hinterher. Das

Ganze Ensemble hatte unsere Mutter im Handumdrehen farblich, künstlerisch aufeinander angepasst, indem sie durch den rot-weißen VW inspiriert, auf dem weißen Anhänger einen roten Kopffüßler mit einer goldenen Krone sowie kleine rote Blumen malte. Hier und da wiederholten sich goldene und rote Elemente. Ein Kopffüßler ist übrigens kein Tier, sondern ein Fantasie-Wesen mit langen Beinen, großen Füssen und einem noch viel größeren Kopf. Die Schiebetür des VWs wurde durch die grüne von Elefantines ersetzt und so fuhr der alte Bus ein wenig mit in die Zukunft. Elke war enorm stolz auf ihre Eroberung und steuerte das Gespann auf den Waldparkplatz in die Nähe unseres Aufenthaltsortes vor die Füße von Willi und uns Kindern. Willi wäre fast aus seinen halb zerfetzten Turnschuhen gekippt. Yvonne und ich johlten nur: „Unser neues Zuhause!" „Ja, jetzt kann uns keiner mehr!", sagte Elke siegesgewiss und ihre Haare wirbelten wieder einmal so wild um ihren Kopf und ihr markant und siegesbewusst vorgeschobenes Kinn wirkte dermaßen dynamisch, dass wir meinten mit ihr, Phantasia und ein paar „OMS", bis an das Ende der Welt fahren zu können.

# Harter Winter in Frankreich!

Mit Willi verabredeten wir uns in Taizé in Ostfrankreich. Taizé ist das Symbol der ökumenischen Bewegung und Sitz einer geistlichen Gemeinschaft sowie ein Treffpunkt für Jugendliche aus aller Welt, welches wir auf unserem Weg in das Buddhistische Zentrum in dem Gendün Rinpoche lebte, besuchen wollten. Taizé wurde als erstes evangelisches Kloster von Prior Frère Roger 1949 gegründet, und stellt für viele ein Ort der christlichen Herzensbotschaft und der gelebten Nächstenliebe dar. Der Prior bekam durch seinen unermüdlichen Einsatz in Gefängnissen und bei gefallenen Existenzen eine magische Anziehungskraft für Pilger und junge Menschen, welche den Ort Jahr für Jahr mit ihren Besuchen überschütteten.

Die Pilger sollten Jesus nicht alleine durch Worte und ständigem wiederholen der Evangelien in die Köpfe bekommen, sondern vor allen Dingen die starke Liebe von Jesus spüren und so wurde in Taizé nicht viel gepredigt, sondern vielmehr von der Liebe gesungen. Der Prior sah darin einen wesentlichen Aspekt und lebte es auch so. Das hatte zur Folge, dass alle Gäste in diese Liebe versuchten mit hinein zu tauchen und auf irgendeine Weise an ihr Anteil zu nehmen. Die Auswirkungen bemerkten wir wie folgt: Junge Leute lagen sich gegenseitig weinend in den Armen, einer schob dem anderen sein Sitzkissen unter den Hintern, um dann unter Protest und mit feuchte Augen der Rührung das Sitzkissen wieder zurückgeschoben zu bekommen. Man holte sich gegenseitig

Kaffeetassen und es wurde dabei gesungen und wenn nicht gerade geweint, dann wenigstens lieb gelächelt. „Can I help you?", sagte die erste Stimme, die wir in dem Gebetssaal antrafen. Wir starrten erschrocken auf das lächelnde Gegenüber. „No, thank you!", stotterten wir und setzten uns in die nächstmögliche Ecke, um sofort lächelnd ein paar Sitzkissen untergeschoben zu bekommen. Ringsherum wurde gesungen, getuschelt und gekuschelt.

„Hier kann man aber nicht meditieren, wie soll das denn gehen?", fragte ich irritiert. „Hilft Liebe denn immer? Werden die Besucher später ruhig und bemühen sich dann, sich aus der Anheftung ihres „Illusorischen Ichs" zu lösen?" Wir hatten gelernt, dass der menschliche Geist sich an die Vorstellungen von der Welt und seiner eigenen Person anheftet und sich ein Gefängnis seiner eigenen Gedankenwelt bildet, die ihn dadurch mit dem Wesen des Leidens und allem Vergänglichen verbindet. Erst durch die Loslösung dieser Gedankenwelt und durch einen Zustand der Leere käme der Geist zur Ruhe und erst dann könne sich ein neues Bewusstsein bilden. Die Buddhisten kannten auch das Mitgefühl, welches von Chenresig, einem weißen Buddha mit vier Armen und einer Lotusblüte, präsentiert wurde. Allerdings war das wohl auch eher ein innerer Zustand als denn eine direkte Verhaltensregel. Der Buddhist versucht zudem Mitgefühl, wofür er in den Chenresig Pujas bittet und sich darin versenkt, gute Gedanken und gute Taten hervorzubringen, denn gute Taten bringen ein gutes Karma und bewahren ihn davor in einem seiner nächsten Leben als Ratte, Wurm oder gar krank und in ärmlichen Verhältnissen wiedergeboren zu werden. „Ja, wenn die Liebe nicht ein universelles Mitgefühl im Hintergrund als Quelle hat, dann kann sie schnell verpflichtend sein oder dient nur zur Bestätigung des eigenen „Ichs" und es verändert sich nichts Wesentliches am Menschen", erklärte mir Elke und sie schien für mich durch alles hindurchzusehen und die Fallstricke allen Daseins zu erkennen. Kurz gesagt, wir waren von dem Erlebnis mit Gendün Rinpoche vorgeprägt und fanden Taizé einfach lieb, aber für das Vorhaben unserer Lehrerin nicht auseichend.

Am Abend saßen wir im Phantasia, unserem neuen Gefährt. Die Tür von unserem Camping-Ei war geöffnet und wir genossen unseren Komfort mit dem Gasherd, unserer kleinen Sitznische und dem Tisch. Spaghetti ragten aus dem deckellosen, angeschmorten Schnellkochtopf und die Teller standen erwartungsvoll und in gefälliger Ordnung auf dem besagten leicht abgeschabten Tisch. Unverhofft grinste ein bärtiges rundes Gesicht mit einer Nickelbrille mutig in unseren Caravan hinein und eröffnete uns analytisch seinen Eindruck: „Das sieht ja sehr einladend und gemütlich aus." Der junge Mann wirkte fröhlich und aufgeschlossen. „Saugemütlich haben wir es hier", nickte Elke ihm grinsend entgegen. Ein kurzer wohlwollender Austausch über die Übernachtungsmöglichkeiten in Taizé und unser über alle gewohnten Maße außergewöhnlich anzusehendes Fahrzeuggespann brachten uns mit dem Mann in Kontaktstimmung.

Der Ort und das erlebte „Sitzkissen unter den Hintern schieben" sowie all die Freundlichkeit der Pilger trugen wohl dazu bei, dass unsere Mutter den Neugierigen kurzentschlossen zum Essen einlud. Lachend nahm er an und nach einiger Zeit hatte er durch interessiertes Fragen herausgefunden, dass wir in Phantasia dauerhaft wohnten. Andersherum erfuhren wir von seinem Studium der Psychologie. „Es ist herrlich bei euch!", sagte er, während er eine weitere Portion der Spagetti auf seine Gabel drehte. „Es ist wunderbar, dass ihr all diese Orte und deren Besonderheiten gemeinsam erleben könnt. Ich wünschte, ich hätte ähnliches erfahren, welch großes Geschenk ihr damit habt, das ist ja der Himmel auf Erden!" Er hielt inne und schien in beschwingter Stimmung zu sein, welche sich sogleich auf uns übertrug. Yvonne ließ die Unterlippe in besonderem Maße hervortreten, welches ein von mir oft als Zustand ihrer inneren Zufriedenheit und dem Gefühl bedeutsam zu sein, interpretiert wurde. Ich selbst hatte die mir mögliche, entspannteste Körperhaltung eingenommen und war in scharfsinniger, gewitzter Stimmung. „Es ist bei euch wie im Paradies!", sagte er nun und er schien es wahrhaftig so zu meinen wie er sagte. Elkes Augen strahlten und blitzten: „Es ist nicht nur das", erläuterte sie ihm unser Leben, „wir praktizieren auch die Schule aus dem Inneren! Hier bei uns fängt die Schule des Bewusstseins an und die führen wir in ganz Europa durch!" „Wie, ihr seid 24 Stunden zusammen und die eigene Mutter macht den Unterricht für ihre Kinder?", fragte er nachdenklich. „Dann haben die beiden ja gar kein eigenes Umfeld oder andere Kontakte beziehungsweise die Möglichkeit, einen Individualisierungsprozess zu durchleben!"

Unvermittelt hörte er auf zu essen und starrte den doch recht kleinen Innenraum unseres eiförmigen Wohnwagens genau und prüfend an. „Wir sind auf einer rein psychologischen Ebene nicht zu erfassen", verteidigte uns Elke erklärend. „Das ist ja furchtbar", entgegnete der Student und schaute so sehnsüchtig aus dem Fenster des Anhängers, das er einem gegen seinen Willen eingesperrtem Tier glich. „Das ist ja die Hölle!", rief er plötzlich laut und stand so ungeschickt auf, dass er sich am Tisch stieß und die Teller schepperten. Ohne ein weiteres Wort sprang er aus dem Wagen, schlug die Tür hinter sich zu und rief laut, während er panisch über die Wiese lief ein weiteres Mal: „Die Hölle!" Wir waren völlig perplex und fühlten uns, als hätten wir unter einer kalten Dusche gestanden. Benommen, mit hängenden Köpfen schauten wir auf Tisch und Teller. So schnell waren wir innerhalb von 20 Minuten vom Paradies in die Hölle hinabgefahren! Die praktische Yvonne hatte sich als erste wieder gefangen und inspizierte das Schloss unserer Eingangstür, um zu prüfen ob die einen Schaden genommen hatte. „Der hatte wohl irgendwie ein Problem", analysierte sie die Situation tapfer, „aber wenigstens ist die Tür heile geblieben."

Tatsächlich gab es eine Veränderung während unserer gemeinsamen Reise, die das Entsetzen unseres Besuchers bedingt widerspiegeln konnte, von uns aber nicht als einen Zustand der Hölle empfunden wurde, sondern unserem Verständnis von Normalität entsprach: Wir drei waren zu einem dauerhaften „WIR" zusammengeschmolzen. Natürlich behielt jeder für sich seine Eigenschaften, seine Schwächen und Stärken, doch ohne die beiden anderen hätte man das Gefühl gehabt, dass etwas Wesentliches von einem fehlen würde. Wir waren jetzt **ein** Wesen mit drei Köpfen, sechs Armen und sechs Beinen, das mit den individuellen Fähigkeiten von uns

**dreien** bereit war, durch dick und dünn zu gehen. Und natürlich waren wir Tag und Nacht auf engstem Raum zusammen. Elke erklärte es später gerne so: „Sandra, Elke und Yvonne, wenn man die ersten Buchstaben der Namen zusammenzieht, dann kommt „SEY" dabei raus. Wie „SEI" doch einfach!" Sie fand das irre einleuchtend, aber kein Außenstehender schien das inhaltlich wirklich zu begreifen oder nachzuempfinden, was sie damit meinte.

Nach dem etwas erschreckenden Auftritt des Studenten schlugen unsere Herzen wieder höher, als unser Freund Willi in Taizé eintraf. Wir fanden in der Nähe einen See und feierten erst mal unser Abenteurerdasein in wilder Natur und erzählten uns die Erlebnisse der letzten Wochen. Elke schaute Willi an: „Du hast ja gehörig dein Bewusstsein erweitert im letzten Jahr. Deine lichten Gedanken spiegeln sich auf deinem Kopf wieder." Dabei schaute sie kritisch auf Willis lange, zum Pferdeschwanz zusammengebundene Haare, die im oberen Bereich nicht mehr dicht genug waren, um die Kopfhaut ausreichend zu bedecken. Willi schaute kurz verwirrt, strich sich dann aber mit den Fingern etwas verlegen durch die Haare. Er seufzte: „Ja, lichte Gedanken, das ist gut." „Es ist Vollmond, wenn wir deine Haare jetzt abschneiden, würde es fülliger aussehen und deine Haarwurzeln könnten sich von dem Zug der langen Haare erholen." „Meine Haare kurz schneiden? Habe ich das richtig verstanden? Das traue ich mich nicht." Aufgrund von Elkes Vorschlag ergab sich ein aufgeregtes Gespräch zwischen den beiden und wir überlegten später, warum unser Held vor einem Kurzhaarschnitt wohl so viel Angst gehabt hatte. „Vielleicht hätten wir ja auch Angst", meinte ich und die Auseinandersetzung mit dem

Haare schneiden wurde von den SEYs intern weiter disku-
tiert.


Am nächsten Tag sagte Elke zu Willi: „Würdest du denn
dann deine Haare kurz schneiden lassen, wenn wir uns die
Haare auch kurz schneiden würden?" Elkes hellblaue Augen
bohrten sich durch die seinen einen Weg in Willis Innenleben, während er vor Schreck sicher just noch ein Dutzend
weiterer Haare verlor. „Wir drei sind der Meinung, dass ein
Kurzhaarschnitt deiner Haarpracht guttäte und es würde sicher auch besser aussehen." „Das macht ihr nie, das glaube
ich nicht", schnaubte er, „na gut, also, wenn ihr euch alle drei
die Haare kurz schneidet, dann traue ich mich auch." „Versprochen?" Ihre Augen konnten das Blau von dicken gefrore-
nen Eisschichten annehmen. „Versprochen!" Das dreiköpfige
Gemeinschaftswesen schnitt sich die Zeichen der Weiblichkeit ab, und nicht nur das. In exzentrischer Weise wurden unsere Haare zu einer buddhistischen 3cm-Mönchsfrisur zu-
rückgestutzt.


Der Vollmond leuchtete. Die nicht vorhandenen Wölfe
heulten. Willi hielt seine Tränen tapfer zurück und behielt
längere Haare als wir. Er sah gut aus.


Zusammen mit Willi fuhren wir in die Dordogne nach
Dhagpo Kagyu Ling. Durch unseren rappelkurzen Haar-
schnitt hätten zumindest meine Schwester und ich als Jungs
durchgehen können. Yvonne behielt jedoch etwas Mädchen-
haftes an sich, denn sie hatte hellere Haare und sehr weiche,

volle schöne Lippen. Nur ihre oberen Frontzähne, die sie sich durch eine verlängerte Schnuller Phase in eine unvorteilhafte Position gelutscht hatte, wirkten der vorteilhaften Harmonie ihres Gesichts entgegen. Mich hätte man durchaus als sardischen Jungen durchgehen lassen können. Das schwarze Haar stand dicht gedrängt zu Berge wie der untere Teil eines Besens. Die Augenbrauen, breit und Pechschwarz, versuchten über der Nasenwurzel in Verbindung zu treten und mein Kinn war stark, ähnlich dem meiner Mutter. Überhaupt wollte ich wie die Buddhisten sein und sah es als Vorteil an, eher wie ein Junge als wie ein Mädchen auszusehen. Nur das Muttertier Elke wurde sofort und trotz ihrer Frisur als Weibchen entlarvt.

Wir bezogen am Rand des Buddhistischen Klosters mit unserer Prachtkarosserie samt Anhänger Position. Und zwar auf einer Wiese vor einer dichten Baumreihe, die durch eine Esskastanie zur Straße hin abgegrenzt wurde. Die Ernsthaftigkeit mit der wir hier die Meditationen im Tempel besuchten sowie unser asketisches, konzentriertes Benehmen irritierte unseren Globetrotter Freund Willi und nach einer Woche suchte er sich neue Ziele und reiste ab. Die ruhige, freundliche Distanz der Bewohner von Dhagpo Kagyu Ling machten es uns dagegen einfach, die Anlage nach unseren Bedürfnissen zu nutzen, ohne dafür übermäßig hohe Standgebühren zahlen zu müssen. Und schon gar nicht wie in Findhorn zu den für uns untragbaren Kosten auch noch einen Berg von Garten- und Küchenarbeiten aufgehalst zu bekommen. Morgens und oder nachmittags fand eine Puja statt, an der jeder teilnehmen konnte. Zu Beginn der Puja warf man sich vor Buddha in seinen verschiedenen Aspekten zu Boden. Ein Ritual, das den tiefen Respekt vor dem Erleuchteten und die Erkenntnis der eigenen Unvollkommenheit widerspiegelte. Wir übten uns schnell ein und waren dann doch über die Philosophie erstaunt, die behauptete, dass 100.000 Verbeugungen nicht genügen würden, um die Erleuchtung zu erlangen.

Das ganze Leben in konzentrierter Meditation, Gebeten, gutem Denken und guten Taten sowie den Verbeugungen würden einem zwar dahin näherbringen aber die Erlösung aus allen schlechten Verstrickungen des Innenlebens nicht garantieren. Man brauchte wahrscheinlich mehrere Leben dafür. Und das läge an dem Karma, also den schlechten Gedanken und ebensolchem Verhalten aus den früheren Leben, die noch wie bei einem Konto, das in den Miesen steht, abgearbeitet werden mussten. Ich empfand diese Vorstellung als ungemein zermürbend. Für meine Mühe wollte ich eine direkte Belohnung, in Form eines Kaugummis, einer Tafel Schokolade, oder eine Erleuchtung die jeder sehen sollte. Hell strahlend und mir zu eigen. „Der Weg ist das Ziel!", tröstete Elke, „jeder Schritt und wenn er noch so klein ist, bringt uns schon in ein anderes Bewusstsein." Sie war geduldig aber ich wollte sofort Erfolge.

Vielleicht waren einige Buddhisten von ihrem eigenen Scheitern so frustriert, dass sie das „erleuchtet werden" einfach resigniert auf ihr nächstes Leben schoben, überlegte ich. Auf jeden Fall war der buddhistische Weg voller Demut und Anspruch, was die eigene Person betraf. Nicht nur das, übte man sich nicht richtig darin, wie zum Beispiel, wenn man in den Meditationen zwanghaft versuchte die Gedanken zu stoppen, um in einen Zustand der Leere zu kommen, konnte man im nächsten Leben als Stockfisch wiedergeboren werden. Schlechte Taten ließen einen in einem anderen Leben sogar als Regenwurm durch die Erde kriechen! Das waren für mich überaus erschreckende Verheißungen! Fakt ist aber, dass wir in all den Jahren unserer Reisezeit am intensivsten in Dhagpo meditiert hatten.

Dadurch bedingt gelangen uns auch in den Schulstunden im Caravan sehr konzentrierte Arbeiten an Bildern und Texten. Wir merkten oft nicht wie die Zeit verging und brüteten ohne Unterlass ganze fünf und mehr Stunden über unseren Aufgaben. Immer seltener erledigten wir unsere täglichen kleinen Alltagsbeschäftigungen fahrig und unsere Impulse sowie Gedanken betrachteten wir mit einer gewissen inneren Distanz. Das ermöglichte einem, sich nicht mit seinen Gedanken oder Gefühlen zu identifizieren, sondern immer eine Tür zu einer anderen Art von Gegenwärtigkeit offen zu halten. Zweimal durchbrachen meine Schwester und ich den Bann der hohen Konzentration. Das eine Mal spazierten wir inmitten der Häuser, in denen die Mönche lebten, als schlagartig ein ganzer Rattenschwanz von Albernheiten unsere Gehirne dermaßen folterte, dass ich irgendwann Yvonne auf dem Rücken trug und sie aus einem heute nicht mehr nachvollziehbaren Grund laut „Muh Muh Muh!" schrie. Daraufhin brachen wir unter Lachkrämpfen zusammen und lagen wie verunfallte Käfer auf unseren Rücken. Das andere Mal spielten wir Theater, verkleideten uns und spielten irgendwelche frei erfundenen Rollen. Gemeinerweise gehörte auch das nachäffen eines Mönchs dazu.

Die strenge Erziehung von ehemals Kriminellen gehörte unter anderem zu den Aufgaben des Meisters Gendün Rinpoche. Die Erziehung zu einem demütigen Verhalten sowie Respekt vor jedem Lebewesen erforderten starke Maßnahmen. So musste ein Schüler Gendüns aus diesem Grund winzige Eintagsfliegen aus dem Müll herauspulen. Nach buddhistischer Philosophie hatten diese Fliegen nämlich so eine Art Seelenverwandtschaft mit ihm. Gefallene Seelen, mit einem so schlechten Karma wie es sich zum Beispiel der Kriminelle durch sein verbotenes Handeln geschaffen hatte, konnten ja als niedriges Wesen, also auch als Fliegen wiedergeboren werden. Diese Tierchen waren so gesehen seine Gefährten und Verwandten in einer ungewissen Zukunft. Er musste sie nun vor ihrer Vernichtung aus dem Müll retten, um selbst vor dem Schicksal einer solchen Eintagsfliege bewahrt zu werden.

Eines schönen Tages stand er vor unserem Caravan und hatte unseren kompletten Hausmüll auf unserem Außentisch verstreut aufgereiht, und gab uns mit kalten Worten Anweisungen, wie wir in Zukunft unseren Haus- beziehungsweise Caravanmüll zu trennen und zu entsorgen hätten, um den Eintagsfliegen keinen Anreiz zu ungünstigem Verhalten zu liefern. Wir kamen an diesem Morgen aus dem Staunen nicht heraus. Aber dieses Ereignis veranlasste meine Schwester und mich sogleich zu der folgenden schauspielerischen Szene: „Auf die Knie!", schrie Yvonne. Sie hatte ein Zepter in der Hand und eine Krone auf den Kopf. „Herr, ich wusste nicht was ich tat, vergib mir, ich bereue!", schrie ich zurück und verbeugte mich gequält. Wie unter einer großen Last wogte mein Körper nach vorne. „Sie haben eine Fliege getötet!" Der König rollte mit den Augen und senkte machtbewusst sein Zepter mit einem vor Erregung zitternden Arm in Richtung meines Hauptes. „Aber nicht doch!", jammerte ich. „Auf die Knie!" „Hört mich an!" „Auf die Knie!" Ich brach schuldbewusst zusammen. „Sie Idiot, sie haben während des Niederkniens eine Ameise getötet!" Der König und ich wälzten uns wegen dieses witzigen Einfalls lachend auf dem Boden.

Der Winter in Dhagpo brachte unter anderem keine Caravan freundlichen Temperaturen. Die Ernsthaftigkeit unseres Retreats hatte mich vor dem Wintereinbruch im Spätherbst noch veranlasst, eine besondere Prozedur auf mich zu nehmen. Vielleicht hatte mich mein Erfolgshunger dazu getrieben. Zwei und einen halben Tag aß und trank ich nichts und sprach zu niemandem ein Wort. Drei Mal pro Tag warf ich mich vor den verschiedenen Aspekten Buddhas nieder und sang die tibetischen Gebete. Bereits am Ende des zweiten Tages dachte ich, ich müsse sterben. Mit leerem Kopf, einem ebensolchen Magen und schlaffen Gliedern bewegte ich mich im Zeitlupentempo über den Platz des Zentrums. Nichts wurde um mich hell, im Gegenteil, ich konnte vor Schwäche einfach nichts mehr empfinden. Alles war unendlich öde. Blei hatte meine Seele ergriffen und ich wartete geduldig auf die Erleuchtung oder auf den Tod. Zu meiner mittelgroßen Enttäuschung geschah aber weder das eine noch das andere. Am dritten Tag gab es Haferschleim für mich. Ich werde diese Stunde nie vergessen! Jeder Löffel brachte unglaubliche Freude zuerst auf den Gaumen, dann in die Glieder und in mein Gemüt. Die Gedanken bekamen Flügel, unendliche Dankbarkeit und intensive Gefühlsaufwallungen durchströmten mich, um mich herum wirkten die Farben, die Gerüche, das Licht prächtig und wohlwollend. Nur ein Gedanke trieb mich später um, was war bei mir schiefgelaufen? Oder war das sogar die ersehnte Erleuchtung mittels Haferschleim? Ich vergrub meine Niederlage im tiefen Inneren.

Ja und dann kam der Winter und ließ die Landschaft in einen kalten weißen Tiefschlaf versinken. Eisiger Wind trieb hart gefrorene Schneeflocken über die Hügel und man musste sein Gesicht davor schützen, wenn man unser Überlebens-Ei verließ.

„Die Eisblumen sehen wunderschön aus!", sagte Elke eines Morgens. „Ja, sie sind toll", entgegnete ich. Yvonne sagte nichts, beobachtete nur unsere langen, nebligen Wolken die unsere Münder wie Sprechblasen beim Reden verließen. „Du musst mal die Gardine wegziehen, die ganzen Fenster sind, glaube ich, von oben bis unten voller Eisblumen!" Wir lagen zu dritt nebeneinander unter einem Berg von Decken in unserem Überlebens-Ei und erforschten im ersten Lichtschein des Tages unser direktes Umfeld. Unser gemeinsames Bett war tagsüber die Sitzecke mit dem abgeschabten Tisch. Abends wurde der Tisch heruntergedrückt und die Sitzecke verwandelte sich zu einer breiten Liegefläche, auf der wir schliefen. Mit einem Ruck versuchte Yvonne sich aufzurichten und zum Vorhang zu gelangen, als ein knackendes Geräusch uns aufmerken ließ. „Was war das?", fragte ich. „Die Decken sind komplett eingefroren", stellte Yvonne fest. Tatsächlich wiederholte sich das Geräusch, als ich nun ebenfalls zum Sitzen hochschoss. Zuerst waren wir einfach erstaunt, betrachteten die Eisblumen und brachen hier und da die Eisschicht auf der Wolldecke entzwei, dann machten wir uns daran irgendwie durch den Tag zu kommen.

Aufgrund der enormen Kälte war die Propangasflasche leider ebenfalls komplett eingefroren und verhinderte somit das Kochen genauso wie das Heizen mittels der Gasflamme. Wir stellten 15 Kerzen und Teelichter auf und hüllten uns dick in die Decken, in diesen eingemummt wir dann einige Zeit recht untätig herumsaßen. Gegen Mittag brachen wir dann auf, um in einem 45 minütigen Fußmarsch zu einem Kaffee im nächsten Ort zu gelangen. In einem dortigen gut beheizten Café schafften wir es dann, uns unglaubliche vier bis fünf Stunden bei insgesamt sechs Tassen Kakao aufzuwärmen. So gestärkt trotteten wir im eisigen Wind zurück, um wiederum sogleich in unseren Decken zu verschwinden. Dass der Winter in Süd Frankreich so hart kommen würde, war natürlich vorher nicht abzusehen und forderte uns dementsprechend heraus. Die Nächte wurden hier sogar bis zu minus 20 Grad kalt! Der Caravan schmückte sich rundherum mit Eiszapfen, die bis zum Boden hingen und das Ei in einen Iglo verwandelten. Über zwei Wochen lang gingen wir nun täglich den Weg in das Café und mussten trotz unserer dortigen recht kargen Verköstigung feststellen, dass selbst Kakao trinken auf Dauer definitiv viel zu teuer für uns ist. Wir versuchten Dosenmahlzeiten auf einem Meer von Teelichtern zu erwärmen, doch trotz des Einsatzes unserer Körper mitsamt der Kerzenflammen unser Essen beziehungsweise den Caravan etwas zu erwärmen, brachten unsere Bemühungen zwar gewisse Erfolge, jedoch keinerlei Komfort zustande.

Sehr dankbar wurden wir, als das französische Tiefkühl-
wetter uns irgendwann wieder aus seinen erbarmungslosen
Krallen entließ und unser Gas wieder flüssig wurde. Neben
inzwischen routinierten täglichen Pujas und Schreibübungen
wanderten wir an einem grauen Tag im Schneeregen zu einem benachbarten Retreat-Haus in dem ein hoher Meister im
Sterben lag. Den Erzählungen nach hatte er hellsichtige Fähigkeiten und es hieß, dass er nur noch zwei Tage lang Besucher empfangen würde, um dann in das Bardo zu wechseln.
Bardo bedeutet zu Deutsch „Übergangszustand". Dass meine
Gesundheit angeschlagen war - ich hatte Halsschmerzen und
ziemliche Temperaturschübe, wurde von Elke zwar registriert, jedoch nicht als Hinderungsgrund angesehen, zu einem
knapp zweistündigen Fußmarsch zu dem Meister aufzubre-
chen. Zwischendrin pausierten wir, wenn die Schwäche
meine Beine zum Versagen zu bringen drohte.


Der Meister lag in seinem Bett in einem winzigen, karg
ausgestatten Zimmer. Seine Augen waren in tiefen Höhlen
versunken, er atmete nur noch flach, Kerzen, Buddhas und
Blumen waren auf jeder freien Fläche des Zimmers aufgestellt. Ein Übersetzer transferierte die an uns gerichteten tibetischen Worte in ein kaum verständliches Englisch. Die Augen des Sterbenden sind mir deutlich in Erinnerung geblieben, er sah mich, während er sprach, direkt an und schien sich
sehr zu konzentrieren. Vielleicht dachte er ich sei ein Junge,
denn nach meiner Auffassung hätte ein Mädchen sicher nicht
die Aufmerksamkeit eines großen Meisters an sich reißen
können. Der Übersetzer machte mit der Hand die Bewegung

eines großen Bogens. Elke wiederholte die Bewegung. „Sie wird einen großen Umweg gehen, bevor sie ihren Weg wieder findet!" so hieß es. ‚Ach du Grüne Neune', dachte ich und musste an die Geschichte mit dem Haferschleim denken. Nachdem wir das Sterbezimmer verlassen hatten und uns innerlich sammeln mussten, wurde uns Tee angeboten. Scheinbar hatte der Teezubereiter eine gewisse medizinische Bildung, denn er inspizierte mich genau, weil meine Mutter geäußert hatte, dass ich nicht ganz fit sei. Der Mann schaute mir in den Hals und befahl uns, nachdem er dort weiße Flecken auf den Mandeln festgestellt hatte, über Nacht zu bleiben und uns auszuruhen. Wir fanden das recht angenehm. Entspannt traten wir am nächsten Tag unseren Rückweg an und während der Meister, wie wir später erfuhren, fünf Tage später verstarb, wurde ich schnell wieder gesund. Wunderbarerweise für uns fing das erste Grün schon im Februar an zu wachsen und die Temperaturen brachten Nebel, Regen aber auch, zumindest tagsüber, milde 10-14 Grad.

Allerdings ging es auch jetzt nicht ohne weitere Hiobsbotschaften weiter. „Unser Gas ist alle und Phantasia springt nicht an!", donnerte Elke empört. „Da sind ganz falsche Energien unterwegs!" Liebe Leser, ich bin völlig auf ihrer Seite, wenn sie jetzt denken: Das kann doch an der Batterie, den Zündkerzen oder an sonst etwas gelegen haben, bei dieser ganzen Feuchtigkeit. Die hätten es doch mit einem Kontaktspray, Überbrückungskabel oder mithilfe einer KFZ- Werkstatt versuchen können, was hat das mit unterwegs seienden Energien zu tun? Und vor allen Dingen, welcher Art sollten denn diese Kräfte gewesen sein? Nun, ich greife noch einmal auf den Anfang unserer Geschichte zurück, als ich von den

Forschungen betreffs der Kraft von Gedanken erzählte und der Annahme, dass in ferner Zukunft die Menschen fähig sein werden, mittels Gedankenkraft sogar Ufos zu steuern. Und dass es bestimmte Kraftpunkte auf der Erde gibt, an denen die Erdmagnetstrahlung stärker ausgeprägt ist als anderswo. Die Fähigkeit zur Telepathie, also die Übertragbarkeit von Gedanken, die wir, wie beschrieben, mit den Zecken auf Santanyi trainierten. Dazu noch ergänzend die astrologischen Kräfte, durch die den Menschen ein rückläufiger Mars oder sonstige ungünstige Planetenkonstellationen Schwierigkeiten bereiten konnten. Dazu kamen jetzt noch „Karma Ringe", wie sie unsere Lehrerin für Bewusstsein nannte. Diese waren ähnlich dem, was C.G. Jung unter dem Kollektiven Unterbewusstsein verstand. C.G. Jung stellte die Behauptung auf, dass die Erfahrungen und Glaubenssätze einer Generation oder Gesellschaft in einem gewissen Maße als unterbewusster Instinkt, beziehungsweise intuitive Fähigkeit oder als Schwierigkeiten weitervererbt werden. Er wurde zu seiner Zeit für diese These stark angegriffen. Heute gibt es in der Wissenschaft Forschungen, die eine Vererbung auf Grund von intensiven Erfahrungen wie Hungersnot, Krieg oder Krankheiten, die sich auf die Gene auswirken können, wieder in Betracht ziehen. Besagte Karma Ringe waren für Elke so etwas wie feste Mauern einer ganzen Gesellschaft, die über Generation nur auf eine bestimmte Art zu denken, fühlen und handeln gewohnt war und dem Sprung in ein neues Bewusstsein und Leben in jeder Hinsicht entgegenwirkten. Ihrer Ansicht nach waren „Karma Ringe" Energiefelder und sie bestanden aus gleichartigen, in Sorge, Not oder anderen in Widrigkeiten gebundenen Gedankenmustern. Also kurz gesagt:

Gedanken haben Schwingungen oder ein gewisses Energie-
potential. Genauso Planeten und Karma. „Energien" konnten
unser Vorrankommen blockieren.


Elke hatte versucht zu telefonieren und eine KFZ Werkstatt zu erreichen, die Leitung war immer wieder mit einem
Besetztzeichen belegt. Zentrumsmitglieder halfen ihr auf An-
fragen nicht, hielten sich leise bedeckt oder taten so, als wenn
sie nichts verstünden. So ging es nun schon über eine Woche.
Das Energie spendende OM hatte dem Bus leider auch nicht
geholfen und bestärkte unsere Lehrerin in der Meinung es
müsse sich um ein besonders fetten „Karma Ring" oder einer
„Konjunktur der Planeten" handeln.

„Ich werde für euch jetzt einen Eintopf kochen! Auch ohne
Gas!", bestimmte sie, ließ uns ankleiden und zum Aufbruch
bereit machen. „Nehmt ein paar Kissen mit, der Boden ist
noch kalt. Yvonne, du nimmst das Papier, Sandra du ein paar
Teelichter und den Sack Kartoffeln, die Teller und die Löffel."


Sie selber schleppte den Schnellkochtopf und diverse andere Zutaten den Berg hoch. Ungefähr 15 Minuten Hirsch-
Pirschweg von unserem Caravan Ei entfernt, befand sich auf
einem Hügel eine Lichtung im Wald, auf der man ungestört
ein kleines Feuer entfachen konnte. Wir bauten aus Steinen
einen kaminförmigen Trichter, in dem wir unter allergrößten
Anstrengungen mit leider recht feuchten Hölzern ein Feuer in
Gang brachten. Es qualmte fürchterlich gen Himmel, der sich
außerdem zunehmend verdunkelte. Kleine Kartoffelstücke

landeten im Topf und Yvonne und ich suchten immer wieder möglichst trockene Ästchen an Bäumen und im Gebüsch. Ängstlich beobachteten wir den immer schwärzer werdenden Himmel sowie die emporsteigende Dampfwolke der Kochstelle. Als bereits die ersten Tropfen auf die Erde fielen, verlor unsere Mutter und Lehrerin vollkommen ihre Fassung. Sie sprang mit dem angesengten Deckel des Schnellkochtopfes in der Hand auf und schwang diesen mit ganzer Kraft durch die Luft während sie zu den Wolken schrie: „Ich werde jetzt für meine Kinder kochen und du wirst jetzt die Wolken wegbringen, Herr Gott nochmal!" So tobte und schrie sie eine ganze Weile vor ihrem Kochtopf herum. Ließ dabei immer wieder ihre Blicke mitsamt dem Kochtopfdeckel drohend in Richtung des Himmels kreisen, welcher mit einem Schlag tatsächlich Erbarmen mit unserer Mutter und ihren Kindern zeigte. Ein Windstoß kam, die Wolkendecke brach auf und über unseren Köpfen zeigte sich tatsächlich ein hellblaues Loch inmitten der schwarzen Wolken und ein Sonnenstrahl küsste die Wiese. „Na, endlich." Zufrieden aber nicht etwa erstaunt über ihren Erfolg, ließ sie sich wieder auf dem mitgebrachten Kissen nieder. Erst nachdem wir nach einer halben Stunde fertig gegessen hatten und unsere Wangen vor innerer Wärme glühten, fing es wieder an zu regnen und das hörte bis zum nächsten Vormittag nicht mehr auf.

Eine warme Mahlzeit war sehr belebend, doch das Problem bestand am nächsten Tag erneut. Ohne Gas waren wir in unserem täglichen Bestehen eingeschränkt, außerdem war unsere freiwillige Teilnahme an den Abläufen des Buddhistischen Zentrums durch Phantasias Zustand in Frage gestellt.

Ein weiteres Telefonat hatte wiederum keine Ergebnisse gebracht. Wir saßen fest! „Wie können wir den Zustand durchbrechen?", fragte Elke und langsam kam auch bei uns Kindern an, dass dieses Mal nicht alles so einfach zu beheben war, wie wir es unserer Führerin in jeder Hinsicht zutrauten und auch als ganz selbstverständlich hinnahmen. „Liegt die KFZ Werkstatt nicht flussabwärts an der Vézère?", erinnerte ich mich. In mir brodelte es aber ich wusste noch nicht genau in welche Richtung dieses Brodeln führen würde. „Ja, wir sind daran vorbeigefahren!", bestätigte Yvonne. Sie hatte mit Sicherheit das beste Gedächtnis von uns dreien und man konnte sich auf sie verlassen. „Die Werkstatt liegt flussabwärts, die Straße begleitet den Fluss über eine ziemlich lange Strecke, links von hier aus gesehen, lagen die Felder und Dörfer sowie die KFZ Werkstatt, rechts waren die Felsen und der Fluss", nickte unsere Expertin für Bulli-fliegen. „Wir haben doch noch das Schlauchboot von Willi", schlug ich vor, „das ist komplett in Ordnung gewesen. Wie wäre es, wenn wir es zum Fluss schleppen, dort aufblasen und bequem auf dem Fluss zur KFZ Werkstatt fahren und direkt vor Ort um Hilfe bitten?" Es entstand eine hörbare Stille. Mir selber wurde ein wenig übel bei den Gedanken, ich vertrat ihn aber ohne Zögern erneut, als wenn es das leichteste von der Welt wäre, sich einem reißenden Fluss im französischen Frühjahr zu überlassen.

Ich kämpfte geradezu für meine Idee, wie für eine heilsversprechende Eingebung. Und letztendlich hatte ich die gesamte Phantasia Besatzung auf meiner Seite. Am nächsten Tag starteten wir einen ersten Versuch und bliesen das

Schlauchboot zunächst teilweise auf. Das ganze entstand unter meiner Führung und meinem Willen. Das Schlauchboot verlor keine Luft und so erschien es mir ganz und gar selbstverständlich, damit auch den Fluss befahren zu können. Unsere Lehrerin für Bewusstsein hatte ich im Köcher und zog nun motivierend unter Gelächter am nächsten grauen, jedoch regenfreien Tag, mit den beiden anderen hinunter zum Fluss. Entspannt bliesen wir dort gemeinsam das Schlauchboot auf. Sicherheit suchend schaute ich immer wieder in Yvonnes Augen, aber auch sie schien keine Skepsis gegen das Unterfangen hervorbringen zu wollen. Das interpretierte ich als Zusage für meinen Plan. Das Ganze würde also ganz locker von statten gehen, dachte ich.


Der Fluss zeigte kleine Wellen und Strudel auf seiner Oberfläche und schoss mit ziemlicher Kraft unter einer Brücke mit zwei fetten Pfeilern hindurch. Das würde unsere erste Herausforderung werden und bedurfte einer Absprache zwischen Yvonne und mir, wo und wie wir die Brücke am besten passieren würden. Entschlossen nahmen wir die Paddel in die Hände und sahen mit ernster, konzentrierter Miene unserem Abenteuer entgegen. Elke durfte im Schlauchboot hinten in der Mitte Platz nehmen. Bei ihrem Einstieg hatte man kurz die Befürchtung, das Schlauchboot würde Wasser aufnehmen, doch mit einigem Geschick gelang es ihr, sich auf dem Bootsrand so zu positionieren, dass das Befürchtete nicht eintrat. Yvonne und ich kletterten wie Äffchen an unsere Plätze und drückten uns mit den Paddeln vom Ufer ab. Die plötzliche Geschwindigkeit, die unser Boot aufnahm, irritierte uns anfänglich etwas und wir schrien uns gegenseitig irgendwelche Korrekturen zu. Nachdem wir die Brücke glücklich hinter uns gelassen hatten, setzten wir wieder unsere Heldenmienen auf. Es lief vorzüglich. „Schau mal dahinten links, da ist eine Insel mitten im Fluss!" Yvonne zeigte dorthin. „Das scheint tatsächlich eine zu sein, eine langgezogene Insel, bestimmt mit einem Geheimnis oder sogar einem Schatz in seiner Mitte!", grinste ich. „Wir können beim Vorbeifahren ja mal ein wenig näher an sie heransteuern."

„Pik Sieben und Pik Acht sind ganz nah an einer Veränderung des Herz Asses, also des Hauses. Das gibt Schwierigkeiten, diese Reise ist umgeben von einem Unglück, wir müssen achtsam sein!", empfahl Elke. Irritiert schaute ich nach hinten und sah sie tatsächlich mit ihren Karten auf dem Schlauchbootrand die Zukunft auslegen. Dass sie das schaffte, ohne dass dabei eine Karte im Fluss verschwand, war die eine Sache, die andere aber, dass sie das in dieser Situation überhaupt tat. Während ich noch einen kurzen Moment überlegte, ob ich mich darüber ärgern sollte oder nicht, ruckte das Schlauchboot plötzlich und drehte mit dem Heck seitlich weg. „Was war denn das?", fragte ich erstaunt. „Keine Ahnung, lag vielleicht etwas im Wasser?", überlegte Yvonne. „Nein, ich habe nichts gesehen, aber vielleicht war etwas unter der Wasseroberfläche was uns ausgebremst hat", vermutete ich. „Ich schau mal vorne nach." Yvonne verließ ihre Position und untersuchte den Bug unseres Schiffes. „Ach herrjeh! Hier müsste ein Loch sein, denn da steigen Blasen auf, wahrscheinlich sind wir gegen einen spitzen Ast im Fluss gefahren, von einem versunkenen Baum oder sonst was." „Der Druck vom Schlauchbootrand lässt nach!", rief Elke.

„Zur Insel ist es zwar etwas näher als zum Ufer aber dort sind wir komplett verloren, wir müssen es zum Ufer schaffen", befahl ich und drückte mit ganzer Körperkraft das Boot mit meinem Paddel so weit von der Insel weg, wie es von meiner Position aus möglich war. „Yvonne, schau mal genau nach wo das Loch ist, vielleicht findest du es ja", rief ich zu ihr hinüber. Ihr Posten am Paddel auf der rechten Seite des Schlauchbootes, war jetzt von geringerer Bedeutung und so spürte sie der Blasenbildung mit ihren Händen am äußeren Schlauchbootring im Wasser nach. Nach einiger Zeit des hitzigen Ruderns meinerseits und des geschickten Tastens von Yvonne rief sie froh: „Ich habe das Loch gefunden. Ich presse jetzt meinen Finger drauf und die Blasen sind weg, aber was machen wir nun mit dem Loch?" „Du hast es gefunden? Sehr gut! Lass den Finger erst mal drauf, inzwischen überlegen wir, wie es weiter geht", schlug ich vor und paddelte kraftvoll weiter in Richtung des rettenden Ufers.

Da sich unsere Angst, das Land nicht mehr rechtzeitig zu erreichen, etwas gelegt hatte, fingen wir gemeinsam an in „SEY-Art" laut zu denken. „Hier ist wirklich auch leider gerade gar nichts in der Nähe, was uns helfen könnte. Die Straße führt wohl erst später am Fluss entlang", sinnierte ich vor mich hin. „Das Schlauchboot verliert doch jetzt aber weniger an Spannung, oder?", fragte Yvonne. „Ja, das ist im Moment ziemlich gleichbleibend, fahren wir einfach noch ein Stück weiter flussabwärts. Mal sehen, vielleicht kommt ja hinter der nächsten Biegung schon die Lösung", meinte Elke. Und so fuhren wir weiter. Nach einer Weile löste ich meine Schwester ab, deren Hand durch die Kälte, ihre Boot-stabilisierende Funktion langsam verlor. Beim Ertasten des Loches mit

Yvonnes Hilfe merkte ich, dass man mit einem gezielten Druck tatsächlich den Luftverlust unterbinden konnte. Nach weiteren fünf Minuten traf Elke die Entscheidung: „Wenn wir es bis hierher geschafft haben, dann schaffen wir es auch bis zu der KFZ Werkstatt." Mit wechselndem Zuhalten des Loches und gleichzeitigem Aufblasen des äußeren Ringes der Gummihaut brachten wir es tatsächlich fertig, eine weitere halbe Stunde der Vézère zu folgen und erreichten lehmverdreckt und wüst aussehend die nicht weit von unserem Anlegeplatz entfernte Werkstatt. Von dort wurde dann auch ein Mechaniker geschickt, unsere Phantasia wurde instandgesetzt und zu unserer großen Erleichterung waren wir endlich wieder mobil. Jetzt konnten wir uns wieder mit Gas und Lebensmitteln versorgen und was ebenso wichtig war, bei Bedarf den Ort verlassen.

Der Frühling trieb die Wärme ins Land, er brachte das Grün zurück in die Zweige und der fahl gewordene Boden erblühte. Unsere Alltagsroutine wurde eine zeitlose schulische, meditative und mit Gesängen und Gebeten unterbrochene Einheit. Dies entsprach einer täglichen Selbstüberwindung, wie sie auch im buddhistischen Zentrum von anderen gelebt wurde. Nur eines übernahmen die anderen Bewohner nicht selbst, das Unterrichten ihrer Kinder in diesem Sinne. Ja, ihre Schule aus dem Inneren, wie sie von Elke gerne betitelt wurde, war eine einmalige Angelegenheit und bedurfte einer Anerkennung, die sie wahrscheinlich auch als Selbstbestätigung für sich brauchte. Sie wollte für das, was sie mit uns praktizierte, Gendün Rinpoche um seinen Segen bitten. Gendün empfing uns sehr freundlich in seiner kleinen Bettkammer, sein persönlicher Lebensraum betrug gerade mal 15 qm, dort gab er jedem von uns einzeln seinen Segen. Das war eine besondere Gunst, die mittels eines weißen Schals und eines roten Bandes, welches uns dabei um den Hals gelegt wurde, nachhaltig präsent blieb. Ein Assistent half dabei und ich erinnere mich noch genau, wie Gendün meinen Kopf in seine Hände nahm, seine Stirn auf meinen Kopf legte und dabei Gebete sprach. Ich empfand die Berührung sehr intensiv, fast so als wenn ein Windstrom über meinen Kopf hinweg gegangen wäre. Danach fühlte ich mich wie von einer Last befreit, und auch Yvonne und Elke sah ich vor sich hinlächeln. Unser Meister war in jeder Hinsicht ein ganz besonderer Meister und wir verehrten ihn sehr.

Nach dem Ritual gab es das von unserer Lehrerin für Bewusstsein ersehnte Gespräch. Tja und dabei geschah das, was passieren musste, die Aufbruchsstimmung und die Ideen einer Welterneuerin trafen auf 2000 Jahre alte Traditionen und damit auf eine Haltung, die alles „Werden" als persönlichen Trieb in Frage stellte. Das „Neue Bewusstsein" wurde sozusagen fast als Barriere vor dem wahren Zustand der „Leere", der als Ur-Zustand aller Wesen von Buddhisten angesehen wird, beurteilt. So musste man die Aussage unseres Meisters verstehen. „Zur Erleuchtung führen viele Wege", sagte er und blickte durch uns hindurch in eine andere Welt, „man kann nicht sagen die Schule, die Sie praktizieren ist richtig oder die Schule ist falsch." Das war für Elke niederschmetternd und sie knappste noch drei volle Tage daran herum. Die Buddhisten zogen sich einfach in ihrem Lotussitz zurück und die Welt sollte selber sehen, wie sie sich erneuerte, beziehungsweise ihre Kinder vor deren niederen Prägung bewahrte. Vermutlich entstand in jenen Tagen ihre Entscheidung, das Zentrum

Dhagpo Kagyu Ling zu verlassen. Im April verließen wir dann das buddhistische Zentrum begleitet von den Erinnerungen an eine intensive Zeit, aber auch geprägt von der Einsicht, dass es dort ebenfalls keine Antwort auf das Bestreben von Elke gab und auch keine neue Gemeinschaft, die sie schon so oft gesucht hatte.

Unser Bulli rollte mit seinem Anhänger quer durch Frankreich bis in die Camargue und nach Saintes-Maries-de-la-Mer. Die Zeit hatte für uns immer noch eine fließende Konsistenz und unser Tag wurde von der Sonne und dem Sonnenstand bestimmt. Es begab sich wohl an einem Wochenende. Aus einem nicht mehr zu ermittelnen Grund hatten wir nur noch Reis da, und sahen mal wieder einem kulinarischen Tiefpunkt entgegen. Dieser Umstand hätte uns im Grunde nicht beunruhigen können, doch Elke hatte ihren 44sten Geburtstag und es widerstrebte uns zutiefst, trotz all der geübten Reduzierung ausgerechnet an diesem besonderen Tag mit nichts feiern zu können. „Jetzt stehen wir so schön am Meer und haben keinen Fisch, das geht doch irgendwie nicht!", jammerte ich. „Dann lauf doch mal mit der Pfanne ans Ufer und rede mit den Fischen, ob sich vielleicht einer an meinem Geburtstag opfern mag und in die Pfanne springt", entgegnete Elke. „Ich stelle mich ins Wasser und fange einen mit der Hand." Ich war ziemlich wütend nichts richtig unternehmen zu können. „Na ja, wir können ja wenigstens mal zum Meer runter gehen und nach den Fischen schauen." Also pilgerten wir los, um uns Meeresbewohner, die schmackhaft sind und auf unsere Pfanne warten, vorzustellen.

Wir trafen jedoch nur auf selber hungrige Flamingos und eine Menge Krebse. Die Fische hielten sich vornehm bedeckt. „Die Krebse sind ja ganz schön groß", bemerkte Yvonne. Tief atmeten wir die Meeresbriese ein und fühlten uns dadurch sogar einen Moment beschwingt, doch nach der Rückkehr in unser Überlebens–Ei, stellte sich wieder das unruhige Gefühl eines nicht gefüllten Magens ein. „Ach wir kochen den Reis und stellen uns einfach vor, wie wir einen Hummer dazu verspeisen, es ist ja eh alles eine Illusion, eine Projektion des Geistes, wir sollten einfach ganz intensiv an einen leckeren Hummer denken. Sie führte ihre Hand zum Mund und biss in die Luft hinein. „Hmmm, der schmeckt gut!" Das Geburtstagskind schloss die Augen und leckte sich die Lippen. „Dieses saftige Fleisch, diese herrliche, mit einem Schuss Weißwein und Knoblauch abgeschmeckte Soße!" Sie leckte sich die Finger und griff erneut zu einem nicht vorhandenen Teller und pulte an dem nicht vorhandenen Hummer herum.

„Könnte ich noch ein wenig von der Knoblauchsoße haben?", fragte ich und griff zu der anderen Seite des Tisches. „Also im letzten Jahr waren die Hummer aber größer!", meinte Yvonne und hob den Hummer vom Teller, um ihn sich von allen Seiten anzusehen. „Sei nicht so kritisch", fauchte Elke, „Hauptsache es schmeckt, greif nur ordentlich zu, du kannst gerne noch einen zweiten haben." Sie biss einfach quer in den Hummer hinein, so einen Appetit hatte sie. Nachdem wir mehrere Hummer verspeist hatten, lehnten wir uns behaglich zurück und glotzten in die Dämmerung des schwindenden Abendlichts. „Krebse kann man doch auch essen, vielleicht sollten wir ein paar von denen fangen, die laufen ja hier in Massen herum", meinte unsere Expertin für neues Bewusstsein, „Bulli fliegen" sowie für jegliche Notsituationen, aktuell jedoch mit leerem Magen darbend. „Und wie wollen wir sie töten, wenn wir sie gefangen haben?" Yvonnes Augen hatten sich für einen Moment bei der Vorstellung auf ein leckeres Essen geweitet, nun aber zogen sich ihre Augenbraun bedenklich zusammen. „In einem guten Restaurant nimmt man sie aus dem Aquarium und packt sie sogleich in einen Topf mit kochendem Wasser. Dann sterben sie ganz schnell", entgegnete Elke. Unser Schnellkochtopf wurde daraufhin mit Wasser gefüllt, zum Kochen gebracht und dann mit großer Balancekunst und erheblichem Kraftaufwand zum Strand geschleppt.

Es war mittlerweile dunkel geworden und wir mussten die Krebse mit einer Taschenlampe suchen. Was uns zuerst als eine besondere Hürde erschien, wurde nun zu einer glücklichen Fügung. Kaum wurde ein Krebs von dem Kegel des Lichts erfasst, reckte er abwehrend seine Zangen hoch und erstarrte. Ganz einfach konnte man ihn so mit zwei Gabeln anpacken und in den Kochtopf werfen. Womit wir nicht gerechnet hatten war die Tatsache, dass Krebse im Todeskampf schreien. Es war ein durchdringendes hohes Fiepen aus dem Topf zu hören, welches leider auch nicht nach drei Sekunden aufhörte. Nachdem wir neun Krebse gefangen hatten, waren wir mit unseren Nerven am Ende. Auch noch kurz vor dem Caravan hörten wir den letzten Krebs schreien. Der Topf wurde wieder auf die Flamme gestellt, dazu der Reis aufgesetzt. Wir sprachen kein Wort miteinander, jeder von uns musste den neunfachen Krebstod für sich bewältigen. Das Essen wurde verteilt, doch der Appetit stellte sich leider nicht ein. „So ist das: Jetzt sind die Krebse auf unseren Tellern und wir freuen uns, dass sie unser Mal bereichern." Elke versuchte es mit dem ersten Krebs. Yvonne holte von draußen einen Stein, um den Panzer aufzuschlagen. Wir brachen die Beine ab und versuchten das zarte dünne Krebsfleisch herauszuziehen oder schlimmstenfalls herauszusaugen. Es war ein von vorne bis hinten brutaler Geburtstagsakt geworden.

Unsere Weiterfahrt führte über Dixi, der Ort wurde im Reisebericht erwähnt, da Elke das Caravan-Ei wegen eines für uns unbezahlbaren Kugellagerschadens an eine KFZ Werkstatt in Dixi verschenkte. Nunmehr ohne Anhänger brachte uns der VW Bus nach Freiburg. Wir erreichten unser Heimatland mit gemischten Gefühlen. Welche Bedeutung hatte Deutschland noch für uns? Gab es dort noch Menschen, die an unserem Leben Anteil nehmen wollten, Freunde, Weggefährten, oder vielleicht wie unser Willi Abenteurer und Bewunderer? War jetzt das Ende der Reise gekommen? Elke war wirklich nahe daran aufzugeben. Zu viele Herausforderungen hatten ihren bisherigen Weg begleitet und es erschien ihr unbegreiflich, dass nicht die ganze Welt wie sie selbst aufgerüttelt oder wie sie es nannte, erwacht war, um das Leben und Schicksal der Menschen von innen heraus zu revolutionieren.

In Freiburg schlenderten wir durch die Altstadt und landeten ebenso begeistert wie unerwartet in dem Kinofilm „MOMO" von Michael Ende. Nach der Vorstellung waren wir komplett elektrisiert. Man muss sich ja vergegenwärtigen, dass wir über neun Monate lang nur unsere Hefte zum

Malen und Schreiben sowie die widerkehrenden Pujas in dem buddhistischen Zentrum gehabt hatten. Der Film haute uns um. „Michael Ende hat es durchschaut, wie die Menschen abhängig gemacht werden und wie sie sich durch ihre Besitzgier und ihre Ängste die Lebenszeit stehlen lassen. Der Mensch rennt wie gesteuert durch den Tag und vergisst seine eigene schöpferische Teilhabe am Leben", sagte Elke. Tatsächlich war es dieser Film, der das Blatt wiederrum wendete und unserer Lehrerin den Auftrieb gab, sich erneut mit einer Weiterfahrt und der Erforschung von Bewusstsein zu widmen.

Ägypten bahnte sich nach und nach als ein neues lohnenswertes Ziel an. Besonders Echnaton, ein revolutionärer Pharao - er hatte das Königreich von der Vielgötterei zur Anbetung von nur einem Gott, dem Sonnengott Aton gebracht - war für Elke von großer Bedeutung. In Ägypten hatte es nach ihrer Meinung einen Bewusstseinssprung gegeben, einen, der sehr eng mit dem herausragenden Mann verknüpft war. Aber nicht nur das, sie fühlte sich dem Pharo Echnaton verwandt, sie meinte sogar eventuell in ihrem früheren Leben eine seiner innerlich nahestehenden Töchter gewesen zu sein. Doch auch gegenwärtig gab es noch die Hoffnung auf Freundschaft und darauf, die Sehnsucht nach gemeinschaftlichen Interessen mit anderen Menschen aus unserer Heimat zu teilen. Wir besuchten Willi und seine neue Freundin Veronika. Veronika fand Elkes Verhalten und unsere ganze Reise verantwortungslos. Willi, unser Gitarren- und Mercedesheld, der Mann, der damals seine Strümpfe in Pfützen wusch und im Wald lebte, hatte bei ihr nichts mehr zu sagen. Wir konnten an unsere Gemeinschaft von früher leider nicht mehr so recht anknüpfen. Es wurde daher nur ein kurzer und enttäuschender

Besuch. Neben Veronikas und Willis Wohnhaus stand eine barocke katholische Kirche, dort ging ich hinein und sang die Chenresig Puja. Dabei saß ich im Gang neben den Kirchenbänken im Lotussitz auf dem Boden, die Hände zur Gebetsstellung aneinandergelegt und den Blick auf Jesus gerichtet. Ich sann darüber nach, ob es eine Nähe gegeben haben würde, zwischen Jesus und dem Buddha des Mitgefühls, wenn sie sich gekannt hätten. Besucher der Kirche sahen mich strahlend lächeln und vielleicht dachten sie, ich würde eine christliche Andacht auf Hebräisch oder so halten oder aber sie hielten mich einfach so für freundlich verrückt. Jedenfalls nickten sie mir wohlwollend zu.

Nach dem Aufenthalt in Freiburg fuhren wir mit Freunden aus Hannover nach Portugal, um dort einige Zeit gemeinsam am Strand zu verbringen. Es wurde eine nette Zeit mit gutem Essen, entspannten Tagen und nur wenig Meditationen. Irgendwie erholsam, doch wurde bald klar, dass unsere Freunde nach dieser Zeit wieder auf ihren eigenen Wegen pilgern würden. Die Trennung fiel uns schwer und wir ließen uns überreden mit in die Pyrenäen zu einem Rainbow Gathering zu fahren. Diese Art Festival geht über einen Monat lang, es steht jedoch nicht die Musik im Vordergrund, sondern das zeitweise Zusammenleben bei Vollmondfeiern, am Lagerfeuer, mit veganem Essen, Singen, Mantras und Meditationen. Später bezeichnete unsere Mutter und Lehrerin für Bewusstsein diese Entscheidung als eine Fehlentscheidung. Denn hier hätte das SEY, das dreiköpfige, sechsarmige Gesamtwesen einen Riss bekommen.

# Das Rainbow Gathering – eine Wende?

Das Rainbow-Festival - das eigentlich kein Festival ist, weil es dort um mehr geht als nur um die Musik - fand damals unter freiem Himmel mitten in den Bergen zwischen Spanien und Frankreich statt und versammelte viele alternativ inspirierte Menschen aus ganz Europa. Unsere Phantasia knatterte munter durch die Bergwelt. In der Nähe der Veranstaltung parkten wir irgendwo am Wegesrand, ließen das Auto stehen und gingen voll bepackt zwei Stunden lang auf einem Pirschweg, der uns übrigens gut gefiel, in die Wildnis. Wir mussten an freilebenden Maultieren vorbei bis zu einer Hochebene marschieren, um dann erfolgreich auf eine große Wiese zu stoßen. Auf der Wiese standen in einer riesigen Kreisformation jede Menge Tipis, wie sie früher die Indianer gebaut hatten und weitere Zelte. Fahnen, auf denen Regenbogen gemalt oder genäht waren, flatterten hier und da im Wind. Die meisten Männer hatten wie die Frauen lange Haare. Einige jonglierten mit Bällen, wiederum andere verharrten so lange wie möglich im Kopfstand und man sah ihre Muskeln spielen. In einigen Ecken wurde getrommelt und auf Flöten gespielt. Barbusige Frauen ließen im Tanz ihre Busen und ihre Haare wild kreisen und stampften und sprangen umher.

Die meisten trugen Lederbändchen mit Muscheln, Steinen oder irgendwelcher anderen Symbole um das Handgelenk oder den Hals. Bei den Frauen wurden diese noch dazu mit kleinen Glöckchen bestückten Bändern an den Knöcheln ergänzt. Die Männer trugen Lendenschurze oder sonstige weite

Beinkleider und zudem aus Baumwolle bestehende Stirnbänder am Kopf. Überhaupt war es glücklicher Weise warm und alle Festival-Teilnehmer konnten fast nackt -die Frauen liefen gerne barbusig umher- über die Wiese stolzieren. Ein T-Shirt und eine Jeans zu tragen wäre fast unerträglich aufgefallen. Einige Gruppen ließen Joints umher kreisen und redeten oder schwiegen stundenlang an ihrem Platz verharrend. Ansonsten wurde in jeder Hinsicht nach Möglichkeit kokettiert. Die Männer zeigten ihre Muskeln und wenn dies nicht reichte, ihre Fähigkeiten mit Trommeln, Bällen, Messern, Stöckern und sonst allerlei Zeug geschickt umzugehen. Frauen sparten auch nicht an ihren Reizen und diejenigen, die von der Natur im besonderen Maße begünstigt waren, stelzten in graziösen Bewegungen von einer Gruppe zur nächsten. Manche posierten aber auch in einer sexy Position, strichen sich die Haare zurecht und versuchten dabei maximal entspannt und cool auszusehen.

Das zog! Mir gefiel das bunte Durcheinander. Inzwischen waren meine Haare auch wieder gewachsen und dunkle Locken umrahmten mein Gesicht. Niemand hätte mehr übersehen können, dass ich ein Mädchen war, denn ich war fast 15 Jahre alt und meine Brüste waren schon gut entwickelt. Ich zerriss ein altes T-Shirt und band mir einen Teil davon um die Stirn. Dhagpo Kagyu Ling schien mit einem Mal ganz weit weg zu sein. Elke ließ Yvonne und mich unsere Eroberungsstreifzüge durch das exotische Zeltlager machen, sie wollte uns die Abwechslung gönnen. In einer Gruppe von Musikern entwickelte sich plötzlich ein Tanz, in den ich unvermittelt hineingezogen wurde. Es schmeichelte mir gewiss irgendwie, dass ich sowohl von den Akteuren als auch von den Zuschauern betrachtet und angefeuert wurde. Die Trommeln und die Flöten riefen nach meinen Bewegungen und ich überließ mich ganz ihnen.

Neben mir bemerkte ich eine schwerbeleibte Frau, die wie ein wildgewordener Stier umhersprang. Ich schloss die Augen und folgte den Tönen und Schlägen der Trommeln, die meinen Körper leicht werden ließen. Da umschlang mich mit einem Mal ein pinkfarbenes Seidentuch, welches mich gleich darauf wieder schwebend verließ. Sekunden später spürte ich das Tuch über meinem Gesicht und der Himmel wechselte seine Farbe von Himmelblau in ein warm leuchtendes Pink. In der nächsten Drehung sah ich den Mann, der das Tuch in seinen Händen schwenkte. Er hatte seinen Blick auf mich fixiert. Zuerst nahm ich nur seine braunen Augen wahr, dann seine Locken, danach seinen geschmeidigen muskulösen und gleichzeitig, wie man es im Tanz bewundern durfte, biegsamen Körper. Ein unbekanntes Gefühl durchfloss alle meine Glieder und mein Herz schien in einem neuen unbekannten Takt zu schlagen. Im Reisebericht steht darüber von Elke folgendes geschrieben: „Ich hätte es besser wissen müssen und auf Yvonne hören sollen. Yvonne hatte immer wieder fest und besorgt meine Hand gedrückt und auf Sandra gedeutet, die unschuldig fraulich von männlicher Gegenwart umzingelt wurde. Und so geschah es, sie hatte sich in diesen Mann mit dem Seidentuch verliebt und ich reagierte nur noch als eine Mutter, die einfach ihr Kind beschützen will". Fast fünfzehn Jahre später malte sie ein Ölbild, auf dem ein Mädchen kopfüber aus einem sehr prachtvollen Himmel stürzte. Das Mädchen trug an allen Gliedern weiche Federn und unter ihr, weit unter ihr, zeigte sich eine Landschaft, die klein und eintönig wirkte. Sie nannte das Bild „Sandras Sturz aus dem Paradies" und so schilderte sie bildhaft die Situation der SEY's auf dem Rainbow Festival.

In der Nacht nach dem Tanz, lagen wir zu dritt in einem Zelt und es regnete ununterbrochen. Ich konnte nicht schlafen, in mir kreiselten alle möglichen Gedanken und Gefühle, die mich an der nächtlichen Erholung hinderten. Auf diese Weise, meine Augen auf die Zeltinnenwand geheftet bemerkte ich, wie unser Zelt plötzlich an Spannung verlor und teilweise nach innen zusammenfiel. Nach der Ursache suchend steckte ich meinen Kopf aus dem Zelt und sah wie drei Mulis in unmittelbarer Nähe des Zeltes grasten und dabei so ganz nebenbei mit ihren Hufen die mit Heringen verankerten Zeltstrippen aus dem Boden zogen. Entschlossen und mutig sprang ich aus dem Zelt, schmiss mich mit meinem ganzen Körper gegen die stoisch weitergrasenden Maultiere und versuchte gleichzeitig die Heringe wieder zurück in den Boden zu rammen. Die Tiere waren von mir so wenig beeindruckt, dass ich beim Verankern eines Herings schlagartig eines von den schwerfälligen Viechern auf meinem Fuß stehen hatte. Von dem Rainbow Festival nahm ich zwei bleibende Eindrücke mit. Der eine war ein blauer Fleck in Hufeisenform auf dem linken Fuß, dieser verschwand allerdings nach ein paar Tagen wieder. Der andere war die Erinnerung an den tanzenden Mann mit dem Seidentuch, welcher noch eine ganze Zeit mein Gehirn benebelte und Monate lang nicht verschwinden wollte.

## Mit dem Bulli durch Ägypten.

Nach diesem Event trennten wir uns von unseren Freunden, und nach einigen Tagen in Basel fuhren wir zurück nach Freiburg. Mit mir war nicht viel anzufangen. Yvonne und Elke suchten einen neuen Bus, denn Phantasia war nicht mehr fahrtauglich und so wurde ein neues fahrendes Zuhause erworben. Yvonne, die ab jetzt immer mehr in allen Fragen herangezogen wurde, taufte den neuen Bulli „Momo". Ich selbst wurde ähnlich den Kisten, Klamotten und Küchenwaren von einem Bus in den nächsten gepackt. Die Veränderungen und Aktivitäten um mich herum sickerten nur mäßig durch mein benebeltes Gehirn und konnten nicht wirklich zu mir durchdringen. Irgendwann registrierte ich, dass wir stundenlang durch wilde Schluchten gefahren waren. Ab und an sah man Schäfer in zerrupfter Kleidung und befremdlicher, aggressiv wirkenden Physiognomie. „Wir halten am besten nur zum Tanken", empfahl Elke, „übrigens sind hier die Werke von Karl May verfilmt worden." „Wie heißt das Land hier?", fragte ich. „Albanien! Wir fahren hier nur durch und ich glaube es ist besser, wenn wir erst nach der Grenze zu Griechenland wieder aussteigen." „In Ordnung."

Wir fuhren und fuhren. Nach der Grenze ging die Reise weiter der Länge nach durch das griechische Festland bis nach Athen. Von Athen wurden wir mit Momo von der Fähre nach Kreta gebracht. Die Insel war das Tor nach Ägypten und sollte uns als Überwinterungsort dienen, bevor wir dem neuen Ziel entgegensteuern würden. In Sitia fand Elke, durch frühere Kontakte, zwei mietbare Räume am Rande des kleinen Hafenstädtchens. Der eine Raum besaß eine Küchenzeile, die zwar nützlich aber sehr puristisch war. Ein einfacher Tisch aus Plastik diente darin zum Essen und für Lernarbeiten. Der Nebenraum war mit der Küche durch eine große Öffnung verbunden, so dass man eigentlich von einem einzigen großen Zimmer sprechen konnte. Zwei Sofas, die nachts zu Betten umgewandelt wurden, sowie ein Klappbett dienten als Schlafstätte. Wir versuchten unseren inzwischen routinierten Winteralltag mit dem Unterricht und der Meditation aufrecht zu erhalten, doch merkten wir bald, dass die große Inspiration an Farbenpracht etwas verloren und wir uns im Alltäglichen manchmal schwer getan hatten. Natürlich waren wir dankbar, nicht bei minus 20 Grad in einem Caravan Anhänger um das einfache Existieren kämpfen zu müssen, doch damals waren wir von dem Umfeld begeistert und willig gewesen, die Herausforderungen zu meistern. Kreta hingegen zeigte uns, wie schwer es ist, ohne Freunde und Impulse von außen schöpferisch zu sein und sich selbst zu genügen.

Umso mehr wuchs unsere Aufregung im Frühjahr, als Elke erklärte, dass wir uns nun der Welt der Pharaonen, insbesondere aber Echnatons Spuren in Ägypten zuwenden würden. „Wir verlassen Europa, um einer der größten Kulturen der Menschheitsgeschichte begegnen zu können", erklärte sie. Das erste Ziel waren die Pyramiden und die Sphinx. Elke hatte im Vorfeld vieles über Pyramiden erzählt und auch über die unterschiedlichen Geschichten, die sie über deren Entstehung gehört oder gelesen hatte. Die wissenschaftliche Variante, dass die Pyramiden über Generationen von Knoblauch essenden Sklaven mittels Hebelwirkungen und steinernen

Rollen errichtet wurden, gefiel ihr nur wenig. Eine andere These, die mentale Kräfte als Steuerwerkzeug zum Versetzen der Steinblöcke in den Mittelpunkt rückte, gefiel ihr aber umso mehr. Nach dieser Variante war der Bau der Pyramiden mit der rätselhaften Kultur von dem sagenumwobenen Atlantis verbunden. Auf Atlantis sollte es eine Hochkultur gegeben haben, deren Menschen es verstanden hatten mit den Gesetzen der Natur sowie der Schwerkraft anders umzugehen. Die Atlanter hatten angeblich ihr Wissen darüber an die Pharaonen weitergegeben und somit geholfen die Pyramiden zu bauen. Dieses Wissen ging dann mit dem Untergang von Atlantis verloren.

Darin lag natürlich für alle später Lebenden beziehungsweise dem Leser solcher Geschichten, ein großer Schmerz, denn die Menschheit hätte es besser haben können mit dem Wissen und den Mitteln der Atlantisbewohner. Außerdem wurde es in Betracht gezogen, dass es Außerirdische gewesen waren, die all diese Kostbarkeiten an Fähigkeiten, wie zum Beispiel die Naturgesetze zu beeinflussen, den Erdenbewohnern auf Atlantis mitgebracht hatten. Vermutet wurde auch, dass alles in einem großen Unglück endete. Habgier und Neid waren mögliche Ursachen, also menschliches Versagen und Unvollkommenheit. Naturgewalten, die den Kontinent Atlantis in die Tiefe des Meeres gerissen hatten, war dagegen ein weiterer Grund. Zumindest erschien uns die erforschte Geschichte, mit den knoblauchfutternden Sklaven blass und öde.

„Jahuuu!", trällerte Elke, als Momo als erstes Fahrzeug das Fährschiff verließ und brummend den neuen Abenteuern auf dem afrikanischen Kontinent entgegenfuhr. Das erste begann sofort nach 200 Metern. Wir waren kaum von der Kaimauer entfernt vor einem Wächterhäuschen zum Stehen gekommen als mit Maschinenpistolen bewaffnete Männer unsere Ausweise verlangten. Derweil versuchten Yonne und ich aus unserem Umfeld schlau zu werden. Um uns herum wuselten Tiere, die entweder in Käfigen hin und her getragen wurden oder Huftiere, die unter Schlägen vor ihren Treibern herliefen. Andere Ägypter rollten riesige Stoffballen vor sich her und ungefähr ein Dutzend Arbeiter des Hafens zerrten an Schiffstauen herum. Parallel fuhren alle möglichen Fahrzeuge wie Eselskarren, Motorräder und Laster in ungeordneten Bahnen durch die Menge. Alles wirkte auf uns extrem chaotisch. In diesem Chaos entfernte sich Elke mit den bewaffneten Männern. „Macht die Knöpfe von innen runter, verriegelt die Türen, geht nicht raus, lasst keinen rein, singt das ‚OM‘, ich bin gleich wieder da." Rief sie uns noch zu und dann verschwand sie in der Menge.

Erwartungsvoll hielten wir ungefähr eine halbe Stunde lang die Luft an, dann war sie zurück, schweißüberströmt, aber mit einem Sicherheit ausstrahlenden Lächeln. „Wir haben das Visum!", verkündete sie froh, sprang in den Wagen und fuhr in Slalomlinien durch die Menge hindurch. Die meisten Autofahrer wären in diesem Moment wohl absolut an ihre Grenzen gestoßen. Unsere Expertin für Bulli-fliegen schien dagegen erst so langsam aufzutauen. Der Hafen von Alexandria war dann im Verhältnis zu den Straßen der Innenstadt auch nur eine harmlose Vorübung. Die dortigen Verkehrswege wurden auf jede erdenkliche, aber nicht in der vorgesehenen, mit Linien markierten Weise genutzt. Die Ampeln

schienen eher einen symbolischen Wert zu haben und Fuß-
gänger musste man zu jeder Zeit beachten und die Straße
überqueren lassen. Den Höhepunkt stellte ein Verkehrsstau
auf einer sechsspurigen Straße dar, die jedoch achtspurig benutzt wurde. Ständig manövrierte sich irgendein Auto von
ganz rechts nach ganz links und umgekehrt. Lautes Hupen
schien dabei das wichtigste Instrument der Stunde zu sein und
man verlor recht bald den Überblick über die Verkehrssitua-
tion.

Elke strahlte derweil und zwängte sich hupend und win-
kend durch diesen Wahnsinn. Neben uns schob sich ein Auto
mit einem platten Reifen und demolierten Kotflügel vorbei,
doch Elke nahm ihm die erspähte Lücke unter lautem Hup-
Protest und gewann. Langsam näherten wir uns einem Kreisel, in dessen Mitte ein Verkehrspolizist stand. Er schien irgendwie zu tanzen während er immer wieder auf einer Tril-
lerpfeife blies. „Wir sind hier falsch, wir müssen genau in die
entgegengesetzte Richtung!", sagte unsere Expertin. „Oha!",
stöhnten Yvonne und ich gleichzeitig. Sie hupte sich nach
links durch, um so nahe wie möglich an den Verkehrspolizis-
ten heran zu kommen. Dann fing sie an mit ihren Armen an
zu wedeln und Zeichen zu geben, die ihre beabsichtigte Um-
kehr andeuteten. Ihre blauen Augen strahlten dabei und sie
lachte. Der Verkehrspolizist lachte ebenfalls und dann geschah das für uns Unglaubliche. Der Uniformierte stoppte
den Verkehr auf allen vier Straßen zugleich und wir durften
als einziges Fahrzeug um den Kreisel herumfahren, bis wir
sicher auf der entgegengesetzten Fahrbahn angekommen waren. Das war eine absolute Meisterleistung des Polizisten und
Elke hatte einen merklichen Endorphinen Schub. Sie trällerte

ihren Indianerkriegsruf und rief siegesgewiss: „Ägypten heißt uns willkommen!" Meisterhaft überwand sie die Straßen von Alexandria und wir fuhren in Richtung Kairo.

Nun war es soweit, wir erreichten das sagenumwobene Monument, die Pyramiden! Irgendwie suchten wir hier aber nicht nur einen hohen Steinhaufen, der mit seiner Masse und Bauart trumpfte, nein, wir suchten zumindest nach einem Erlebnis, das uns die Atlanter und deren Kultur näherbringen sollte. Wir versuchten uns auf den Ort einzuschwingen, welches allerdings sofort nach dem Verlassen des Bullis von einigen Ägyptern im Keim erstickt wurde. Sie umzingelten uns regelrecht und versuchten uns alle erdenklichen Waren zu verkaufen, die sie lauthals anpriesen. Wir entschieden uns, nachdem wir anscheinend ohne etwas zu kaufen nicht mehr weiter gekommen wären, für einen Skarabäus aus Gips. Das ist eine Nachbildung des Pillendreher-Käfers, der im alten Ägypten als Sinnbild des Sonnengottes verehrt wurde. Nach dieser ersten, glücklich überwundenen Hürde, wurden wir abermals eingekreist, bis wir uns endlich für das günstigste Transportmittel, um die Pyramiden einmal von allen Seiten zu sehen, entschieden hatten. Eine Kutsche mit einem unsäglich traurig dreinschauenden Pferd wurde uns vorgeführt. Das Tier hatte kaum noch Haare am Schweif und teilweise wies der Rücken des Pferdes große Felllücken auf. Das bedauernswerte Ross zog nun unser Gefährt um die Pyramiden herum, während unsere Blicke von der Sphinx zu dem Pferderücken, zu den Pyramiden und wieder zurück zu dem armen Tier wanderten. An einer Steigung begann das Pferd auf der Stelle zu treten und mit den Hufen beim Hochgehen gleichzeitig wie-

der den Hang herunter zu rutschen. Unter den wilden Protest-
rufen des Kutschers stiegen wir ab und schoben die Karosse
den Hang empor, denn wir wollten dem geplagten Tier weitere gemeine Schläge ersparen.

Oben angekommen durften wir dann endlich das Innere
der Pyramide betreten. Mit uns natürlich Massen von weiteren Besuchern. Im Gang, der eine Höhe von maximal 1,20
Metern aufwies, waren am Boden Holzstäbe eingeschraubt,
die wie eine Art Sprossenleiter das schräge Aufwärtslaufen
erleichtern sollten. Ein Seil an der Wand diente zum Festhal-
ten. Mit der Nase dicht an dem Hinterteil des Vordermannes
ging man mit kleinen Schritten tief gebückt den langen
Schacht aufwärts. Die Luft wurde immer dünner. Wenn das
die Atlanter wüssten, dachte ich, die hätten das bestimmt
nicht nötig gehabt. Oben in der Grabkammer stand auf der
einen Seite ein leerer Sarkophag, an der gegenüberliegenden
Wand gab es ein kleines Loch, welches quer durch die Pyra-
midenmauer verlaufen soll und angeblich zur Belüftung der
Gruft diente. Ich interessierte mich nur noch für das Loch und
sehnte mich nach frischer Luft. Insgesamt war ich von den
Pyramiden eher enttäuscht. Die Beklemmung im Inneren und
das Gefühl zu wenig Sauerstoff zu bekommen, waren die do-
minierenden Eindrücke und ließen nichts mehr von der Größe
ahnen, die man aus Büchern erfahren hatte. Manchmal war
die Phantasie doch viel besser als die Realität.

Irgendwann nach dieser Tortur fuhren wir mit dem Bulli
am Nil entlang in Richtung Theben. Zwischendrin war uns
danach, ein Picknick am Flussufer einzulegen. Wir parkten

neben der Straße und schleppten unsere Decke und unsere Esswaren einen Hang hinunter, an das von Gras bedeckte Ufer. Besteck, Teller und Kissen wurden verteilt und das Weißbrot in der Luft geschnitten. Genüsslich stapelten wir Tomaten und Käse auf unser Brot. Es krümelte beim Abbeißen wunderbar auf die Decke. Linker Hand konnte ich noch den oberen Teil von Momo sehen, welcher unter Palmen stand. So langsam realisierten wir, dass wir den Kontinent Europa verlassen hatten und tatsächlich im Norden Afrikas mit unserem VW Bus am Nil standen. Eigentlich dachten wir weit entfernt von irgendwelchen Dörfern für uns allein zu sein, doch hielt nach einiger Zeit ein Motorrad an und ein Ägypter schlich sich vorsichtig in unsere Richtung. Der Fluss ist für alle da, dachten wir und aßen weiter. Nach und nach kamen weitere Fahrzeuge hinzu, die ebenfalls anhielten und weitere Ägypter kamen auf uns zu. Nach fünfzehn Minuten hatten wir sieben Ägypter in einem Abstand von nur zwei Metern um uns herumstehen, die allesamt ihre Scheu verloren hatten und uns anstarrten. „Das Picknick ist jetzt erst mal beendet. Bleibt ganz ruhig und in eurer Mitte. Atmet entspannt, packt aber dabei die Sachen zusammen, wir gehen dann gemeinsam zum Bus", sagte Elke. Die Situation war irritierend, wir kamen uns vor, als ob wir seltene Tiere aus dem Zoo wären. Außerdem hatten wir den Eindruck, dass Picknicken nicht zu den Alltagsgebräuchen des Landes gehörte, insbesondere wenn es von einer ausländischen Mutter mit zwei Töchtern ausgeübt wurde.

Die Ägypter folgten uns auf dem Weg zu unserem Wagen wie in einer Prozession. Bevor wir mit heulendem Motor davonbrausen konnten, hatten sich die Männer um unseren Bulli versammelt und schienen ihr Interesse an uns in keiner Weise verlieren zu wollen. Wir Zootiere waren selig, dass unser Stahlkäfig motorisiert und mit vier Gummireifen bestückt in der Lage war, uns aus dieser seltsamen Situation zu retten. Das Nilpicknick blieb daraufhin ein einmaliges Ereignis. Bisher hatte Ägypten uns zwar willkommen geheißen, doch das große Kulturwesen blieb uns noch verborgen, das sollte sich bald ändern, so hofften wir und fuhren nach Theben zu den Königsgräbern. Dort krochen wir bei brütender Hitze in die Schächte hinein und bewunderten Wandbemalungen und Hieroglyphen. Horus, Isis und Anubis wirkten in ihrer widerholten Gradlinigkeit und ihrem kräftigen Körperbau sehr mächtig. Vielleicht war alles ein wenig zu mächtig, denn Yvonne fiel in Ohnmacht, nachdem wir eine Stunde in der heißen Senke verbracht hatten. Elke brachte uns gerade noch rechtzeitig in eine ägyptische Familienherberge, bevor wir reihum einem mächtigen Magen-Darm-Virus erlagen.

Tagelang waren wir kaum in der Lage, das äußerst spartanisch eingerichtete und dringend renovierungsbedürftige Zimmer zu verlassen. Zudem kämpften wir teilweise um den Zutritt zur Toilette, oder mussten uns gegenseitig stützend den Rückweg antreten, wenn einem von uns die Knie vor Schwäche einzuknicken drohten. Es war eine furchtbare Situation und natürlich Ärzte sowie Apotheken, weit von uns entfernt. Am vierten oder fünften Tag hatten wir dieses Desaster endlich überstanden und eroberten langsam die Herberge. Eine große Mauer umrandete einen mit Bäumen bestandenen Hof, in dem einige Tische und Bänke standen und an denen man essen konnte. Es gab ein Haupthaus, in dem die ägyptische Großfamilie zu wohnen schien und ein seitliches

Nebenhaus, in dem die Küche sowie die Zimmer für die Gäste waren. Unsere Genesung hatte zur Folge, dass wir die ganze Welt wieder gut fanden. Insbesondere die freundlichen Herbergswirte, die sich uns gegenüber sehr gastfreundlich verhielten und deren einigermaßen schmackhaftes Essen außerdem so günstig war, dass wir immer wieder etwas bestellen konnten. Und so hatten wir uns nach kurzer Zeit in die Herberge verliebt.

Unsere Meisterin des neuen Bewusstseins behauptete, dass man das genetische Erbgut der Hochkultur, also die ägyptischen Nachfahren der Pharaonen und deren Zeitgenossen, direkt und so nah wie möglich an den Menschen selbst, am besten in einem Familienverband studieren sollte. Also legten wir mit dem Studium sofort los und sogen unser Umfeld und jede Geste unserer Gastgeber auf. Nebenher gab es immer wieder mal bestelltes Essen, es war einfach toll! Das Oberhaupt dieser Familie war ein uralter Ägypter Namens Scheich Ali, der zahnlos seine Befehle erteilte oder auch nur abfällige Bewegungen mit einer Hand vollzog, wenn irgendetwas seinen Unmut weckte. Der Rest der Familie erwies ihm Ehrerbietung, indem sie je nach seinem Tonfall Weisungen ausführten oder bei schärferen Kommandos mit schnelleren Schritten über den Hof rannten, um zum Beispiel einige Sitzkissen gerade zu rücken. Viele Gäste mussten sie allerdings nicht bewirteten. Im Grunde genommen waren wir so ziemlich die einzigen. Nach etlichen Tagen unseres Aufenthalts setzte sich immer mal wieder das eine oder andere Familienmitglied wortkarg zu uns an den Tisch. Ein paar Worte auf Englisch vermittelten uns, dass man sich mittlerweile Gedanken über unsere Zukunft gemacht hatte. Wir alle drei sollten verheiratet werden. Ohne Mann keine Zukunft, so wurde es uns erklärt. Außerdem sei es einfach schwierig und gefährlich so ganz ohne einen Mann. Elke stellte dagegen, dass sie mittlerweile alleine mit ihren beiden Töchtern und dem Bus durch ganz Europa gefahren sei. Die Ägypter schüttelten entsetzt die Köpfe. „Yarhamuk Allah!", riefen sie. Das bedeutet so viel wie „Barmherziger Gott!"

Am nächsten Tag rettete ein Mann unserer Mutter wahrscheinlich das Leben oder zumindest bewahrte er sie vor einer sehr ernst zu nehmenden Situation. Auf einer Mauer, die als Rückenlehne der Sitzecke im Garten diente, rannte ein großer Skorpion plötzlich geradewegs auf Elkes Nackenbereich zu. Vor ihr stand ein großer Tisch und verhinderte eine schnelle Flucht. Ein drahtiges männliches Geschöpf rief ihr ein energisches „Stop, don't move!" zu, zog in Windeseile einen Schuh aus und schlug diesen blitzartig auf das gefährliche Tier. „Oh!", sagte Elke. Der Skorpion war sofort tot. Es war ein stattliches Exemplar, das größte was wir jemals gesehen hatten. Skorpione wurden im späteren Leben von ihr öfter gemalt. Auf einem Bild zum Beispiel, liegt ein riesiger Skorpion mit erhobenem Stachel am Strand, im Hintergrund sieht man Schiffe auf dem Meer fahren, darüber am Horizont Torbögen und daneben eine weibliche Gestalt, der Isis vielleicht ähnlich, oder ihr selbst.

Dass Männer einen vor allen Dingen gegen gefährliche Tiere schützen können, bewiesen sie dann noch ein zweites Mal. An einem wie immer sonnigen Mittag, kam es zu einem Unglück. Der weibliche Hofhund hatte sich versehentlich auf den auf einer von einem Baum beschatteten Bank liegenden Scheich Ali, der seinen Mittagsschlaf halten wollte, gelegt. Unseren Beobachtungen zur Folge hatten beide in nicht regelmäßigen Abständen denselben Platz für ein Nickerchen bevorzugt. Wir hatten recht lethargisch an einem Tisch gesessen und einzig die nervigen Fliegen, die sich in der stehenden Hitze unter anderem mit unseren Gesichtern beschäftigten, störten unser Studium. Yvonne, die es leid war ständig die Hand zu heben, um die blöden Fliegen von ihren Lippen zu verscheuchen, hatte mittlerweile einen Trick erfunden. Sobald eine Fliege auf ihren Lippen herumkrabbelte wurde ihr Mund zu einer tödlichen Falle. Sie presste im richtigen Moment die Lippen zusammen und zerquetschte damit das lästige Insekt, um es gleich darauffolgend mit einem ausgestoßenen „Phhhh" zu Boden fallen zu lassen. Durch die unerwartete Berührung des Hundes hatte sich der Scheich nun erschrocken aufgerichtet. Der Hund seinerseits war durch den plötzlichen Ruck des unter ihm liegenden Scheichs total irritiert und biss diesem vor Schreck in die Hand. Der Patriarch schrie sogleich wie am Spieß, der Hund sprang erschrocken auf und bellte laut.

Alle Familienmitglieder fingen daraufhin an, durcheinander zu rennen und zu schreien. Scheich Ali verschwand mit erhobenem Arm im Haupttrakt des Hauses. Wir waren unserer Lethargie entrissen und starrten auf die Ägypter und die Hündin, vor der sich alle augenblicklich zu fürchten schienen. Der Scheich kam kurze Zeit später mit einem weißen Verband um die Hand, auf dem Blutspuren zu sehen waren, zur Tür des Hauses geschritten und schrie Befehle. „Schaut mal, da kommt einer aus dem Seitentrakt mit einem Knüppel in der Hand!", sagte ich. „Was macht der denn da?" Der so bewaffnete Ägypter stürmte todesmutig auf den Hund zu und schlug dem Tier mit einem gekonnten Schlag seinen Knüppel mitten auf den Kopf. „Aber die hat doch kleine Welpen, das ist doch eine Mutter!", rief Yvonne aufgeregt. Zur gleichen Sekunde kam ein Schrei aus dem Haupthaus. Der Scheich wurde von einem stattlich aussehenden Mann zur Seite geschoben und dieser richtete ein Gewehr auf das bereits verletzte Tier und schoss. Augenblicklich brach die arme Hündin zusammen. Der Lauf dieser Waffe sah übrigens ähnlich aus wie eine Trompete und glich damit einem Schießgerät, das ich einmal bei der Comic Figur Dagobert Duck gesehen hatte. Die aufgeregte Herbergsfamilie schien jetzt langsam ihre Fassung wiederzufinden und regulierte ihre Schrittgeschwindigkeit auf ein normales Niveau. Derweil schauten wir uns irritiert an.

An dieser Stelle muss ich gestehen, dass mir weder durch unseren Reisebericht, noch durch meine Erinnerungen ein konkreter Zugriff auf die danach folgenden Begebenheiten gelingen wollte und ich meine Schwester anrufen musste, um zumindest eines ganz gewiss hier niederschreiben zu können: Wir zogen die steif gewordene Hündin an einem Seil in die Wüste. Warum das so war und was dann mit den Welpen geschah, liegt hinter einer dichten Nebelwand der Vergangenheit. Auch gab es zu den gemeinsamen Bildern - wir sind beide sicher, die Hündin an einem Seil in die Wüste gezogen zu haben - unterschiedliche Erinnerungen an unsere Empfindungen. Yvonne fiel sofort unsere Empörung ein. In meinen Erinnerungen waren diese gemischt mit unserem Meditationstraining und Erfahrungen, die wir in Dhagpo Kagyu Ling gesammelt hatten. Ich verfiel nämlich in tiefes Grübeln und dachte an die Philosophie der Buddhisten, in der die Seelen nach dem Tod in einen Zwischenzustand des Bardo übergingen, bevor sie zu einer Wiedergeburt zurück auf die Erde kommen würden. Vielleicht sollte diese Annahme das Entsetzen, das ich damals verspürte, mildern oder einem eine gewisse Erleichterung verschaffen und mit dem ständigen Wechsel von Geburt und Tod versöhnen. Der Himmel wirkte dabei leer und ohne Mitgefühl, die Sonne trotz der Hitze kalt und ich blickte auf die steife Hündin, die in ihrer Todesstarre die Beine wie Stöcker von ihrem Körper fernhielt. Das nackte Grauen durchzog, mit einer leichten Übelkeit verbunden, meine Bauchgegend. Wo war Gott, wann kam die von Buddhisten angestrebte Erleuchtung, der Ausstieg aus all diesem Dilemma? Konnte man der Erleuchtung näherkommen, wenn man sich aus den Geschehnissen innerlich zurückzog und sich in den Zustand der Leere, den angeblich wahren Zustand allen Seins begab? In meinem Inneren regte sich Widerstand. Sollte ich mich jetzt dem einzigen, was ich dem Geschehen und dem Tod der Hündin an echter Anteilnahme spüren konnte, entziehen? Meinen entstandenen Schmerz über den Verlust ihres Lebens? Meine Tränen? Der Himmel sollte nicht leer für mich sein, sondern all meinen Schmerz, meine Lebendigkeit, meine Gefühle und Wärme widerspiegeln. Ich entschloss mich gegen den Weg zur Erleuchtung und sogleich bekam die Sonne für mich wieder ihre wärmenden Strahlen zurück.

Am nächsten Tag wurden wir Zeugen von einem Einkauf vor dem Hof. Ein Tierhändler hatte seine mit Körben beladenen Esel vor dem Herbergstor zum Stehen gebracht und der Koch griff analysierend in die Körbe und betastete das meckernde Federvieh. Nachdem der Koch sich zu einem Tier entschlossen hatte, packte der Händler den Vogel am Kopf, zog ihn aus dem Korb und schleuderte das Vieh am Kopf haltend im Kreis herum. Schnell brach das Genick und er schmiss das Tier in den Staub, welches dann mit einem seitlich verdrehten, hängenden Kopf noch ein wenig herumlief, bevor es liegen blieb. Da wir uns tatsächlich einige Tage nach der Erkrankung ausnahmsweise von Geflügelfleisch ernährt hatten, waren wir durch das eben gesehene etwas betroffen, doch alles andere war weniger schmackhaft gewesen und so lebten wir weiter von dem gekauften Fleisch.

Das Ende unseres Aufenthaltes wurde durch unsere Betäubung mittels eines harmlos aussehenden Tees, den wir uns aufs Zimmer bringen ließen, eingeläutet. Wir hatten ihn am Morgen bestellt und waren dann alle drei einige Stunden später auf den Bänken im Hof eingeschlafen. Als sie aufgewacht war, stellte Elke fest, dass die Fährtickets für die Rückfahrt nach Europa fehlten. Das war natürlich ein herber Verlust und sie konnte nichts anderes tun, als neue Fahrkarten zu erwerben. Alleine dieser Umstand wurde schon zu einer Herausforderung. Sich mit dem ägyptischen Familienklan oder der Ortsansässigen Polizei noch zusätzlich anzulegen oder gar in der Polizei einen Freund und Helfer zu finden, schien so weit entfernt zu sein wie unser Heimatland. Am nächsten Tag fuhren wir also ab und setzten unsere Fahrt in südlicher Richtung, den Nil begleitend fort.

Echnatons Grab und die Gräber seiner nahestehenden Verwandten, sollten sich bei El Amarna befinden. Das war das neue Ziel, welches uns nun endlich Einsichten in die alte Hochkultur geben sollte. Der Umbruchszwang Ägyptens, eingeleitet durch die Doktrin des Altpharaos, nur einen Gott anzubeten, stieß ca. 1300 – 1400 vor Christus auf den erbitterten Widerstand des damaligen Priestertums und ließ sich nur unter erschwerten Bedingungen und nur für eine kurze Zeit durchsetzen. Echnaton wurde von Ägyptologen einerseits als Revolutionär und als eine besondere Persönlichkeit betrachtet. Andere Geschichtsforscher hingen eher der These an, dass er verrückt gewesen sein musste. Für Elke war es jedenfalls der Sprung in ein komplett neues Denken, das sie an seiner Person faszinierte, obwohl er leider gescheitert war. Für sie jedoch war alles so nachvollziehbar und ihrer Meinung nach für die heutige Zeit so wichtig. Woran aber war der Sprung in ein neues Bewusstsein denn gescheitert? Waren es nur die mächtigen Kontrahenten, oder die Unfähigkeit der Menschen in neuen Bezügen wahrzunehmen, zu empfinden und zu denken? Fragen, die am Ort des Geschehens nach Antworten suchten.

Wir waren wie damals, als wir zu der Kathedrale von Chartre fuhren, innerlich vorbereitet und steuerten nun auf einer kleinen verstaubten Teerstraße durch eine öde Landschaft dem vermeintlichen Grab des Echnaton entgegen. Hier gab es keine großen Parkplätze mit Reisebussen, hier gab es nichts. Ein Ägypter schlenderte auf der Straße entlang. „Wir fragen den Mal nach dem Weg", meinte unsere Expertin. Der Bus wurde angehalten, das Fenster heruntergekurbelt, Elke

grüßte und malte dann in der Luft Katakomben und wiederholte den Namen „Pharao Echnaton", zeigte in alle Himmels-
richtungen und hob daraufhin fragend die Schultern nach
oben und hielt die Hände geöffnet, um eine Antwort zu bekommen. Fragend schaute sie den Mann an. Dieser schien
sofort von der entstandenen Situation eingenommen zu
sein, wedelte jedoch mit den Armen mal hierhin mal dahin,
begleitet von kehligen Lauten. Dann verlangte er in das Auto
einzusteigen und wir nahmen an, dass er uns den Weg zeigen wollte, da die sprachliche Kommunikation ja unter einem recht ungünstigen Stern stand. Nach einigen Kilometern sahen wir einen weiteren Ägypter an einer Baracke gelehnt stehen. Unser Fahrgast gebot uns zu halten und
tauschte einige für uns immer noch unheimlich klingende
kehlige Laute mit seinem Landsmann aus. Dieser stieg daraufhin ebenfalls nach hinten in Momo ein und die Fahrt ging
weiter. Ein weiterer Ägypter wurde ebenfalls aus irgendeinem Grund mitgenommen und 5 Minuten später kamen wir
zu einem kleinen betonierten Platz mit einer Art Getränke
Kiosk in einer Holzhütte. Während der Fahrt war uns doch
etwas mulmig zumute gewesen und wir freuten uns, als die
Ägypter hier den Bus verließen und ihren Gästen zuliebe sogar einige Coca Colas aus dem Kiosk hervorzauberten. Wir
waren die einzigen Gäste. Elke kam in dieser wieder einmal
besonderen Situation so richtig in Fahrt, sie gesellte sich zu
den Ägyptern, zeigte auf die Sonne, sagte Aton, wedelte mit
den Armen, zeigte auf sich selbst, den Himmel, Kosmos,
Sterne, alles erdenklich mögliche, mit den Händen darstell-
bare, wurde mit herangezogen und der Name Echnaton

wurde von ihr immer wiederholt und dabei zeigte sie auf ihre Person und riss dann wieder die Arme nach oben.

Die Herren waren von ihrer lebendigen Darbietung sehr angetan und nickten immer wieder beifällig mit den Köpfen, es fehlte einzig ein Applaus. Sie hatten es verstanden, wir wollten zu Echnatons Grab. Zwei Männer begleiteten sie zu einer in der Nähe befindlichen Felswand, und wir Kinder blieben im verriegelten VW-Bus zurück. Von dort aus beobachteten wir den dritten Ägypter bei der Holzhütte. Hatten wir eigentlich Angst? Ich glaube nicht, denn wir trauten Elke so ziemlich alles zu und warteten einfach ab. Wir sahen wie sie verschwand, kurz danach vor der Felswand auftauchte, um gleich darauf wieder zu verschwinden. Es dauerte.

„Da ist sie!", rief ich, „sie wird von den Ägyptern getragen und geschaukelt, sie lachen! Sie kommt zurück!" Nun waren wir aber doch erleichtert. Sie kam strahlend zum Bulli und wie damals, als sie dem Tibeter in der Toskana immer wieder lachend die Hand geschüttelt hatte, konnten wir auch hier nur versuchen zu erahnen, was sie in dem Grab von Echnaton erlebt hatte. Die Begegnung mit Echnatons Felsengrab hatte unsere Expeditionsleiterin sichtlich beflügelt und eigentlich war es vorgesehen, weiter im Süden die Flussinsel Elephantine im Nil zu besuchen, doch war die Strecke wegen Unruhen gesperrt, und wir beschlossen, uns nun das rote Meer anzuschauen. Wir wählten eine Straße, die quer durch die Wüste führte. Mit Momo steuerten wir durch eine Welt aus Sand sowie einigen Anhöhen aus Gestein. Die Tempera-

tur überstieg locker 40 Grad, und beim Einschalten des Ge-
bläses hatten wir den Eindruck, als wenn wir außerdem auch
noch die Heizung angestellt hätten. Zwischendurch mussten
wir immer wieder enorme Schweißmengen mit einem Hand-
tuch von unseren Körpern abwischen, um danach sofort wieder zur Wasserflasche zu greifen. Dass wir nicht auf der, wie
wir angenommen hatten, sichersten Route fuhren, ahnten
wir zwei Stunden später. Im Laufe der Fahrt wurde die Sicht
durch einen aufkommenden Sturm immer beschwerlicher.
Der Wind peitschte dünne Sandstreifen auf die Straße und
Staub wirbelte wie Nebel durch die Luft. „Scheint nicht so oft
befahren zu werden, diese Straße hier", meinte Yvonne
sachlich. Sie schaute mit ihren wunderschönen veilchen-
blauen Augen auf die vor ihr liegende, beige-graue Teerstraße. Elke schaute Yvonne an, und ich versuchte die Lüf-
tung im Bulli auf ein angenehmes Maß zu regulieren.
„Manchmal glaub ich, dass du schon längst erleuchtet bist",
sagte sie und drehte kurz ihren Kopf nach rechts, um ihre
kleine zarte Schülerin und Tochter, die komplett in sich zu
ruhen schien, gebührend zu bewundern.


„Da steht jemand an der Straße und winkt." Meldete ich
meine Beobachtung und Elke verlangsamte die Fahrt. Neben
der Straße stand ein Auto, dessen Anblick, wie Yvonne schon
richtig festgestellt hatte, als solches ein seltenes Bild auf unserer Fahrt darstellte. Sein Besitzer stürzte sichtbar in Not
auf Momo zu und nachdem er auf Arabisch nicht mit uns
sprechen konnte, ging es wie gewohnt mit Handzeichen und
ein paar Brocken Englisch weiter. Es wurde uns bald klar,
dass er eine Autopanne gehabt hatte. Schließlich durfte er

zu uns in den Bus steigen. Unser neuer Mitfahrer wirkte sehr angespannt. Nachdem wir eine weitere halbe Stunde gefahren waren, und der Sturm noch zugenommen hatte, drehte er total durch, besonders in dem Moment, als Elke kurz stoppte, weil sie die Fahrbahn nicht mehr sehen konnte. „Adhhab, adhhab!", schrie er und wirbelte mit seinen Händen vorwärts in Richtung des Horizonts. Dann versuchte er wie wild mit seinem rechten Fuß Gas zu geben und streckte die Hände zum Himmel und rief „Allah!" Etwas erschrocken beschleunigte Elke die Fahrt wieder und der Ägypter rief mehrfach: Hamdulillah, hamdulillah!" Elke musste trotz der schlechten Sicht eigentlich unverantwortliche 40-50 km/h schnell fahren. Unterschritt sie dieses Tempo, fing der Ägypter erneut an zu schreien. Vielleicht aber hatten wir tatsächlich dem Mann unsere Unversehrtheit bei der zügigen Fahrt durch den Sandsturm zu verdanken. Es wäre sicher schlecht gewesen, wenn wir in der Wüste irgendwo stecken geblieben, die Straße derart versandet, dass sie eventuell für eine ungewisse Zeit nicht mehr befahrbar und unsere Wasservorräte zu Ende gegangen wären. So kamen wir wenigstens da durch, dank unseres schreienden und wimmernden Mitfahrers an Bord!

Trotzdem waren wir ziemlich erleichtert, als wir ihn nach einigen unendlich lang wirkenden Stunden im ersten Ort nach der Wüste aussteigen lassen konnten. Das rote Meer wirkte nach diesem Abenteuer herrlich. Es leuchtete uns mit seiner türkisenen Farbe entgegen und wir genossen diese Fahrt mit Blick auf das Wasser. Der Sandsturm lag nun hinter uns und unsere Gemüter beruhigten sich wieder. Allerdings trauten wir uns nur ein einziges Mal zu, in scheinbarer Einsamkeit den Bus kurz stehen zu lassen und an den Strand zu gehen. Dabei schauten wir uns immer nach rechts und links sowie nach hinten um, in der steten Befürchtung wieder von Ägyptern umzingelt zu werden. Hamdulillah - es geschah aber nichts und wir fanden einige schöne Riesenmuscheln, die wir mit auf die Reise nahmen. Diese Muscheln nutzten wir später als Seifenschalen und sie sollten Elke noch durch das ganze restliche Leben begleiten. Ja, so war also Ägypten. Es ließ uns zwar ein wenig erkennen, dass hier einst eine große Kultur gewesen war. Das Mysterium um den Pharao Echnaton jedoch erschien uns nur schwer zugänglich. Vielleicht hatte unsere Lehrerin für Bewusstsein ein wenig mehr erfahren und erlebt, als sie in seinem Felsengrab kurzfristig verschwunden war.

Von einer kleinen aber sehr unangenehmen Erfahrung sowie über ein spektakuläres Naturerlebnis gibt es noch zu berichten. Auf unserer Route übernachteten wir einmal im Bulli in der Nähe einer grünen Oase. Leider hatten wir kein Moskitonetz an Bord. Trotz dessen kurbelten wir mehrfach, wegen der heißen stickigen Luft im Momo, das Fenster einen Spalt herunter. Sofort schwirrten hunderte von Mücken in unseren Bus. Wir hatten schon aus Sorge wegen irgendwelcher nächtlichen Störungen kein Auge zugetan, die Hitze und die Mücken machten uns nun gänzlich fertig und wir sahen am nächsten Morgen aus, als wenn wir die Masern gehabt hätten. Die weitaus schönere Erinnerung bezieht sich auf einen Ritt durch die Wüste. Yvonne und ich saßen auf einem Kamel und Elke ritt neben uns auf einem Esel. Die Sonne schwebte in einem orange gewordenen Kleid über dem Horizont und über uns wirkte der Himmel tief dunkelblau. Hinter uns war es schon so schwarz, dass man die ersten Sterne aufleuchten sah. Wir lachten begeistert und sangen spontan erfundene Lieder. Aton sah uns dabei gewiss zu und der Himmel berührte die Erde in seiner allerschönsten Farbenpracht.


Unsere Reise führte ohne Störungen von Alexandria zurück nach Italien und weiter nach Süddeutschland. Wir waren der Pharaonen Welt nahegekommen und hatten intensive Erlebnisse mitnehmen können, doch wie es nun mit uns weitergehen sollte, wirkte wie ein unbemaltes Blatt Papier, welches einen ersten Pinselstrich vom Künstler erwartet. Die Entscheidung mit welcher Farbe, mit welchem Pinsel und an welcher Stelle des Bogens das Werk begonnen werden sollte, hatte schon so manchen Akteur in eine Art Lähmungszustand versetzt. Elke brauchte allerdings nicht sehr lange, um diesen Zustand abzuschütteln. Wir suchten eine Hellseherin namens Diana R. auf, die im Breisgau lebte. Sie konnte angeblich mehrere Leben in der Vergangenheit ihrer Klienten sehen und ihnen durch ihre Fähigkeiten deren Bestimmung für das zukünftige Leben vorhersagen. Sie sollte uns ein wenig helfen die Richtung, die wir einzuschlagen hätten zu erkennen. Diana R. war Ende 50 und hatte lange weiße Haare sowie einen beeindruckenden Leibesumfang. Sie und ihr Mann empfingen uns recht freundlich in ihrem Haus. „Wir sind uns alle schon einmal begegnet, in früheren Leben waren wir vielleicht verwandt und verschwägert, daher ist doch alles eine große Familie!", erzählte sie wohlwollend, während sie uns durch ihr Haus führte. „Wir versuchen zumindest alle so zu behandeln, als gehörten sie zu einer Familie aus früheren Leben. Das betrifft genauso die Tiere! Vielleicht waren sie einmal Menschen, die auf Grund ihres Karmas nun als Hund oder Vogel leben oder wir alle waren Tiere und haben den Sprung ein Mensch zu werden schon eher als sie geschafft. Alle haben die Chance in dieser Zeit als Menschen wiedergeboren zu werden, das ist das geistig gesehene ‚Goldene Zeitalter‘.“

Lächelnd schritt sie zu einem Vogelkäfig und stellte uns ihrem Wellensittich vor, den sie Vincent nannte. „Komm Vincent wir haben Besuch, komm, na komm! Sag Hallo! Hallo! Hallo!“ Der Vogel versetzte seitlich, seine Krallen auf der Stange, ruckelte mit dem Kopf und gluckste „Alou!“ Diana lächelte. „Wir reden täglich mit ihm, damit er sich möglichst schnell an das Menschwerden gewöhnt. Das gilt auch für unsere Hunde Bella, Bob und Trixi. Gleichdarauf wurden uns drei Mops Hunde vorgestellt, die mich wegen ihres getretenen Gesichtsausdrucks, schon von je her emotional eher unberührt ließen. Ganz im Gegensatz dazu hatte Diana sie liebevoll mit goldenen Glitzerhalsbändern geschmückt. „Sie essen mit uns zu Tisch, mein Mann hat extra Stühle für sie gebaut und sie bekommen Teller wie wir. So wird es für sie sicher einfacher werden, in ihrer nächsten Inkarnation, wenn ihre Seelen hoffentlich als Menschen wiederkommen.“ Mir wurde etwas schwindelig und mir gingen die Bilder aus der ägyptischen Herberge durch den Kopf, als der Koch dem Federvieh durch seine Schleuderbewegung das Genick brach. Nachdenklich schaute ich mir die hässlichen Mops Hunde an und erinnerte mich an die, für mich weitaus schönere Hündin, die leblos mit ihren steifen Beinen von uns in die Wüste gezogen worden war. Das Leben war schon sehr merkwürdig.

Wir wurden in Dianas Arbeits-, also ihren Hellseherinraum begleitet und durften auf bequemen Sesseln Platz nehmen. Sie offenbarte, dass Yvonne schon in Griechenland mehrfach inkarniert gewesen war, und bestätigte Elkes Bezüge zu Ägypten. Yvonne schaute daraufhin etwas verwirrt, da ihr Elke erzählt hatte, sie wäre mit ihr schon in einem früheren Leben gemeinsam in Ägypten gewesen. „Nein, das war nicht so", meinte Diana. Es wurde zunehmend anstrengend. Diana hörte sich Elkes Geschichte an und schloss daraus: „Ihr müsst nach Indien fliegen zu Sai Baba!" Im Wohnzimmer wurde uns ein lebensgroßes Foto eines in orangenem Kittel gekleideten Inders gezeigt, dessen Haare schwarz und, ähnlich einer Pusteblume, um den Kopf herumstanden und sein Gesicht umrahmten. Seine Haarpracht war wirklich erstaunlich! „Baba ist die Inkarnation reinen göttlichen Bewusstseins, er ist gekommen, um die Menschen in ihrer Bewusstseinsentwicklung voranzubringen und das Dharma, also die guten Gedanken, die guten Eigenschaften und die guten Handlungen, voranzutreiben. Er ist das höchstentwickelte Wesen, welches sich derzeit auf der Erde befindet", erklärte uns die hellsichtige Diana. Respektvoll schauten wir auf das Bild von Sai Baba. Ein Leben in Meditation war auch für uns ein Kampf gewesen und aus unserer Perspektive hatten Menschen, die andauernd in einem meditativen Zustand lebten, unseren Respekt verdient und vielleicht war dieser indische Guru ja die erforderliche Schlüsselfigur für den ersehnten Bewusstseinssprung. Vielleicht war die Zeit jetzt doch schon reif dafür. Echnaton wurde einfach nur zu früh geboren, um etwas so „Großes" bewegen zu können, dessen die Welt so dringend bedurfte. Jedenfalls war das die Ansicht unserer Expertin und Welterneuerin. Nur eine andere Form des Denkens, Wahrnehmens und Fühlens, also ein höheres Bewusstsein, welches nicht dauernd durch unsere niederen Leidenschaften belästigt werden würde, könnte die Welt noch vor der Vernichtung durch Menschenhand retten. Davon war sie ganz fest überzeugt. Elke bat darum telefonieren zu können. Eigentlich hätte sie in ihrer finanziellen Lage keinen Kredit von irgendeiner Bank bekommen können, das wusste sie, dennoch rief sie bei ihrem Geldinstitut an und erklärte den dortigen Mitarbeitern überzeugend, dass sie jetzt ganz dringend nach Indien fliegen müsste. Wie auch immer sie es angestellt hatte, unsere Mutter erhielt tatsächlich einen Kredit über 7000 Deutsche Mark. Einige Wochen später saßen wir bereits im Flugzeug nach Bombay, um von da aus weiter nach Bangalore zu gelangen.

# Wir fliegen nach Indien!

Der indische Kontinent empfing uns bunt, quirlig, lärmend, feucht und heiß. Wie uns empfohlen worden war, nahmen wir ein Taxi, welches uns direkt nach Puttaparthi zu dem Ashram von Sai Baba bringen sollte. Wir fuhren in den Abend hinein. Das Taxi kam uns von seiner Bewegung her so ähnlich vor, wie das schaukelnde Kamel in der Wüste Ägyptens. Die Stoßdämpfer hatten sicherlich schon seit geraumer Zeit ihre Funktion verloren. Geschaukelt und übermüdet fielen uns trotzdem immer wieder kurzzeitig die Augen zu. Als das Auto einmal ruckartig zum Stehen kam, sahen wir vor uns mitten auf der Straße sieben in bunte Saris gekleidete Frauen, die sich im Kreis drehten und farbintensive Schirme über ihren Köpfen hielten. Das sah recht hübsch aus und wir hatten den Eindruck ein wenig zu träumen. Die Schreie des Taxifahrers holten uns in die indische Wirklichkeit zurück. Das Fenster einen Spalt weit heruntergekurbelt, lamentierte er lautstark mit einer Frau, die immer wieder den Kopf hin und her schob, als wenn dieser irgendwo im Nacken ein verstecktes Kugellager hätte und ihm ihre offene Hand entgegenstreckte. Die anderen tanzten unterdessen weiter im Kreis. Nach zehn Minuten wurde uns klar, dass die Damen erst die Straße verlassen würden, wenn wir etwas bezahlen würden. Für uns war dieser unerwartete Umstand beunruhigend, denn wir mussten tatsächlich sehr genau mit unserem verbleibenden Geld umgehen. Doch es half nichts, wir zahlten die Wegegebühr. Eine halbe Stunde später lagen riesige Holzstämme auf der Fahrbahn, auf denen fünf Männer saßen. Wiederum erpressten diese eine Durchfahrtsgebühr von uns. Gott sei Dank waren

das die letzten Wegelagerer und nach drei Stunden Fahrt erreichten wir das ersehnte Puttaparthi, welches sich im Bun-
desstaat Andhra Pradesh befand.

Wir waren unendlich froh, nach einigen Formalitäten einen kahlen aber sauberen Raum in einem der Nebengebäude
beziehen zu können. Wenn ich von einem kahlen Raum an
dieser Stelle berichte, dann meine ich: Der war wirklich absolut leer! Es gab keine Möbel und man legte sich zum Schlafen auf seine eigene mitgebrachte Bastmatte, die wir kurzerhand für ein paar Rupien erworben hatten. Wir waren jedenfalls zufrieden und fanden uns recht schnell im Ashramleben
zurecht. Eine herrliche Tempelanlage in Weiß mit goldenen
Verzierungen und Elefanten, die anstatt Säulen das Dach trugen, verzauberte unsere Sinne und wir glaubten fast in einem
der Märchen von „Tausendundeine Nacht" gelandet zu sein.
Palmen, die einigen Affenfamilien und vielen Vögeln Unterschlupf boten, standen überall auf dem Platz. Ein außerge-
wöhnliches Licht tauchte alles in eine Wärme, die uns sofort
berauschte. Alle Farben leuchteten dermaßen, dass nicht nur
die vielen bunten Kleidungsstücke, wie die schönen Saris der
Frauen, unser Gemüt bewegten. Einfach alles wirkte dort
farblich intensiv und leuchtete unvergleichlich anders als in
Europa.

Das ganze Programm, die vielen herzlichen Menschen, die
Einigkeit im Gebet und in der Meditation nahmen uns auf
wunderbare Weise gefangen. Sai Baba kam und segnete seine
Devotees, also seine Schüler und Anhänger und nahm Briefe
mit ihren Sorgen und Nöten entgegen. Uns tat die Struktur

gut und ganz tief im Inneren atmeten wir auf und konnten uns erstmal ein wenig fallen lassen. Hier fanden wir Geborgenheit in einer riesigen Familie im weitesten Sinne. Hier waren alles Menschen, die sich auf eine Sinnsuche begeben hatten und sich dabei gegenseitig ihre Aufmerksamkeit und Unterstützung schenkten. Natürlich blieben Randerscheinungen, die uns nach einer gewissen Phase des Warmwerdens störten, nicht aus. Erstens waren es Kakerlaken, die uns in unserem Raum besuchten, zweitens eine weibliche Devotee, die immer wieder kleine Geschenke vorbeibrachte, wie zum Beispiel Teebeutel und Räucherstäbchen, um uns im Anschluss daran stundenlang von ihren Problemen zu berichteten. Am liebsten wären wir wegen dieses Martyriums zu einer Kakerlake verzaubert worden, um über die Abflusskanäle dieser unerträglichen Situation zu entkommen. Dieser aus der Not geborene Wunsch wurde uns - dem Himmel sei Dank - jedoch nicht gewährt!

Ein weiterer für mich sehr schwerwiegender Punkt war die Atmosphäre vor den Toren des Ashrams, wo man den Eindruck hatte, dass die Würde des Menschen eine reine Theorie westlicher, ja europäischer Denker wäre. Bettler in unterschiedlichster körperlicher Verfassung rollten z.B. ohne Beine auf Skatebords, oder humpelten an selbstgezimmerten Krücken auf den verstaubten, sandigen Straße umher. Nur drei Meter trennten uns von dem scheinbaren Himmel im Ashram, zu der real existentiellen Hölle vor den Toren des Selbigen. Ich dachte unwillkürlich an Taizé und der damals von uns etwas verpönten Gemeinschaft hilfsbereiter Menschen, die das Elend anderer als persönliche Herausforderung

angenommen hatten. Wo wurde hier wem wann die Hand gereicht? Wo war der Himmel der Gerechtigkeit? Gab es so etwas? Angeblich gab es Essen für die Armen als Spenden vom
Ashram, zumindest hatten wir diese Informationen vor Ort
bekommen. Nur durften diese nicht in den Ashram hinein.
Einmal sah ich sogar, wie ein Devotee einem indischen Bettler mit einem Kehrbesen bedrohte, weil dieser versuchte, sich
einen Zugang zu dem Tempel zu verschaffen. Wollte er bei
den Europäern Mitleid erwecken und betteln? Oder wollte er
zu Gott und Trost für seine Seele suchen? Wer wusste das
schon? Tatsache war, dass er nicht hineingelassen wurde. Die
Gefahr einer Belästigung erschien wohl als zu groß! Das alles
gab mir zu denken und überzog mich einmal mehr trotz der
warmen Farben des indischen Lichts mit einem kleinen Käl-
teschauer.

Wegen meiner manchmal leider recht grauen Erinnerungs-
masse und der in dementsprechend begrenzter Anzahl vorhandenen Erinnerungsflämmchen, die aus der Indienzeit in
meine Gegenwart hineinleuchten, kam ich auf die Idee deshalb meine Schwester zu Rate zu ziehen. „Wie war das denn
noch mal, kannst du dich noch erinnern? Sind wir denn Sai
Baba hinterhergereist und dann zu Amma gefahren oder erst
zu Amma nach Kerala und dann in dieses komische Gebirge,
wie hieß das denn noch gleich?" Yvonne entsalzte gerade ein
paar Pommes für ihren anderthalbjährigen Sohn, während
ihre fast fünfjährige Tochter eine Traubensaftschorle, aber
pronto, verlangte. Ich wusste, dass meine Schwester kaum
Nerven für unsere merkwürdige Vergangenheit aufbringen
konnte und ihre ganze Energie brauchte, um die Familie
durch den Tag zu lotsen. Doch hatte ich auch schon einige

Male ihre Kinder gehütet und versuchte nun meine Belohnung von ihr in Form einer guten Antwort, zu bekommen,
welches dank ihres guten Gedächtnisses auch fast immer gelang. „Hm, keine Ahnung - ja - wir sind erst zu Amma und
dann nochmal zu Baba gefahren." Sie zog die Brauen zusammen und versuchte sich zu konzentrieren. „Aber wie wir da
hingekommen sind, weiß ich auch nicht mehr. Schreib es halt
so in etwa auf, wie du dich dran erinnern kannst." Sprach sie,
aber ich war mir sicher, dass sie unter entspannten Umständen in einem günstigeren Moment bestimmt noch ein paar
Namen herausgehauen hätte.

Ich fuhr also wieder frustriert nach Hause und suchte in
dem Reisebericht nach Anhaltspunkten und siehe da, plötzlich hatte ich Elkes Unterlagen zur Hand und eine Beschrei-
bung, die nicht nur unsere Zeit in Indien wiederaufleben ließ,
sondern mir auch ihr Inneres, ihre Ankunft in einen absolut
guten Zustand, entgegenbrachte. Zitat im Reisebericht von
Elke: Violett blühen die Blumen, die sich im Innenhof über
mehrere Etagen ranken und mein violetter Sari ist schon viel
geschickter über meinem runden Bauch staffiert. Hier, so
fühle ich, kann ich Frau sein, hier fühle ich mich nicht unter
Druck, diese Weiblichkeit hat Charme, Lieblichkeit und lebendige Intelligenz. Es ist nicht von Nöten irgendeinem körperlichen Maß nachzuhängen, denn das Gefühl ganz Frau
sein zu können, schenkt mir Sai im Inneren. Es ist wunderschön, auch alle anderen Frauen in hübschen Saris zum Tempel wandern zu sehen. Auch wenn alltägliche Arbeiten ver-
richtet werden, sind ihre Bewegungen in diesem Gewand immer noch anmutig und weiblich. Wir sitzen unter dem
Wunschbaum, er ist groß und natürlich alt, jedoch nicht so alt

wie die Wünsche der Menschen, obwohl im Ungeoffenbar-
ten, kann ich ihn mir unendlich vorstellen. Und so meditieren
wir unter dem Wunschbaum. Sandra und Yvonne freuen sich
über die Adler, die leise fiepend über der goldenen Kuppel
des Tempels fliegen. Kleine Papageien gesellen sich gern
dazu und fliegen zwischen den Palmen hin und her. Eine fein
geschwungene Mauer mit himmelblauem Anstrich, mit kleinen verspielten Putten darauf, umschließt den Ashram, in
dem sich auch ab und zu mal eine Affenbande verirrt. Ich bin
angekommen an einem Platz himmlischen Friedens. Überall
in jeder Zelle und in jedem Atemzug ist Liebe, ich wünschte
mir, dass es immer so bliebe. Mein erster und einziger
Wunsch ist ausgesprochen in meinem Herzen, noch bevor
mein Gehirn etwas formulieren kann. Das ist es was den Pilger ausmacht, er denkt mit dem Herzen.


Weiter las ich in dem Reisebericht, dass wir uns auch in
Indien weiter mit schulischen Dingen beschäftigt hatten, zum
Beispiel mit einer praktischen Mathematik:


Meine Stadt zählt 650.000 Menschen

davon wird zurzeit die Hälfte richtig satt,

ein Viertel wird ungenügend ernährt,

ein Achtel ist unterernährt

und ein Sechzehntel ist krank und leidend.

Ein Zweiunddreißigstel ist am Verhungern

und ein Vierundsechzigstel liegt bereits im Sterben.

Dazu schrieben wir dann die errechneten Zahlen auf. Weiter ging es dann mit dem Verzehr von Tieren, wie viele Lämmer und Rinder von den Bewohnern einer Stadt mit unterschiedlichen Essgewohnheiten gegessen werden. Danach wurde mathematisch errechnet, wie man sich finanziell mit einer Töpferei über Wasser halten könne. In dieser Weise hatte Rechnen einen überaus praktischen Charakter bekommen.

Elke war jetzt überzeugt, dass Sai Baba es schaffen würde, die Menschen in ein neues, Gott näheres Bewusstsein zu führen. Ich glaube aus dieser Annahme heraus resultierte auch ihr guter und damit auch unser guter Zustand, sie konnte loslassen und sah ihre Bürde getragen. Zitat Elke: Aber ich kann mir nicht helfen, denn ich erwarte von meinem göttlichen Führer Sai Baba die absolut göttliche Lösung und Seinsweise. Später einmal werde ich wissen, ob diese Bewegung sich weltweit zu einer Lawine entwickelt, die Sai Baba wirklich in den Griff bekommen wird und ich alleine sein werde in meiner Welt, um in seinem göttlichen Funken meine Aufgabe am anderen Ende der Welt zu lösen. Eine Welt im Aufbruch des Wassermannzeitalters, eine rein geistige Menschheit zu gebären, spuckt das unterste aus wie heiße Lava oder alte giftige Schwefelsäure.

Daran schließt sich ihre Schilderung von unserem Wechsel in den nächsten Ashram an:

Baba reist in seinen nächsten Ashram. Das fühlt sich so an, dass die, die ihm am Nächsten stehen, immer alles genau wissen, wann wohin und warum. Natürlich möchte ein jeder der Sai Baba am nächsten Stehende sein und so gibt es verwirrend viele Hinweise über wo, warum und wohin. Taxis werden organisiert und die typisch menschliche Natur kommt zum Vorschein. Wir sitzen gelassen da und schauen dieser Hektik zu. „Wollen wir packen?", fragt Yvonne. „Ja", meint Sandra, „ich glaube Sai Baba ist schon abgefahren." „Ich denke, wir sollten uns, wenn es ein wenig ruhiger ist, auch ein Taxi bestellen", sage ich und stehe auf. Plötzlich hält aber schon ein Taxi bei uns an: „Habt ihr schon eine Transportmöglichkeit?" Die Fahrt nach Whitefield ist weit und unser Babu meint, wir seien fast die Letzten. Er plaudert und plaudert und wieder einmal müssen wir ein Englisch verstehen, dass indisch-Telugu-mäßig gefärbt ist. Als aber auf offener Straße ein Baum quergelegt ist und Bakschisch-Jäger sich uns in den Weg stellen, gebe ich meinen Befehl an Babu unmissverständlich und in Deutsch: „Bitte darüber wegfahren!" Das machte unmissverständlich Spaß und Babu fliegt mit seinem Taxi, wie sonst meistens ich, über dieses Hindernis hinweg.

Es folgte eine kurze Erläuterung, in der wir ein Ashram Zimmer beziehen, weiter beschreibt sie ihre Gedanken während eines Darshans: Meine Seele ist weit und offen, die Gedanken des kleinen Ego-Ich schweigen und obwohl nichts weiter passiert, als dass die Seele lernt sich göttlich zu orientieren, geschieht mehr in dieser Glückseligkeit, als an Zeit gebundene Worte ausdrücken können. Dies allein ist die größte Schwierigkeit, wenn ich dann wieder an unseren Weg denke, wie er begonnen hat und uns vor die unausweichliche Herausforderung stellte, die Schule selbst zu machen und jene Dinge zu beschreiben, die uns im Laufe der Zeit in den verschiedenen Ebenen zuteilwurden. Denn spätestens hier, wo in einem weniger schönen Raum die Affen durchs Fenster uns Dreck ins Zimmer schmeißen, weil sie es gewohnt sind gefüttert zu werden, merken wir, dass zwischen Tagesgeschehen und innerer Wandlung, Welten sind.

Der Aufenthalt in Whitefield wurde begleitet von zwei Umzügen, da uns der Ashram zu teuer wurde sowie von diversen Magen-Darm-Infekten. Dem Reisebericht nach hatte es Elke drei Tage lang so derbe erwischt, dass sie das Zimmer nicht verlassen konnte und mit fürchterlichen Krämpfen daniederlag. Was Yvonne und ich in dieser Zeit unternahmen, ist nicht ganz klar, vielleicht waren wir alleine zum Darshan gegangen. Zumindest steht geschrieben, dass ich mit meinen 15 Jahren alleine im Ort nach einem neuen, ruhigeren Zimmer suchte! Doch leider erfasste auch mich der Infekt und diesem Umstand ist es sicher geschuldet, dass ich mich nur noch ganz vage an eine daran anschließende zweitägige Zugfahrt erinnere. Wir trafen nämlich auf einen Bekannten, den wir in einer Lebensgemeinschaft im Tessin kennengelernt hatten. Die Begeisterung über das überraschende Wiedersehen beflügelte uns mit ihm nach Kerala zu reisen, um die ganz und gar wunderbare und heilige Amma Amritanandamayi kennenzulernen. Da ich durch den Infekt sehr geschwächt war, musste ich teilweise gestützt werden und verschlief unter dauernder Beobachtung die meiste Zeit.

In Kerala wurden wir mit einem kleinen Boot zu der Insel gebracht, auf der Amma ihren Ashram hatte. Das, was wir dort vorfanden, einen Ashram zu nennen, glich eher einer Zukunftsvision, als einer Tatsache. Im Gegensatz zu dem Tempel von Sai Baba, saß Amma in einer Bambushütte auf dem Lehmboden. Die Hitze, die Feuchtigkeit, meine Schwäche, herumspringende Schweine an Ammas Bambustempel und die exotische Flora wirkten auf mich, als würde ich halluzinieren. Diese überaus fremde Bambus- und Palmenwelt, hatte jedoch als wunderbare Überraschung in meinen Erinnerungen einen besonderen Stellenwert eingenommen. Amma lächelte und ihr weiches, freundliches Gesicht strahlte Ruhe und einen tiefen Frieden aus. Gleichzeitig schien sie unter einem Strom von Energie zu stehen, denn ihr Körper, besonders ein Knie vibrierte fast unentwegt. Sie umarmte jeden der zu ihr kam, herzte ihre Besucher, als wenn es ihre vermissten Kinder wären. Viele Inder waren da. Einer von ihnen bestand scheinbar nur noch aus Haut und Knochen. Er hatte tief liegende Augen in schwarzen Höhlen, kaum Zähne im Mund. Überhaupt wirkte er sehr krank und total abstoßend. Er jammerte laut und Amma nahm ihn ohne eine Sekunde zu zögern liebend in ihre Arme, wie allen anderen gab sie ihm ihren Segen und er bekam außerdem, wie alle Besucher, umsonst etwas zu essen. Der Ashram hatte wenig, lebte von Spenden, aber dieses wenige wurde geteilt. Morgens gab es Reis in Chili Wasser mit etwas grüner Mango. Falls es mittags etwas gab, dann war es Wasser-Reis, abends eventuell ein halbes Chapati, eine Art Fladenbrot und ein paar Kichererbsen dazu. Jedenfalls wurde auch ich langsam zu einem Stöckchen.

Im Meditationsraum wurde viel gesungen und Amma lachte ab und zu und rief ganz laut nach Krishna, dem Hindugott der Freude, der Liebe und der Weisheit. Ihr „Krishna jay!", erklang und dabei warf sie Blüten in die Luft. Unweit davon liefen Schweine umher. Sie hielten sich hauptsächlich hinter den Latrinen auf, die sich in der Nähe des Meditationsraumes befanden und hatten sich um den Abfall zu kümmern, der von ihnen widerstandslos verzehrt wurde. Ein angefangener Betonbau, aus dessen Mauern einzelne Eisenstangen zum Himmel ragten, ließen eine bessere Zukunft erahnen und wurde gemeinschaftlich von ihren Kindern - so nannte Amma ihre Schüler - und ihr selbst, denn sie packte immer mit an, erbaut. Dort hatten wir das Vergnügen ohne störende Schweineschnauzen auf dem Betonboden sitzend unsere Mahlzeiten einnehmen zu dürfen! Das war wohl schon so eine Art von Besucherluxus, den Amma sich selbst jedoch kaum gewährte. Ich fand sie über alle Maßen bewundernswert! So könnte der Himmel auf Erden beginnen, dachte ich.

Eines Nachmittags kam ein Inder mit einem Fahrrad vorbei, auf dessen Gepäckträger er kleine Beutel mit Bananenchips transportierte. Wir kauften ihm einen Beutel ab und waren über diesen kulinarischen Höhepunkt entzückt! Leider half es mir bei meiner Magen-Darm-Erkrankung auch nicht wirklich weiter und selbst Elke litt unter dem feucht-heißen Klima. Unser Bekannter aus dem Tessin war nach ein paar Tagen weitergezogen, aber wir versuchten noch diesem extremen Zustand zu trotzen und durchzuhalten. Allerdings mussten wir bald einsehen, dass unsere Körper, Konstitution und immunologische Fähigkeiten nicht mehr zu leugnender europäischer Natur waren und so beschlossen wir die Rückreise zu Sai Baba.

Zitat Elke: Wir sind quietschvergnügt in einem eigenen Abteil gelandet und fahren nun die ganze Strecke zurück durch Indien und erleben, als wir einen Umsteiger nach Othie nehmen, wo Sai Baba sein soll, das riesige Land noch einmal ganz exotisch anders. Unsere allerkleinste feine kleine Tschu-Tschu-Bahn stampft die Berge hinauf und wenn sie nicht mehr kann, bleibt sie einfach stehen und wenn es das Glück will, ist da auch ein Bahnhof oder einige Passagiere springen zwischendurch auf. Das Leben ist unkompliziert und mit wenig Besitz leicht zu transportieren. Wir fahren an Teeplantagen vorbei, hier und da stehen die großen Bäume mit ihren Lianen blütenübersät im Mittelpunkt unserer andächtigen Betrachtung. Zitat Ende. Dem Reisebericht entnehme ich weiter, dass wir für ein paar Tage wieder in Whitefield waren und dann Baba in die Nilgiri-Berge folgten.

Zitat Elke: Vielleicht waren es achtundvierzig Stunden, die wir in einem alten indischen Bus mit Ashram Besuchern unterwegs waren zum Nilgirigebirge, vielleicht waren es auch mehr Stunden, wie soll ich das wissen, wenn mein Bewusstsein meist zeit- und raumlos aus der Vergangenheit und der Zukunft gleichzeitig kommt. Ich bin froh, dass ich mich dennoch gut verständigen kann und diese Fahrt gar nicht so exotisch ist, wie die Namen des Nilgirigebirges und von Kodai Kanal klingen. Im Gegenteil, nach längerer Fahrt auf gebirgiger Straße überraschen die kleinen Sandsteinhäuser mit Vorgärten im schottisch-europäischen Stil. Das Stadtbild ist chaotisch geordnet und das Leben findet weitgehend zwischen den Resten von Bürgersteigen und Straßen statt. Entlang nicht enden wollenden Straßen sitzen Zahnärzte neben Numerologen und Schustern und Drahtziehern neben Schraubenanbietern. Die Geschäfte bestehen zumeist aus einem im Lotussitz anwesenden Inder, der mit einigen wilden ekstatischen Worten sein Können anpreist, oder einfach nur glücklich grinst. Auf der gegenüberliegenden Seite transportieren Frauen und Kinder in Körben auf dem Kopf eine alte Ruine ab, für geringen Lohn. Eine Kuh frisst eine von den hundert Zeitungen, auf denen sie es sich gemütlich gemacht hat. Kühe, Nandas, sind hier sehr heilig, weil sie das Leben erhalten und so machen wir einen netten Bogen um die zeitungsfressende Kuh und wünschen ihr heilige Erleuchtung. Zitat Ende.

Nach den ersten Nächten in einem Hotel bezogen wir eine günstigere, teilweise von Dachziegeln befreite, etwas angegriffene Behausung im Kolonialstil. Fantastisch war der Blick von der Veranda über eine westlich gelegene Tiefebene, die mit den letzten Sonnenstrahlen oft einen spektakulären Abschluss des Tages darbot und zu einem Highlight unseres Aufenthalts wurde. Neben den typischen angenehmen Darshan-Besuchen genossen wir das bessere Klima und die ersten Monsunvorboten, denen wir allerdings recht schutzlos auf unserem dreiviertelstündigen Weg zum Ashram einige Male ausgesetzt waren und uns wunderten, dass wir tatsächlich bei den Regenmassen mit dem Atmen Schwierigkeiten bekamen. Auf einem dieser Wege lernten wir auch Helmi kennen, eine Töpferin aus der DDR. Ausgelöst von ihren Berichten von der Grenze, der Mauer und den vielen anderen

Schwierigkeiten der Menschen in der DDR, fiel Elke aus ihrem guten Zustand. Eine plötzliche Änderung am Eingang des Ashrams hatte sicherlich auch dazu beigetragen: Man wurde auf Waffen gefilzt, mit Sensoren gescannt und recht unfreundlich untersucht.

Zitat Elke: Hatte ich gedacht am Ende der Reise beim lieben Gott angekommen zu sein, dann hatte ich mich gründlich getäuscht. Ich brauchte Ruhe, ich wollte nicht noch einmal in die Prozesse der Welt verwickelt werden, hatte ich nicht genug getan? Meine Nerven streikten und zum zweiten Mal auf unserer Reise war ich völlig fassungslos. Zitat Ende.

Von Elkes Ernüchterungen bekamen Yvonne und ich seinerzeit recht wenig zu spüren. Laut des Reiseberichts fing sie sich auch bald wieder. Trotzdem vertraute sie nach wie vor auf die spirituelle Kraft von  Sai Baba und Amma. Sie vertraute darauf, dass diese Energie das neue Bewusstsein für die Menschen bringen und sich damit das atomare Risiko, dem die Menschen mit ihrem niederen Bewusstsein verstärkt ausgesetzt waren, minimieren würde. Mit dieser großen Hoffnung im Herzen und der Gewissheit, dass sehr viele Menschen in Indien zu neuem Denken und Handeln inspiriert worden waren, verabschiedeten wir uns von Kodai Kanal und den heiligen Kühen und flogen zurück nach Deutschland.

Liebe Leser, tatsächlich waren wir in Indien die meiste Zeit in einem anderen Bewusstseinszustand gewesen und diesen werde ich im Laufe meines Lebens wahrscheinlich nicht wieder erreichen. Wir waren in einem Zustand, in dem wir uns in einem tiefen Frieden befanden und uns gleichzeitig mit allen Lebewesen verbunden fühlten. Leider war dieser Zustand nicht konstant. Seit Kain und Abel begleitet uns Menschen das Unglück nicht nur draußen im fortwährenden Überlebenskampf, sondern auch in unserem Inneren. Nur einige Wesen sind wohl wirklich fähig, trotz ungeheurer Missstände in der äußeren Welt ihren inneren Frieden dauerhaft aufrecht zu erhalten. Das sind dann wohl wahre Heilige oder wie die Buddhisten sagen Erleuchtete!

# Der Sturz aus dem Paradies

Nach dem Aufenthalt in Indien, wir hatten uns in den Vogesen bei alternativen Ziegenhirten einquartiert, interessierten mich ganz einfache Dinge. Sie nahmen mich in ihren Bann. Was machten andere in meinem Alter, fragte ich mich. Hatten sie Freunde? Gab es noch andere Lebensformen die einen glücklich und zufrieden machten? Sollte mein Leben so weitergehen? Von einem Ort zum anderen Ort pilgernd ohne jemals anzukommen? Spätestens durch das Rainbow – Festival wurde mir klar, dass ich Lust hatte ganz vieles kennenzulernen. Die geistige Daueranstrengung die wir praktizierten, war ein starker Kontrast zu der lebenslustigen Gesellschaft die ich in den Pyrenäen genossen hatte und blieb als eine schmerzvolle Sehnsucht in meinem Herzen. Wer war ich denn? Ein Kind auf einer exotischen Reise!

Mit der Zunahme meiner weiblichen Entwicklung blieb auch die Aufmerksamkeit der Männerwelt nicht aus und ich fragte mich immer wieder: wer war ich eigentlich ohne den ständigen geistigen Drang meiner Mutter?

Mein Widerstand gegenüber ihrer Einstellung wuchs und wuchs. Elke und ich stritten oft. Was war denn so verkehrt an all den netten Menschen, die ich gerne mochte und nach meiner Auffassung ebenfalls bemüht waren ein friedfertiges Dasein zu führen?

In einen der seltenen Begegnungen mit meinem Vater spürte ich das auch er mich liebte. Er wollte das Beste für mein Dasein und schien ausschließlich darauf bedacht zu sein, dass ich irgendwann meine Zukunft nach meinen Vorstellungen eigenständig gestalten kann. „Du brauchst einen Schulabschluss um für dich später sorgen zu können um dann etwas zu lernen was dir vielleicht nicht nur den Lebensunterhalt ermöglicht, sondern dir auch Freude bereitet," sagte er. Ich wusste das er Recht hatte.

Innerlich saß ich gefühlt auf einem explosionsbereiten Pulverfass!

Was konnte ich tun?

Mein Vater bot mir seine Hilfe an. Nach mehreren außerordentlich belastenden Auseinandersetzungen mit Elke wusste ich das sie einfach strikt ihre Idee weiterverfolgen würde, egal wie ich dazu stand. Auch der Vorschlag von mir über einen Fernkurs einen Schulabschluss nachzuholen wurde von ihr konsequent abgelehnt.

„Du bist von ganz falschen Energien erfasst worden und zwingst die SEY- Gemeinschaft in alte Muster der Gesellschaft. Das wäre der Untergang unseres Weges zu Gott!" Das waren ihre Worte und ein unglaubliches Schuldgefühl lastete auf meinen Schultern. Den Weg den sie mit soviel Kraft, Liebe und Enthusiasmus mit uns gegangen war, würde ich zerstören und dieses aus ganz trivialen Gründen.

Und ich tat es! Ich lud die Schuld auf mich und beschloss ganz offiziell zu meinem Vater zu gehen und ein neues Leben zu beginnen. Die SEY`s fuhren zurück nach Deutschland. Ich kam bei meinem Vater unter, Yvonne und Elke landeten 50 Kilometer entfernt in einer alternativen Hausgemeinschaft in Egestorf und hofften auf meine Rückkehr.

Doch ich kehrte nicht zurück. Ich lief weiter und weiter in das neue mir unbekannte Leben.


Ich passte mich an, um jeden Preis. Ein ausgegrenzter Paradiesvogel wollte ich auf keinen Fall mehr sein. Aus diesem Grund löschte ich in meinem Bewusstsein als erstes „Gott"! Denn eine schöpferische Intelligenz war bisher nicht wirklich bewiesen worden. Als zweites verweigerte ich mich meinen sensiblen Wahrnehmungen. Und drittens lehnte ich sämtliche Arten von Meditationen, Lotussitzen und allen Grübeleien über das menschliche Bewusstsein, über Karma, Energien, Träume und Astrologie rundherum ab. Alle Esoteriker, New Age People oder sonstige - aus meiner neuen Perspektive - windige Gestalten mied ich, wo ich nur konnte. Sie waren mir lästig geworden und verschwendeten meiner Meinung nach ihre Zeit mit Dingen, bei denen nichts Vernünftiges herauszukommen drohte.

Das Zeitmessgerät bestimmte nun mein Leben und ich wurde wahnsinnig schnell! Ich konnte mehrere Sachen gleichzeitig erledigen! Mit mal mehr und mal weniger Vergnügen holte ich alles nach, was ich in den Jahren unserer Pilgerreise versäumt hatte, also Schulabschlüsse, mehrere Ausbildungen und Prüfungen. Mit Biss und Fleiß eignete ich mir eine Menge Wissen an. Nach einigen Berufsjahren machte ich mich mit einem tollen Freund zusammen zunächst als Physiotherapeutin selbstständig. Dieser hatte mir ein so gutes Angebot unterbreitet, dass ich es mit Freude annahm und nun noch schneller wurde. Eine 50-60 Stunden Woche ausgefüllt mit eigener Arbeit und einer umfangreichen Organisation für anfänglich fünf und später für zwölf Angestellte mit zahlreichen Patienten bestimmten nun meinen Alltag. Doch damit nicht genug studierte ich berufsbegleitend an einer Privatschule.

Abends trug ich tatsächlich die bereits erwähnten „Glitzerkleider", vor denen unsere Mutter eigentlich gewarnt hatte! Ich aber pflegte nun meine „Gierigen Geister" im Inneren und entwickelte eine Art Jagdlust auf immer neue Highlights!

Meine Mutter hielt ich indes für ein aus der Spur geratenes Wesen, welches leider trotz aller ihrer erfolglosen Bemühungen in der Vergangenheit, ihre wunderliche Einstellung und Auffassung von der Welt um keinen Preis ablegen wollte. Mittlerweile fand ich sie mit ihren Anwandlungen oft anstrengend und anmaßend.

20 Jahre später jedoch, liebe Leser, holten mich Elkes Prophezeiungen ein, als ich mich plötzlich darüber wunderte, dass ich mich innerlich einfach nur noch „leer" fühlte.

## *Die letzte Reise nach Mallorca.*

„Da ist Nichts!", sagte Elke. Wir fuhren auf einem kleinen 4 Personen Shuttle Wagen quer über den Flughafen von La Palma. Elke war in ihrem 74. Lebensjahr, schwer krank und steckte bis zum Haaransatz voller Medikamente. Nur Opiate machten es möglich, dass sie sich überhaupt noch einigermaßen schmerzerträglich bewegen konnte. Einige Bluttransfusionen stärkten ihre Sauerstoffaufnahme und Leistungsfähigkeit, so dass sie ca. 200 Meter eigenständig gehen konnte. Zu wenig für die langen Wege am Flughafen von Mallorca.

Ich wusste, dass sie bald sterben würde und hatte beschlossen, sie ein letztes Mal ans Mittelmeer zu bringen. Mallorca war die Insel, auf der unsere große Reise in die Ungewissheit damals begonnen hatte und war deshalb mein Ziel. Außerdem erschien es mir dort wegen der guten medizinischen Versorgung für mein Vorhaben als geeignet. Drei Jahre zuvor hatte meine Mutter die schreckliche Diagnose bekommen. Sie würde nicht mehr lange leben. Nur zu ihr passte es, dass sie sich sofort daran machte, geschwind drei Totenhemden zu nähen, die nach ihrer Art künstlerisch veredelt wurden. Bei einem Besuch fragte sie mich dann überraschend: „Na? Welches steht mir besser?" Ich konnte nur den Kloß im Halse runterschlucken und entgegnen: „Die brauchst du jetzt noch nicht, aber eins davon würde ich dem

Palliativarzt schenken, der sieht so aus, als wenn er es demnächst benötigen würde!" Sie lachte. „Ja, da hast du recht!", entgegnete sie und hängte die Gewänder wieder in einen Schrank.

Ihre Krankheit hatte uns wieder zusammengebracht und wir bemühten uns, unsere gegensätzlichen Lebensentwürfe irgendwie zu akzeptieren. Doch dass sie jetzt, wo es darauf ankam, plötzlich alles woran sie glaubte über Bord geworfen hatte, wirkte auf mich erschütternd. Ein von ihr erlitener Krankenhausaufenthalt, bei dem sie hochdosiertes Morphium bekommen hatte, war der Auslöser für ihre neuen Betrachtungen gewesen. „Es war so ekelhaft, ein qualvolles Verschwinden in einem grässlich dunklen „Nichts". Ein grauenhaftes „aus dem Leben gestoßen werden", als wenn alles Bisherige in Bedeutungslosigkeit versinkt, in eine Hölle des Schweigens hinab, für immer", erklärte sie. Sie konnte deswegen nicht einmal weinen, sie stand irgendwie unter einem Dauerschock. Sie nannte den Zustand dann ein Jahr später den „Morphium Raum", in dem sie nie wieder sein wolle. Sie hatte Angst. Angst vor dem Sterben und dem Tod, vor dem „Morphium Raum".

Mein innerer Zustand der „Leere", hatte mich entgegen zu der Sinneswandlung meiner Mutter dahin gebracht, mich mit den bekannten Religionen und Philosophien der

Menschheit wieder auseinanderzusetzen. Alles was ich mit 17 über Bord geworfen hatte, wurde wieder hervorgekramt und von mir analysiert. Was war für das vitale Leben, das „Seelenleben" und das Gemeinschaftswesen förderlich? Gab es das Nirwana überhaupt? Was sagte Amma, was die Buddhisten, was sagte Jesus? War der Glaube an eine schöpferische Intelligenz ein irrationales Denkmodel, veraltet und für unfähige Idioten? Wo und wie entstand ein Neurobiologischer Effekt im Gehirn, wenn ein Mensch im Gebet war oder meditierte? Was sagten Psychologen, was haben Wissenschaftler bewiesen, wer glaubte überhaupt und wenn ja an was und warum und weshalb.

„Hm", entgegnete ich, während wir mit dem Shuttle Wagen um die nächste Kurve fuhren, „vielleicht haben wir ja einfach nur die falschen Vorstellungen von dem was wirklich ist, wir können es halt nur erahnen. Vielleicht wird ja das, was wir im Leben so gemacht haben, als Information abgespeichert, wie in der Akasha Chronik. Vielleicht hat das einen gewissen Einfluss auf das Leben und seine Entwicklung in der Zukunft. Wer weiß es schon. Auf jeden Fall weiß ich eins: Wenn der liebe Gott dein Lebensbuch in die Hände bekommt, wird er es mit großem Interesse lesen und anschließend sagen: ‚Das war ja mal echt etwas anderes und Besonderes!' Bestimmt wird er deine Lebensgeschichte aufbewahren und bevor unser Planet total kollabiert, wird er noch einmal versuchen, dich oder jemand ähnlichen auf die Erde zu schicken, um die Menschen aufzurütteln und ihnen eine andere Perspektive aufzuzeigen." Sie lächelte ein dünnes Lächeln. Der Wagen schoss jetzt nach links um die Ecke und ich bemerkte meinen Spaß, den ich mit ihr auf dieser kleinen außergewöhnlichen Fahrt genoss. Wir hatten einen Chauffeur und saßen zu zweit recht erhaben auf einem Doppelsitz wärend der Fahrtwind durch unsere Haare wühlte. Das roch eigentlich schon wieder nach neuen Abenteuern! Allerdings zog sich mein Magen bei den Gedanken an ihren Gesundheitszustand vor Angst zusammen. In meinem Rucksack hatte ich einen Campingstuhl sowie eine Luftmatratze für sie mitgeschleppt, damit sie sich zu jeder Zeit ausruhen konnte. Trotzdem wir alles im Vorfeld eng mit der Ärztin abgesprochen und Elke noch eine extra Bluttransfusion bekommen hatte, wurde mir etwas flau, wenn ich sie von der Seite anschaute. „Ich weiß nicht", sagte sie und schaute fragend in die Ferne. Damit war unser Gespräch vorläufig beendet.

Wir bekamen wie erwartet unseren Leihwagen und vierzig Minuten später erreichten wir recht entspannt unser Hotel. Die erste große Herausforderung bestand darin mit ihr in die erste Etage zu kommen. Ich wusste nicht, dass sie kaum noch die Treppen gehen konnte. Natürlich hatte sie mir auch das verschwiegen. Vielleicht weil sie mir keine Angst machen wollte oder sie es einfach vergessen hatte zu erwähnen. Sie schaffte es jedoch und wir freuten uns über die milde Wärme, die uns auf unserem Balkon erwartete. Mallorca zeigte sich von seiner besten Seite! Die Sonne strahlte und milde 22 Grad hüllten uns ein. Während des Ausladens des Gepäcks und Einräumen der Sachen in unserem Zimmer legte sich Elke hin, um auszuruhen. Anschließend fuhren wir nach Valdemossa. Sie malte kleine Bilder und ich freute mich, dass wir es tatsächlich geschafft hatten ans Mittelmeer zu kommen. Der nächste Tag gab sich ebenfalls sehr freundlich und wir kurvten auf der Küstenstraße durch eine Serpentine nach der anderen mit wunderbaren Panoramaaussichten auf das blaue Meer. In einem Café mit Terrasse pausierten wir bei einem Glas Sekt, Orangensaft und Kaffee. Elke hatte meine Sonnenbrille auf der Nase und sah umwerfend gut aus.

Sogar irgendwie gesünder als ich, dachte ich einen kurzen Augenblick, während ich sie bewundernd fotografierte. Dann zog ich meinen Schreibblock aus der Tasche. Meine Idee, sie zwischendrin zu unserer Pilgerreise zu befragen, scheiterte schon beim ersten Versuch. „Wie willst du das denn schreiben?", fragte sie mich kritisch betrachtend. „Du kannst ja nicht einfach a,b,c oder erstens, zweitens, drittens schreiben, es ging doch um viel mehr, es war ja schließlich eine innere Reise!" Danach hielt sie mir einen einstündigen Vortrag, den ich absolut nicht mitschreiben konnte. Ich gab auf. „Ich werde schon versuchen das Ganze irgendwie zu transportieren", entgegnete ich, zweifelte aber gleichzeitig an meinem Vorhaben. Leider konnte Elke schon am Abend sich nur noch hinlegen und ich besorgte irgendwo im Ort „Knusperente" zum Mitnehmen. Wir aßen dann improvisiert im Hotelzimmer. Die Knusperente schmeckte ihr so gut, dass ich daraufhin fünfmal hintereinander das gleiche Gericht für unser Abendessen besorgte.

Elkes Leistungsfähigkeit sank deutlich bereits ab dem dritten Tag. Ihre Gehstrecken wurden kürzer und ich versuchte sie zu allen Örtlichkeiten so dicht wie nur möglich mit dem Auto heranzufahren. Am vierten Tag setzte ich Elke in Sant Elm an einem Restaurant ab, parkte den Wagen weg und kurze Zeit später saßen wir vergnügt bei einem Glas Rotwein und Tintenfischringen zu Tisch. „Schau mal den Hund an, wie der sich bewegen kann! Der tänzelt wie ein Mannequin daher. Wahnsinn! Jetzt schmeißt er mit einer grazilen Kopfbewegung seine Ohren nach hinten!" Der Hund legte sich nach dem Tänzchen sehr kontrolliert und langsam hin, schlug devot die Vorderpfoten übereinander und hielt die Schnauze hoch in den Wind. Es fehlte nur noch das Blitzlichtgewitter von Fotokameras! Wir mussten lachen. „Ja, ich war auch mal so hübsch wie ein Mannequin", meinte Elke, „schau mal wie jetzt meine Vorderzähne auseinander gegangen sind!" Sie fletschte ihre Zähne.

„Und das musst du dir auch mal ansehen." Sie entnahm ihrer Handtasche einen MRT-Bericht, den sie mir nun vorlegte. Natürlich verstand ich mich ein wenig auf Medizinisches und las den Bericht gierig durch. Danach schaute ich sie nur noch an, versuchte mein Entsetzen zu verbergen und rätselte daran wie es sein konnte, dass sie mir gegenüber saß! Um sie und wahrscheinlich auch mich abzulenken beschloss ich, ihr ein Highlight der Gegend um Sant Elm herum zu zeigen. Ich wusste, dass sie gerne in der Einsamkeit den Blick auf das Meer genoss. Ich kannte eine hervorragende Stelle in 2 Kilometern Entfernung, die ich Jahre zuvor bereits mit meiner Schwester entdeckt hatte. Ich fuhr mit dem Auto auf einer Schotterpiste und wie damals durch eine große Pfütze. Nur dieses Mal fuhr ich mehr durch die Mitte und nicht am Rande des Wassers entlang. Ein unangenehmes Geräusch ließ uns aufschrecken. „Ups, da war wohl etwas im Wasser", kommentierte ich die Situation. Aber einige Minuten später hatten wir das Ziel erreicht, und ich klappte ihren Stuhl mit dem besagten Blick auf das Meer auf. Sie setzte sich. Ich schaute derweil unter das Auto und sah einen dünnen öligen Strahl auf den Boden pieseln. Mit einiger Mühe schob ich mich noch ein wenig weiter unter das Fahrzeug, um den Schaden zu begutachten. „Du, würde es dir etwas ausmachen, wenn wir erstmal wieder ins Hotel zurückfahren? Ich glaube, ich würde sicherheitshalber doch gerne das Auto einmal checken lassen", fragte ich sie, während mein Kopf sämtliche Möglichkeiten durchackerte. Der Öl Strahl war zwar dünn, aber kontinuierlich. 20 Minuten würde es aber sicher noch ausreichend im Motor vorhanden sein, hoffte ich. „Was ist denn passiert?", fragte Elke panisch. „Och, na ja, wird schon nicht so schlimm sein, aber vielleicht legst du dich ein bisschen im Hotel hin, ich regele das inzwischen und dann fahren wir nachmittags noch hierher."

Sie schaute mich sehr scharf an. Eine Mutter kennt ihr Kind! Erst später, als ich im Hotel mein Spiegelbild sah, wusste ich warum sie mich so angesehen hatte - trotz meines schauspielerischen Einsatzes! Ich hatte Lehmspuren im Gesicht und am ganzen Körper! Außerdem standen meine Haare wirr um den Kopf herum und einige Grashalme zierten meine Frisur. Spätestens, als ich mit ziemlich viel Schwung auf dem Hinterhof des Hotels fuhr und eine dünne Ölspur sichtbar hinter mir herzog, wusste sie was für ein Spiel ich gespielt hatte. Sie schnaufte. Ging dann aber brav aufs Zimmer, während ich das Personal um Hilfe bat. Und es wurde mir tatsächlich schnell und ohne Schimpf und Schande geholfen! Das immer weiter auslaufende Öl wurde in einer Schale aufgefangen, der Hof gewienert und nach drei Stunden hatten wir ein Ersatzauto, diesmal sogar mit einem CD-Player, auf dem Hof stehen und fuhren wieder los.

„Du glaubst also wirklich an nichts mehr?", fragte ich sie irritiert, „an kein Seelenleben oder an eine weitere Existenz nach dem körperlichen Ende?" „Als ich das Morphium genommen hatte, schwand mein Bewusstsein auf ganz unangenehme Art und Weise aus dem Leben. Da war unendliches ‚Nichts'! Ich konnte dem nichts entgegenstellen", begründete sie. „Was ist mit den mehrfachen Inkarnationen, wie sie die Buddhisten und die fernöstlichen Religionen und Weisheiten predigen?", fragte ich weiter. „Keine Ahnung, die wissen das doch selber nicht genau!" „Also ich bin sicher, dass es mehr gibt als das Sichtbare. Vielleicht können wir es nicht genau klassifizieren, aber es existiert! Alles ist auf irgendeine Weise miteinander verknüpft, alles Lebendige hinterlässt einen Abdruck und das Wesentliche geht nicht verloren", konterte ich. „Ich habe viel über Weltreligionen und Philosophien aus verschiedenen Epochen gelesen, unter anderem habe ich mich auch mit der Geschichte der Menschheit und ihren Vorstellungen von der Welt auseinandergesetzt. Meinst du nicht, dass der Bewusstseinssprung mit Jesus bereits auf der Welt angekommen ist? Jesus war die größte geistige Revolution aller Zeiten! Sein Geist und sein Wort stellen uns immer noch in den Schatten! In der orthodoxen Welt spricht man sogar vom Umgeisten! Mir gefällt das sehr gut!" Elke entgegnete: „Das Problem sind doch die Kirchen, die wie eine Betondecke auf allem liegen." Inzwischen waren wir am Strand der kleinen Bucht angekommen und ich blies für sie die Luftmatratze auf. Ihrem energischen Befehl entsprechend, musste ich mich zuerst hinlegen, erst dann machte sie es sich auf dem Polster gemütlich. Wir bestaunten die untergehende Sonne, wie sie ihre letzten Strahlen über den Horizont ergoss.

Die nächsten Tage wurde Elke immer kurzatmiger und ich immer verrückter. Mit waghalsigen Manövern versuchte ich sie mit dem Auto irgendwie einem Ziel ihrer Wahl näher zu bringen. Santanyi gehörte natürlich dazu! Dort lenkte ich den Wagen rückwärts mitten durch das bunte Marktgeschehen fast bis vor ein Café, packte den Campingstuhl aus, ließ sie darauf Platz nehmen, parkte das Auto weg und holte sie dann ab. Die letzten 50 Meter schaffte sie eigenständig zu gehen. Am Markt, bei einem Aperol Spritz sitzend, erzählte sie mir von den verrückten Zeiten Ende der 70iger Jahre. Es war herrlich!

In den nächsten Tagen lag sie in bedauernswerter Weise nun mehr oder weniger im Hotelzimmer. Das letzte große Highlight dieser Reise war der Besuch in einem Restaurant, um dort eine Paella zu essen. Ich schaffte es, mit dem Auto bis neben einen Tisch zu fahren. Elke stieg aus setzte sich aber sofort wieder. Wir hatten Meerblick! Das Essen war leider nicht entsprechend unseren Vorstellungen geglückt, das nahm sie zum Anlass mir das Rezept zu verraten, nach dem sie früher eine Paella zubereitet hatte. Gemeinsam schauten wir auf das Meer und wussten, dass es das letzte Mal sein würde.

Unsere Abreise am nächsten Morgen wurde zunächst von einer verschlossenen Hofpforte ausgebremst. Nach einigen Telefonaten und vielerlei Versuchen das Tor aufzuziehen, rollten wir danach etwas verspätet in Richtung Flughafen. Im Flugzeug bekam meine Mutter plötzlich einen Kreislaufzusammenbruch und wir, also die Stewardessen und ich, legten sie quer auf eine Sitzreihe. Sie schnaufte angestrengt, ich kontrollierte immer wieder ihren Puls und legte kalte Tücher auf ihre Stirn. Was ist, wenn sie jetzt stirbt, dachte ich panisch. ‚Über den Wolken wäre das jedoch kein so schlechter Ort', beantwortete ich mir meine Frage gleich selbst. Doch es sollte noch nicht soweit sein. Bei der Landung saß sie wieder neben mir, wurde mit einem Rollstuhl abgeholt und bis zu dem Auto ihres Lebensgefährten Dietrich gefahren.

# Der schwere Kelch, der bittere.

Die Monate nach unserer letzten Reise zählten zu den här-
testen meines Lebens und kosteten mich unendlich viel
Kraft. Elke verschwand in der Heimat recht bald im Kranken-
haus. Nach unendlichen Martern dort wurde sie wieder ent-
lassen und wir begannen mit einer 24- Stunden-Pflege bei ihr
zu Hause. Dietrich leistete Unglaubliches, er war Tag und
Nacht für Elke da. Eine ambulante Palliativ Station, die drei
Mal am Tag kam, versorgte sie mit Medikamenten, banda-
gierte ihre Beine, wusch sie und duschte sie einmal in der
Woche im Badezimmer. Auch die Palliativärztin machte
Hausbesuche. Ich entlastete Dietrich wenigstens an den
Samstagen und meine hochschwangere Schwester Yvonne
versuchte an einem anderen Tag für seine Entlastung zu sorgen. Unsere Mutter bekam ein Pflegebett, einen Rollator
und einen Rollstuhl geliefert, und wir versuchten es ihr so
angenehm wie denn möglich einzurichten.

Nach anfänglichen Schwierigkeiten stellte sich bei uns
eine gewisse Routine ein. Dank hoher Cortisongaben hatte
Elke wieder Appetit und ich bereitete ihr mittags ein Drei
Gänge Menü, welches wir vorher gemeinsam aus meinen
mitgebrachten Kochbüchern zusammengestellt hatten.
Überhaupt feierten wir den Samstag den ganzen Tag soweit
es möglich war. Morgens, wenn ich um neun Uhr bei ihr ankam, holte ich zwei Sektgläser aus dem Küchenschrank und

öffnete den mitgebrachten alkoholfreien Hugo oder Sekt. Goss uns beiden etwas ein und krabbelte mit unter ihre Decke in das Pflegebett. Dann musste ich ihr von den Ereignissen der Woche berichten. Später verschwand ich in der Küche und kochte vom Rindfleischbraten bis zur Knusperente alles wonach ihr der Sinn stand. Besonders die Knusperente kam einige Male auf den Tisch. Danach war erstmal Pause. Am Nachmittag bekam ich sie doch regelmäßig dazu, sich in den Rollstuhl zu setzen, um durch den wunderschönen Ort zu fahren. Dieses Vorhaben wurde leider durch ihre zunehmend einsetzenden Lähmungserscheinungen immer beschwerlicher. Aber mit vereinten Kräften gelang es uns immer wieder. Bereits vor ihrer Haustür weideten Pferde und grasten Schafe und bereits einen Straßenzug weiter konnte man von einem kleinen Platz aus neben einer alten Eiche in das weitläufige Wesertal blicken. Dankbar für diese kleinen Highlights rollte ich sie von einer Station zur anderen. Wir pflückten Blumen oder sammelten die ersten wilden Brombeeren. Der Samstagabend kam dann schnell und ich machte sie oft selbst fertig für die Nacht. In dieser Zeit veränderte sie abermals ihre Ansichten. Eines Tages meinte Elke plötzlich: „Es kann gar nicht sein, dass ich nicht mehr da bin. Ich bin dann nur anders da."

Ein anderes Mal erklärte sie: „Es kommt auf das Bewusstsein an, in dem man stirbt, es darf halt kein Morphiumraum sein. Das ist einfach der verkehrte Bewusstseinszustand. So will ich auf gar keinen Fall sterben, das muss anders gehen." Fortan erklärte sie den „Morphiumraum" als einen unguten Zustand des Bewusstseins, welches aber nichts unbedingt mit dem Sterben zu tun hätte. Ihr war es außerdem wichtig, dass ich ihre Bilder richtig verstehe und immer wieder musste ich die großen Mappen anschleppen, die ich dann auf ihrem Bett aufzuschlagen hatte. Sie erklärte mir dann, ihren Kräften entsprechend, was darauf zu sehen bzw. wie es von ihr interpretiert wurde. Sie kehrte zurück zu dem was sie immer war, eine Expertin und Expeditionsleiterin zu einem neuen Bewusstseinszustand.

Eines Morgens saß ich wieder einmal in ihrem Bett und phantasierte: „Das Bett ist ja fast wie ein kleines Boot, es fehlen nur noch die Ruder und dann können wir damit durch das ganze Universum schippern!", meinte ich angetan von meiner imaginären Idee. Sie schaute mich schlagartig mit großen Augen sehr eindringlich an. „Du kannst nicht mitreisen!", sagte sie ernst. Ich verstand und nickte.

Während sie sich geistig wieder ausrichtete, wurde ihr körperlicher Zustand fortwährend bedrohlicher. Ein Gespräch mit meinem, von Jesus seinem Wirken überzeugten Mann über das Leben nach dem Tod, hatte sie noch weiter im Inneren gestärkt, doch ihre Beine versagten immer mehr und ich bekam sie eines Tages nicht mehr vom Toilettenstuhl hoch, um sie ins Bett zu legen. Ich musste den Pflegedienst anrufen während sie zitternd vor Erschöpfung auf dem Stuhl hing und ich sorgte dafür, dass sie nicht herunterfiel. Wir alle gaben unser Bestes. Irgendwie funktionierte ich einfach nur noch und wunderte mich teilweise über meine hypnotische Emotionslosigkeit. Es musste einfach alles getan werden, um den Zustand meiner Mutter so erträglich wie nur möglich zu gestalten. Und weil wir uns darauf fokussierten, blieb perspektivisch nicht sehr viel Platz für unsere eigene Auseinandersetzung mit der Situation.

Als ich an einem Samstagmorgen wieder hinaus nach Schaumburg fuhr - der wunderschöne Ort liegt 60 Kilometer von Hannover entfernt - dachte ich über meinen inneren Zustand nach. Ich spulte einfach meine Funktion als sorgende Tochter ab, fühlte mich aber wie ein programmierter Roboter. Ich tuckerte mit meinem T 4 - ein kleines Wohnmobil - über die Landstraße und überlegte, wie viele Tage Elke wohl noch zu leben hätte und wie wir die letzten Hürden am besten bewältigen könnten. Am liebsten hätte ich sie für die schwierigen letzten Tage in einem Hospiz gesehen. Ich wusste, dass sie dort von erfahrenem Pflegepersonal bestens versorgt werden würde. Schlicht und ergreifend: Ich hatte Angst, ihr nicht genügend helfen zu können.

Gleichzeitig wunderte ich mich darüber, wie nüchtern, ja geradezu kühl ich darüber nachdachte. Genau in diesem Mo-ment überholte mich ein Wagen mit einem Tattoo auf der Heckscheibe. Darauf war ein mit roten Streifen festgeklebtes Gesicht zu sehen. Es zeigte eine schöne langhaarige Frau im Dreiviertelprofil. Daneben standen die Worte „Elke" und da-runter etwas versetzt „Michelle"! Nichts weiter! Das konnte doch gar nicht sein, fuhr es mir wie ein Blitz durch den Kopf. Die Kombination war geradezu einmalig! Ausgerechnet heute Morgen fuhr das Auto mit diesem Frauenportrait und Elke Michelles Namen kurz vor Schaumburg langsam an mei-nem Bulli vorbei! Ich musste immer wieder hinschauen, um mich von dieser unglaublichen Situation zu überzeugen. Trä-nen schossen mir aus den Augen und schlagartig dachte ich an viele Details unserer Reise, an Elkes besondere Art und all die einmaligen Erlebnisse mit ihr. Wie sie sich verneigt hatte, vor dem Hirsch in England. Oder wie sie mit dem Bulli in den Pyrenäen über die Abgründe flog! Die Erinnerung daran ging mir durch Mark und Bein!


Zuhause hatte sich ihr Zustand weiter verschlechtert. Die Palliativ Ärztin versuchte, sie von der Möglichkeit eines Hospizaufenthalts zu überzeugen. Elke hatte während des Gesprächs mich und die Ärztin, die wir rechts von ihrem Pflegebett saßen mit ernster Miene angesehen und zugehört. „Meine Tochter fühlt sich verantwortlich, das ist so. Aber da kann ich nicht lang gehen." Sie zeigte dabei mit der Hand zu uns hinüber und winkte verneinend. „Ich muss da lang gehen!" Dabei wies sie mit der Hand in Richtung des Fensters zu ihrer linken Seite und zum Himmel hinauf. Das war das Ende der kurzen Auseinandersetzung.

Einige Tage später - ich kam jetzt zweimal in der Woche nach Schaumburg - mussten wir mit dem Windeln beginnen. Elke war fast komplett gelähmt, konnte sich kaum noch äußern. Sie hatte von sich aus das Essen und die Einnahme von Medikamenten verweigert, wie ihr Lebensgefährte Dietrich berichtet hatte. Dieser Umstand dynamisierte den Prozess. Als ich wieder meinen Dienst an ihrem Pflegebett angetreten hatte, wimmerte sie leise und versuchte sich mit einer Hand am Bettgeländer hochzuziehen. Ich glaubte das sie mal musste und nicht wahrhaben wollte, dass sie jetzt mit der Windel klarkommen sollte und nicht auf den Toilettenstuhl durfte. „Du hast jetzt eine Windel an", sagte ich zu ihr. „Das geht nicht mehr anders. Aber ich kann dich ein wenig hochziehen und zur Seite drehen, dann wird es bestimmt leichter." Mit einer ungeahnten Kraft richtete ich ihren Oberkörper auf. Dabei schlug sie kurz die Augen auf. „Was ist denn mit deinen Augen passiert", rief ich erstaunt, „die sind ja plötzlich Baby blau, da ist ja der ganze Himmel drin!" Ihre Wangen hoben sich ein wenig, fast so, als wollte sie lächeln. Später bei mir Zuhause suchte ich nach einer Erklärung für dieses erlebte Phänomen. Gab es bei Sterbenden eine Ver-

änderung der Augenfarbe? Ihre Augen waren normalerweise hellblau gewesen. Eine medizinische Erklärung konnte
ich nicht wirklich finden. Lag es an meinem überspannten
Nervenkostüm, dass ich Wahrnehmungsstörungen hatte o-
der waren wegen ihres angestiegenen Gehirndrucks die Pu-
pillen riesig gewesen und deswegen der Eindruck so anders?
Das Phänomen blieb ungeklärt.

Zwei Tage bevor unsere Mutter verstarb, kam meine
Schwester mit wehenden Fahnen angerauscht, denn ich
hatte ihr am Telefon aufgeregt mitgeteilt: „Sie hat nun mit
der Biot'schen Atmung begonnen (eine schwerwiegende
Störung des Atemzentrums mit langen Aussetzern)." Als
Krankenschwester wusste Yvonne natürlich sofort Bescheid.
Wir saßen zusammen an ihrem Bett und wussten nicht so
recht, ob sie uns noch hören konnte. „Wenn ich hier war gab
es immer ein kleines Fest, am liebsten mochte sie es, wenn
ich Knusperente servierte, so wie wir sie auf Mallorca zubereitet hatten." Yvonne erzählte mir von ihrer Zeit, in der sie
an Elkes Bett gewesen war. Dieses sollten unsere letzten
Stunden zu dritt gewesen sein.

Daraufhin verstarb Elke. Ruhig. Ihr letzter Atemzug ging in
Richtung des Fensters, zu dem ihr Kopf zuletzt gelegen hatte.
Dietrich war als erstes an ihrem Bett. Eine Stunde später war
ich da und zwei Stunden später Yvonne. Elke hatte verfügt,

was nach ihrem Tod zu machen sei. Bis hin zur Urnenfarbe hatte sie alles für uns vorbereitet. Sie wollte außerdem, dass wir drei Tage an ihrem Leichnam beten und singen sollten. Der Bestatter erlaubte allerdings nur zwei Tage und so taten wir, wie uns geheißen. „Halleluja, Halle-Halleluja......" begann ich das Singen. Ganze zwei Tage verweilte ich vom ersten Augenaufschlag um kurz nach sieben bis spät in die Nacht an Elkes leblosem Körper. Yvonne kam und sang die Chenresig Puja, die sie tatsächlich noch besaß. Sie sang sie so genau und authentisch, wie wir es damals in Dagpho gelernt hatten. Dietrich sang auch mit und blieb ebenfalls rund um die Uhr an ihrer Seite. Rosen bedeckten die Bettdecke und lagen um ihr friedliches Gesicht. Überall standen Kerzen! Sie sah aus, als wenn sie schlafen würde, doch ihre Hände waren kalt geworden. Wir weinten, sangen und beteten im Wechsel oder gemeinsam und jeder nahm auf seine Art Abschied von ihr.

Am Morgen des zweiten Tages saß ich als erste an ihrem Bett und schaute durch einen Tränenschleier zu ihrem friedlichen Gesicht, da flog plötzlich ein Vogel in den Raum. Die Haustür hatte offen gestanden und er musste durch den Flur in das Zimmer hereingeflogen sein. Seit zwei Tagen hatte es ununterbrochen massiv geregnet. In diesem Augenblick aber war aus dem Starkregen ein leichter Regen geworden. Vielleicht hatte der Vogel einen trockenen Platz gesucht. Er kreiste über meinem Kopf und Elkes Leichnam in einem sportlichen Tempo an der Decke entlang. Mindestens zehn Runden. Dann versuchte er aus einem Fenster hinaus ins Freie zu gelangen. Das war aber geschlossen und so flatterte er an der Scheibe auf und ab. Wie sollte ich den Vogel nun schnell hinausbringen? Innen vor dem Fenster hing ein gro-ßer Stern aus Glas und zudem standen Unmengen an Gegen-ständen im Fensterrahmen, die ich unmöglich - ohne den Vo-gel maximal zu irritieren - wegräumen konnte. Nun bestand aber für das Tierchen ein unbedingter Handlungsbedarf. Da ereignete sich etwas sehr ungewöhnliches.

Normalerweise hätte ich versucht, den Vogel von dem Fenster weg zu treiben, hätte alles frei geräumt und ihn dann wieder dahin gescheucht oder etwas Ähnliches getan. Doch widersinniger Weise und ohne weiter nachzudenken stand ich auf und ging langsam auf den Vogel zu, der weiterhin im Fenster auf und ab flatterte.

Je näher ich ihm kam, umso ruhiger wurde er. Als ich am Fenster ankam, war er so zutraulich geworden, dass ich ihn ganz einfach in beide Hände nehmen konnte. Es war unfass-bar! Darin blieb er ganz ruhig. Ich trug ihn zur Haustür und öffnete, im Freien angekommen, meine Hände und er flog los.

Auf der gegenüberliegenden Seite der schmalen Straße landete er jedoch sogleich auf einem hölzernen Zaun, schaute zu mir hinüber und fing aus voller Kehle an zu zwitschern. Es dauerte einige Minuten. Der Vogel sah mich weiter an und trällerte ohne Unterlass. Dann flog er davon.

Ich staunte und sah dem Flug des Vogels nach, der sich im Himmel zu verlieren schien und eine Welle der Dankbarkeit und eine große Liebe durchfloss mich.

Sie war irgendwie da und doch nicht mehr hier.

# Danksagung

Meinen guten Freund Jens verdanke ich das ich eines Tages zu schreiben begann. Ein von mir oft genanntes Argument: mir fehle es an Zeit, warf ich seinetwegen über Bord. Er meinte ich solle mit 10 Minuten pro Tag beginnen. Das kann jeder!

Ohne Holgers und Mariannes Korrekturunterstützung wäre ebenfalls nichts aus dem Buch geworden. Sie bauten mich auch immer wieder auf, wenn ich anfing mich wegen meiner außergewöhnlichen Vergangenheit zu genieren.

Ich bedanke mich auch für die guten Ideen und Anregungen von Dietrich meiner Schwester und weiteren Freunden.

Zeitfracht Medien GmbH
Ferdinand-Jühlke-Straße 7
99095 Erfurt, Deutschland
produktsicherheit@kolibri360.de